Onschuldig

Graag uw reacties:
www.deflo.be
luc.deflo@gmail.com

DEFLO

Onschuldig

Manteau
MEESTERS IN MISDAAD

Voor Sorreke

Met dank aan Patrick De Bruyn, Marcel Colpin,
Mira Denekens, Johan Herings, Katy Mariëns en John Michiels.

www.manteau.be
info@manteau.be

Vertegenwoordiging in Nederland:
WPG Media
Wibautstraat 133 – 1097 DN Amsterdam
Postbus 1050 – 1000 BB Amsterdam

Eerste druk februari 2004
Vijfde druk juni 2015

Omslagontwerp Wil Immink

ISBN 978 90 223 3174 3
D 2015/0034/284
NUR 330

VERGEET-ME-NIET-JE

Ik trachtte je te vergeten
iedere dag een stukje
verloor ik van mezelf

GUIDO GUILLAUME

1

Martine Van Hees keek schichtig opzij, hijgend, met de grote ogen van een in het nauw gedreven hert. Naar de glanzende straatstenen en dan omhoog, naar de voortjakkerende wolken, die grillige schaduwen wierpen op de muur. Witgekalkt maar smerig. Ze keek naar de andere kant. Niets. Niemand. Nu pas besefte ze dat ze alleen was. Angst – onredelijk, monsterlijk. Die stak als een pijl in haar borst. Dwars door haar longen, waardoor ze naar lucht happte in de enge steeg, die haar benauwde en die het paniekgevoel nog versterkte. Ze was de enige mens op aarde. Nee, dat was ze niet. Ze hield de adem in en legde haar handen op haar buik.

Gehijg.

Ze huiverde en de adrenaline zette haar zintuigen op scherp.

Snelle voetstappen.

Geen twijfel mogelijk. Hij was er. Nog steeds. Ze kwamen dichterbij. Angstaanjagend snel. En toen zag ze ze. De koude starende ogen. De man van op de trein. Groot en blond. Hij droeg onopvallende kleren. Een grauwe ambtenaar. Gedurende de hele rit van Brussel naar Mechelen had hij haar aangestaard alsof ze een stuk vlees was, terwijl hij achteloos in zijn krant had zitten bladeren. Niemand van de andere reizigers had er wat van gemerkt. Zijn hongerige ogen hadden zich vastgehaakt in de hare. Pervers. Weerzinwekkend. Hoezeer ze zich ook had verzet en geprobeerd had hem te negeren, er was geen ontkomen aan. Een keer had hij zijn tong langs zijn lippen laten glijden.

In Zemst was ze haastig opgestaan en overweldigd door een onverklaarbare paniekaanval was ze uit de trein op het perron gesprongen. Bij het fluitsignaal van de conducteur was ze weer ingestapt. Zijn plaats was leeg.

Martine Van Hees had opgelucht ademgehaald en was in een andere coupé gaan zitten. Ze was het voorval al bijna vergeten, tot ze in Mechelen door de stationshal liep. Toen ze achteromkeek, zag ze hem. Slenterend, quasi onverschillig maar doelgericht. Met spiedende ogen. Hij achtervolgde haar. Radeloos had ze om zich heen gekeken. Overal mensen. Norse mensen, blije mensen, onverschillige mensen, haastige mensen. Nog nooit had ze zich zo alleen gevoeld. Ze was halsoverkop naar de uitgang gevlucht, waar ze, te bang om de voetgangerstunnel te gebruiken, snel en roekeloos de straat was overgestoken. In een café had ze een kop koffie gedronken en gewacht. Met een bang hart. Naast haar zat een bende luidruchtige studenten. Ze roken naar bier en zweet. Martine Van Hees had geprobeerd zich zijn geur te herinneren maar er was geen geur. Huiverend had ze door het bewasemde raam gekeken, waar de stroom pendelaars openzwermde en opgeslokt werd door auto's en stadsbussen. De drukte was snel weggeëbd en het stationsplein lag er verlaten bij, wachtend op de volgende lading. Terwijl ze, de zure oprisping negerend, het laatste restje van haar derde kop koffie opdronk, had ze nog gelachen om zichzelf. Achtervolgingswaanzin, dat had haar gynaecoloog er niet bij verteld. Zijn andere voorspellingen waren echter stuk voor stuk uitgekomen. De braakneigingen, de lome benen, de vlagen van emotionele leegte. Nadat ze het café had verlaten, leek een ommetje richting centrum haar veiliger dan binnendoor en ze was door de druilerige regen via de Hendrik Consciencestraat naar het Kardinaal Mercierplein gelopen om zo naar haar flat in de Colomastraat te gaan.

Toen ze op het Kardinaal Mercierplein de hoek was omgedraaid, was het bloed in haar aderen bevroren. Daar stond hij. Met zijn rug tegen de muur aangeleund, een sigaret in de hand. Aan de overkant van de straat, amper tien meter verwijderd van de voordeur van haar flat. Hij stond haar op te wachten.

Hij weet waar ik woon.

Dat gruwelijke besef trof haar als een slag in het gezicht en deed haar naar adem happen. De volgende lichamelijke gewaarwordingen waren een wee gevoel in de onderbuik en knikkende knieën. Ze had het op een lopen gezet. In de tegenovergestelde richting. Zonder te kijken was ze het Mercierplein overgestoken. Waarom ze dat had gedaan, daar kon ze geen zinnige reden voor bedenken. Naar haar moeder? Nee. Dat was te ver weg. Ze had zich prompt bedacht en was de Tessestraat ingelopen. Een enge steeg waar ze met ingehouden adem had staan wachten.

Ze braakte en terwijl er een rood waas voor haar ogen trok, stootte ze zich af van de muur en ze liep weg. Toen ze omkeek, zag ze de man op zich afkomen. Met lange ritmische halen, als een luipaard die zich in beweging zet. Zonder emoties. Zonder gevoel. Gefixeerd op zijn prooi. Hoewel haar spieren verzuurden, bleef ze alles uit haar lichaam persen. In pure doodsnood. Beelden flitsten aan en uit. Zonder structuur. Naakte angst. Vragen.

Waarom ik? Waarom is er niemand op straat? Daar. Daar!

Hulpagent Piet Deschacht schrok zich een aap toen de jonge vrouw zich tegen de flank van zijn combi wierp. Hij trapte hard op de rem en de reflex resulteerde in een oorverdovende vloek. De brij droop van de voorruit. Dampende frieten met slierten ketchup en mayonaise gleden op het dashboard. Deschacht keek zijn collega onthutst aan.

'Sorry, Ward.'

'Help! Help me alsjeblieft!'

De hulpagent duwde de deur open en zwaaide zijn magere benen naar buiten. Onhandig hielp hij de jonge vrouw, die geknield voor de combi zat en met beide vuisten op de motorkap trommelde, rechtop. Ze was doornat, rilde en keek voortdurend achterom. Ze klampte Deschacht aan.

'Die man... die man... hij achtervolgt me. Hij wil me aanranden.'

Deschacht keek naar de trillende wijsvinger. Hij duwde zijn uniformpet achteruit en krabde over zijn kalende schedel.

'Mevrouw? Juffrouwtje?'

Terwijl hij in een paar doodsbange ogen keek, haalde de hulpagent de schouders op en hij schudde nee. De blonde juf knikte ja.

'Juffrouw. Er is echt niemand. Kalmeer alsjeblieft.'

'Jawel. Hij... hij volgt me. Van in de trein. De hele tijd al. Hij wil me wat doen.'

Ik ook, dacht agent Ward Bultinck, die erbij was komen staan en zo goed en zo kwaad mogelijk met zijn zakdoek de brij van zijn uniformjas probeerde te vegen. Hij liet zijn ogen over het begeerlijke meisjeslijf dwalen en schraapte de keel.

'Oké. Juffrouw. Wat is uw naam?'

'Jullie moeten hem stoppen... oppakken.'

'Wie?' klonk het norser dan bedoeld. 'Hoe ziet die man eruit?'

Martine Van Hees keek nog een keer achterom. Haar hulpeloze, bijna kinderlijke blik raakte Bultincks gevoelige snaar. De gescheiden vader van drie kinderen greep de jonge vrouw bij de schouder.

'Allez. Kalmeer. Er is niemand. Echt niet. Kom, ga even zitten. In de combi.'

Martine Van Hees stapte in de politiewagen en zat wezenloos door het raam te staren. Ineengedoken, met haar handen op haar buik. De agenten keken haar vragend aan.

'Gaat het al wat beter?' vroeg Bultinck in een poging de gênante stilte te doorbreken.

'Ik ben zwanger.'

'Gefeliciteerd.'

Toen er aan het einde van de straat, op de Vijfhoek, een chauffeur het stoplicht negeerde, schuifelde Deschacht nerveus heen en weer op zijn stoel. Klaar om tot actie over te gaan. Hij trok zijn mond open maar Bultinck legde zijn jonge collega met een autoritaire vingerknip het zwijgen op.

'Kunt u die mán beschrijven?'

'Hij... is... groot en blond. Met blauwe ogen. Koude ogen. En een vierkante kin. Hij staarde me aan in de trein en hij is me heel de tijd gevolgd. Ik kwam van mijn werk.'

'Heeft hij u bedreigd? Of heeft hij fysiek of verbaal geweld gebruikt?'

'Hij draagt een beige regenjas. Een lange. Hij wappert open als... hij... loopt.'

'Wilt u een verklaring afleggen?'

Martine Van Hees reageerde niet. Ze haalde moedeloos de schouders op.

'Of heb je liever dat we je naar huis brengen?'

Dit keer keek ze wel op. Met overtuiging knikte ze ja. Uit haar ogen straalde dankbaarheid.

Dat soort vrouwen. Ze trokken hem aan. Onweerstaanbaar. Zoals een gloeilamp een nachtvlinder naar zich toe zuigt. En hoewel de vlinder het gevaar beseft en de verzengende hitte voelt, toch zal hij verbranden. Niet omdat hij het wil maar omdat hij niet anders kan. Omdat zijn genen het commando overnemen. Omdat het 'moet'.

Gedurende drie dagen al was hij haar onopvallend gevolgd tot hier aan haar kleine flat. Ze woonde alleen. Geen twijfel mogelijk. Daar. Boven. Achter die spiegelende ramen. Daar kleedde ze zich uit. Langzaam. Heet. Voor de spiegel met haar kont draaiend. Zou ze haar tenen lakken? Ja! Zeker weten. Rood. Knalrode nagellak. En de geur van haar huid. Romige melk. Een vaste vriend, een relatie had ze niet. Maar ze was wel zwanger. In haar buik groeide een vrucht van ontucht. Iemand, een man, had haar kut helemaal gevuld met zijn harde rode penis en volgespoten. Vol zaad.

Hans Van Diest, drieëndertig en vader van twee flinke zonen, snoof. Toen de politiewagen traag de hoek van het Kardinaal Mercierplein omdraaide, ging zijn borst op en neer. Sneller en sneller. Hij zette een stap terug, ging met zijn rug tegen een gevel staan en keek naar de overkant van de Leopoldstraat, waar een uitstalraam hem een prima overzicht bood.

Ze ziet eruit als een klein bang meisje. Nu wel. Heeft ze er ook zo uitgezien toen hij zijn paal diep in haar buik ramde? De vuile hoer! Hijgen en kreunen, glimmende lippen, ogen die zaad vragen. Met iedereen... ze doet het met iedereen. Daar. Ze gaat naar binnen. Het gaat niet bepaald vloeiend. Niet zoals ze op de trein haar hete benen over elkaar slaat.

De eerste ontmoeting. Toen had hij haar hand aangeraakt. Tijdens het uitstappen was dat. Hij had zijn lichaam zodanig gemanoeuvreerd dat het niet anders kon. Haar hand was zacht. Marsepein. Meisjesvel. Het was een vluchtige aanraking maar ze had zijn hart in vuur en vlam gezet.

Laaiende, ontembare passie. Hij wist het meteen. Zoals altijd. Dit is ze.

De combi draaide de straat uit, reed richting station en verdween uit het gezicht toen hij naar de Leuvense Vaart reed.

Nu. Nu of nooit. Ze zal denken dat de flikken teruggekomen zijn. Ze doet open. Alles open.

Hans Van Diest aarzelde geen seconde, alsof hij voorgeprogrammeerd was. Zijn genen namen het commando over. Met grote passen liep hij naar de overkant van de Colomastraat.

2

'Dag Moffie.'

Het tweede woord, Barbara's koosnaampje, klonk ietwat geforceerd, vond Dirk Deleu toen hij zijn vrouw omhelsde. Barbara was er zich niet van bewust, want ze drukte haar lichaam tegen het zijne. Ze zocht zijn lippen. Zoende zijn oor.

'Ons Charlotje slaapt.'

'Eindelijk.'

Deleu maakte zich los uit de omhelzing en liep naar de sofa. Barbara glimlachte.

'Je ruikt naar vis.'

Deleu rook vluchtig aan zijn hand. Inderdaad, een vage visgeur. Hoe hij zijn lichaam ook had geschrobd. Het had niet mogen baten. Toch lachten zijn ogen toen hij terugdacht aan gisteren. Een hele dag op zee. De openheid, het ongeremde, het had hem deugd gedaan. Als herboren voelde hij zich. Daar, op het weidse water, turend in de golven. Toen was het allemaal duidelijk geweest. Helder en klaar. Barbara was de juiste keuze. Zo was het altijd geweest en zo zou het altijd zijn. Nadia was een bevlieging. Een opstoot van hormonen. Maar nu? Wat dacht hij vandaag?

Deleu, twee weken op non-actief, haalde de schouders op en keek om zich heen.

'Waar is ze?'

'Wie?'

'Ons Charlotje?'

'Boven.'

'Wat heeft dokter Smaelen gezegd?'

'Een onschuldige verkoudheid. Maar dat zegt hij altijd. Ik heb toch maar twee stoppekes opgestoken. Je weet maar nooit.'

'Twee wat?'

'Met al die virussen tegenwoordig. Je leest of hoort niks anders meer.'

Ze zaten op een andere golflengte. Dat gebeurde wel vaker de laatste dagen. Deleu nam de krant en installeerde zich in de sofa. Hij begon een artikel over abortus te lezen, maar slaagde er niet in zich op de tekst te concentreren en keek naar Barbara, die naar het aanrecht liep. Soms leek het er op dat het enige wat hij nog met haar gemeen had de kinderen waren. Was zijn liefde voor haar gebaseerd op medelijden in plaats van het respect waarnaar ze smachtte en dat ze verdiende. De gedachte deed hem huiveren.

'Ze hoest ook zo vies.'

Deleu antwoordde niet. Hij bladerde in de krant en keek naar Barbara's profiel. Ze was nog steeds mooi. Haar haren glansden in het felle kunstlicht van de tl-lampen. Dat was een nadeel aan hun nieuwe flat. Het licht was veel te hard. Ach, al bij al was het een goede keuze. Deze kans had zich aangediend en het moest snel gaan. Deleu keek traag om zich heen, zoals een schildpad die ontwaakt uit haar winterslaap. Alles was nieuw. Hun nieuwe nestje. Knus, al vloekten een aantal van de oude antieke spulletjes, zoals de staande klok, met het moderne interieur van hun duplexflat. Die spulletjes, het resultaat van een jarenlange gezamenlijke zoektocht. Soms, als hij naar ze keek, gaven ze hem het gevoel dat ze hem achtervolgden. Dat ze een nieuw begin in de weg stonden. Deleu verdiepte zich weer in zijn krant.

'Ik ga straks naar ons ma. Ga je mee?'

'Wat doen?'

Een vreemde onrust welde in hem op, alsof de confrontatie met zijn schoonmoeder hem angst inboezemde en hoewel hij zijn gevoelens probeerde te verbergen, voelde ook Barbara de kilte in zijn stem. Ze liep naar de sofa, ging naast hem zitten en legde haar hand op zijn dij.

'Dirk? Waar ben je eigenlijk bang voor?'

Deleu haalde de schouders op. Onwennig. Onbehaaglijk. God, wat was dit moeilijk. Hij had zich het leven met Barbara, hun tweede kans, helemaal anders voorgesteld. De eerste week ging het prima. Elke dag bij zijn dochter. Maar dan kwam de twijfel. Sluipend, een gat knagend in zijn zelfvertrouwen. De zo vaak verguisde dagelijkse routine. Hij snakte ernaar. Hij wilde er zich laveloos in wentelen maar kon ze niet vinden.

'Nadia? Waar ben je? Wat doe je nu? Hoe voel jij je?'

'Wat?'

'Euh... sorry. Wat zei je?'

'Niks. Wat zei jij?'

'Ik zat te dromen.'

'Over wat?'

Barbara slaagde erin de wrevel in haar stem terug te dringen en om te buigen tot een zweem van onverschilligheid, maar Deleu had het gevoeld. Hij kende haar door en door. Hij keek haar aan. Er verscheen een rimpel in Barbara's voorhoofd. Pal tussen haar donkere ogen. Heel even maar. Deleu sloeg zijn arm om haar schouder en ontweek zo haar blik. Hij staarde naar zijn pantoffels.

'De zee. Schitterend. Het was fantastisch. Daar op zee. Daar zag ik de waarheid. Heel duidelijk. De juiste richting.'

'En dat is?' De woorden klonken niet bits maar er zat wantrouwen in.

'Ik zie je graag. Dat weet ik zeker.'

'En haar?'

'Wie?'

'Dirk, alsjeblieft.' Barbara liep geïrriteerd naar het aanrecht van de Amerikaanse keuken. Deleu keek naar haar benen. Naar haar mooie kuiten. Slanke achillespezen, als de opgespannen snaren van een boog. Hij herinnerde zich hoe hij er zachtjes in gebeten had. Vroeger, dat was veel vroeger.

Het beeld werd wazig.

'Ga je nu mee? Of niet?'

De stilte werd groter en groter en dreigender.

'Sorry, Dirk.' Barbara keek om. Ze keek hem aan. In haar ogen stond mededogen. Maar ook een vleugje angst. 'Ik wil niks forceren. Maar ons ma. Ze is zo gelukkig dat we weer bij elkaar zijn. Ze houdt van jou, Dirk.'

'Ja, ik ben bang. Bang van haar. En als jij er niet bent, ben ik ook bang. Ik heb je nodig, Barbara. Op zee...'

Zijn stem stokte toen Barbara hem omhelsde en haar wijsvinger zijn lippen streelde.

'Blijf jij maar lekker thuis. Geniet maar van je welverdiende rust. Ik ga nog wel een keer alleen.'

Barbara liep naar de trap.

'Kom. Kijken of ons poppemieke al wakker is.'

Deleu knikte en liep achter zijn vrouw aan.

'Ik word gek thuis, Barbara. Ik wil zo snel mogelijk weer aan de slag. Ik ga straks een luchtje scheppen.'

'Je doet maar.'

Dirk Deleu kneep zijn ogen tot spleten. Die laatste woorden. Klonken die nu hard of zacht? Begrijpend of wantrouwend? Gelaten of agressief? Teder of bitter? De woorden, ze wentelden door zijn hoofd. Maar wat hem vooral bezighield, was het 'waarom'. Waarom had hij daar vroeger nooit bij stilgestaan? Hoe haar woorden klonken.

Toen Barbara met de warm ingeduffelde Charlotte op haar arm naar de voordeur liep, zag ze dat de badkamerdeur op een kier stond.

Neemt hij een douche? Of zit hij gewoon op de wc. Nee, er komt damp uit de badkamer. Hij heeft dus een douche genomen. Nee, waarschijnlijk is hij in bad geweest. Vroeger hield hij meer van een snelle douche. Maar dat was vroeger. Heeft hij vanmorgen al niet gedoucht? Barbara zette een pas opzij. *Ja, toch wel. Ach, natuurlijk. De visgeur.*

Ze glimlachte en zette aarzelend nog een pas. De deur stond op een kier en ze zag hoe haar man, een badhanddoek om de lenden, heel minutieus en geconcentreerd met een nagelvijl onder zijn vingernagels schraapte. Vervolgens keek hij wat afwezig in de spiegel maar hij merkte haar aanwezigheid niet op. Hij zag er oud uit. En eenzaam en zo alleen en onzeker. Hij zag eruit als een man die twijfelt. Een man die bang is. Die niet weet hoe het verder moet. Soms belde hij haar op, zomaar, terwijl ze even om boodschappen was. Doodsbang. Smachtend naar genegenheid, zoals een stervende vis naar water smacht. Dan haastte ze zich naar huis en ze omhelsde hem en hield hem stevig vast en ze luisterde naar zijn bonkende hart.

Charlotte hoestte. Dirk Deleu keek geschrokken achterom en het scheelde niet veel of hij was achteruitgedeinsd.

'Ik denk dat ik maar eens wat ga fietsen. Wanneer ben je thuis?'

'Rond een uur of zes?'

'Oké. Ik ook dan. Wat eten we vanavond?'

'Witloof met ham.' Barbara glimlachte. Dirks absolute nummer één. Hij trok de wenkbrauwen op en gromde instemmend. Barbara liep naar de voordeur.

'Wacht. Wacht even.'

Ze voelde zijn vingertoppen op haar hals en toen ze zich omdraaide, zochten zijn lippen de hare. Ze sloeg een arm om zijn nek en drukte zich tegen hem aan. Charlotte begon te kraaien en te spartelen.

'Va... va... mamama....'

Barbara voelde een traan opwellen. Ze zoende Charlotte op de neus, draaide zich haastig om en liep naar buiten, waar de druilerige regen, die nu al dagen aanhield, de straat in een grauwe brij had herschapen.

Dirk Deleu trok de afgewaaide kap van zijn K-Way weer over zijn hoofd en snoerde de treksluiting dicht. Hij trapte alsof zijn leven ervan afhing. Weg van hier. Ver weg. De stad uit. Weg uit België. Helemaal naar de andere kant van de wereld. Hij kneep de remmen dicht en ging voor het rode stoplicht over zijn stuur hangen. Buiten adem. Voordat het licht op groen sprong, stak hij de straat over, waar hij bleef uithijgen. Het voorwiel van zijn fiets wees de andere kant uit, alsof het noodlot het zo wilde. Deleu sloot verward de ogen, veegde de regendruppels van zijn wang en probeerde zich Barbara voor de geest te halen. De jonge Barbara. De enige. De ware. Met een stralende glimlach liep ze op hem toe.

Waar was dat? In Tenerife. In de tropische plantentuin. In zevenenzeventig. Vijfentwintig jaar geleden. Nee, toen was ik pas achttien. Toen woonde ik nog thuis. Die reis hebben we gemaakt het eerste jaar dat we samenwoonden. In negenenzeventig.

Het was weer harder beginnen te regenen en Deleu kromde zijn rug en ging rechtop staan op de trappers. Obsessief. En hoewel hij dat niet wilde, toch wist hij dat de rit zou eindigen in de Ziekenliedenstraat. Aan de overkant van de straat. Waar hij kon zien of ze thuis was. Nadia Mendonck trok altijd de gordijnen open als ze in huis was.

Ze hield van licht. Veel licht. Het licht dat hij haar had ontstolen. De schuldgevoelens stapelden zich op. Ze begonnen te gisten en vergiftigden zijn hersenen.

Ze is zwanger van mij. Niet van Frank. Ik ben een lafaard. Nu heb ik twee vrouwen ongelukkig gemaakt.

In de Ziekenliedenstraat waren de gordijnen inderdaad opengeschoven. Deleu, die onderweg de onmogelijkste scenario's verzonnen had, stak, het verstand op nul, de straat over en belde aan. Hij had zich voorgenomen buiten te blijven staan. Hij wilde alleen Nadia's stem horen. Even maar. Om te weten hoe ze het maakte. Hij belde een tweede keer en zette een paar passen terug om het raam in het oog te kunnen houden. Misschien had ze hem gezien. En misschien deed ze liever niet open. Misschien was ze sterker dan hij en was dat de enige juiste manier. Elkaar volkomen negeren en uit elkaars leven verdwijnen. Misschien was dat de enige manier om het verlies te verwerken. Hij sloot de ogen en herinnerde zich haar slanke handen op zijn huid. Nee! Het mocht niet.

Deleu stak met zijn fiets aan de hand de straat over en maakte een vuist naar de claxonnerende chauffeur. De woede luchtte op. Hij stopte voor een bruine kroeg die blijkbaar net open was want behalve de dikke grijze kater op de vensterbank, die parmantig omrolde en de andere kant uit keek, was er niemand. Deleu koos voor een plaats bij het venster om van daaruit het appartement van Mendonck in het oog te kunnen houden. Hij hoorde een gestommel en keek om. De waard, die uit de kelder kwam met een krat bier, snoof geërgerd en kwam argwanend dichterbij. Hij controleerde de deur, waarvan de sleutel nog in het slot zat, en keek boos achterom, alsof hij zelf de vroege bezoeker was die wat wilde bestellen maar door de ober genegeerd werd.

'Meneer?'

Deleu keek in een verweerd gezicht. De man zag eruit als een galeiboef, ongewassen en ongeschoren. Zijn haar was zwart en kortgeknipt, met een kale plek boven de linkerslaap. Hij krabde ongeduldig in zijn stierennek.

'Een pilsje, alsjeblieft.'

'Sorry, ik sliep nog', zei Nadia Mendonck, een geeuw onderdrukkend. Ze zag er verwaaid uit. Schele Pierre Vindevogel, zoals iedereen op de hoogte van haar stukgelopen relatie met Deleu, knikte en slikte de vraag in. Hij wilde haar net vragen of ze goed geslapen had.

'Wat is er aan de hand? Pierre?'

'Melding van een lijk in verdachte omstandigheden', mompelde Pierre en hij duwde de voordeur, die op een kier stond, open. Mendonck keek naar de overkant van de straat, waar een ambulance met onnodig zwaailicht half op de stoep geparkeerd stond en waaromheen zich, ondanks de druilerige regen, een schare kijklustigen, vooral studenten, had verzameld, die de ochtendspits hopeloos in de war stuurden. Heel even bekroop haar de neiging om rechtsomkeert te maken en weer in bed te kruipen, maar ze liep achter Pierre aan en duwde een jonge agent opzij, een puber nog, die slaperig een sigaret stond te rollen.

Het silhouet van een lichaam, op de kille vloertegels, bedekt met een laken. Een gehurkte man zuchtte en liet de tip van het laken los. Hij klapte zijn dokterstas dicht, steunde zijn hand op zijn dij en drukte zich moeizaam op. Iets verderop, met zijn rug tegen de trapleuning, herkende ze de officier met wachtdienst van de Mobiele Brigade. Hij streek over zijn snor en mompelde iets in een walkietalkie.

'Nadia Mendonck. Moordzaken. Wat is hier aan de hand?'

De man verbrak de verbinding, trok zijn uniformpet recht en keek vluchtig naar Mendoncks legitimatiekaart en haar borsten.

'We komen de nodige vaststellingen doen. Levenloos halfnaakt vrouwenlichaam onder aan de trap.'

De dokter draaide zich om en keek Mendonck aan. De onverschillige blik in zijn ogen deed haar frustratie groeien.

'Gebroken nek. Door die val van de trap.'

'Moest ik daarvoor zo vroeg opstaan', klonk het bot.

'Sporen van een vechtpartij. Er moet een autopsie gedaan worden.'

'Sorry. Tijdstip van overlijden?' vroeg Mendonck routineus, terwijl ze onbewust haar hand langs haar buik liet glijden.

'Geen idee.'

'Is ze misbruikt?'

'Juffrouw.' De grijze man met het bolle uitdrukkingsloze gezicht en de weerbarstige leeuwenmanen keek naar Mendoncks buik. 'Mevrouw. Ik ben maar een gewone huisdokter. Ze is overleden.'

Mendonck draaide zich om en liep naar de officier met wachtdienst. 'Woont ze hier?'

De man knikte ja en maakte een uitnodigend gebaar naar de trap. 'De spoorzoekers zijn al gearriveerd.'

Nadia Mendonck liep de trap op, aarzelde, draaide zich om en liep naar het lijk. Ze lichtte een tip op en keek in het van angst en pijn verwrongen gezicht van een knappe jonge vrouw. Haar ogen stonden glazig. Even oud als zij was ze, misschien zelfs jonger dan zijzelf. Geen uitwendige sporen van geweld. Althans niet op het eerste gezicht. Voorzichtig draaide ze het hoofd een kwartslag. Het blonde haar was vastgekoekt in het gestolde bloed van een gapende hoofdwonde.

Ze liep de trap op, en terwijl ze de golf van medelijden probeerde te onderdrukken, speurde ze onderweg naar bloedsporen. Op de overloop duwde ze de nieuwsgierige officier met wachtdienst met zachte dwang achteruit en ze betrad de kleine flat, waar twee spoorzoekers, gekleed in blauwe regenjassen met 'Politie' op de rug, haar aankeken. Nadia hield haar legitimatiekaart voor zich uit.

'Is de vloer al afgeplakt?'

Een van de mannen, de dikste, knikte stug en ging door met zijn werkzaamheden: het inpoederen van de spiegel van de kaptafel. Iets verderop was politiefotograaf Van Lil foto's aan het maken. Hij knipoogde vluchtig naar Mendonck en richtte zijn aandacht weer op het beslapen bed.

Mendonck probeerde de flat met een oogopslag in zich op te nemen. In de hoek lag een vaas aan scherven. Het uitgeklapte bed was beslapen en de lakens waren omgewoeld. Nergens sporen van bloed. Wel duidelijke vegen van schoenzolen op de grijze gespikkelde linoleumvloer, naast het bed, alsof iemand zoals in een tekenfilm ter plaatse had getrappeld. Ze liep naar de overkant van de kamer. De andere spoorzoeker, een forse blonde man van voor in de dertig, kwam naar haar toe. Hij had blozende wangen en heldere ogen. Zo iemand die altijd wakker oogde. Dag en nacht. Mendonck geeuwde.

'Hallo.'

'Hallo. Iets interessants gevonden?'

De man schudde nee en keek met een bedenkelijk gezicht om zich heen.

'Daar is het nog te vroeg voor. Maar er is gevochten. Dat is zeker.'

'Bedankt. Jullie houden ons op de hoogte?'

Mendonck draaide zich om bij de deur.

'Pol?'

'Ja, inspecteur?'

'Maak ook een paar foto's van de ramptoeristen, wil je.'

'Komt voor mekaar.'

Terwijl fotograaf Van Lil de gordijnen openschoof, liep Mendonck al naar buiten, waar twee ziekenbroeders onder massale belangstelling het lijk in een ambulance schoven. Er kwam een tweede combi aangereden. Schele Pierre was verdwenen.

'Juffrouw? Wat is er gebeurd?'

Mendonck keek in twee zwarte kraaloogjes, diep weggezonken in een druipnat aapachtig gezicht, mompelde 'Russische maffia' en liep, nagestaard door de twee domme maar nieuwsgierige ogen van de pulpjournalist, weer naar binnen. In een kamer beneden hoorde ze een geschuifel. Ze ging op het geluid af en liep door de gang naar het achtergebouw, waar een deur op een kier stond. Ze voelde zich moe en het claustrofobisch nauwe trappenhuis versterkte dat gevoel nog. Chronisch vermoeid was ze. Als je haar huisarts mocht geloven. De multivitamines die hij had voorgeschreven, waren peperduur maar volkomen waardeloos. Prenatale depressie, luidde zijn diagnose. De onnozelaar. Ze zuchtte en duwde de deur open.

Schele Pierre Vindevogel zat op een gammele stoel, de benen ongemakkelijk gekruist. Hij krabde in zijn ongewassen hals. Het oude vrouwtje tegenover hem in de fauteuil keek op. Ze had een benig gezicht en kortgeknipt grijs haar. Mendonck was blijven staan toen de geur van schimmel haar tegemoet waaide. Pierre grijnsde onopvallend toen hij zag hoe ze hartgrondig haar best deed om haar walging te onderdrukken. De stoel en de fauteuil waren dan ook de enige gebruiksvoorwerpen die je kon onderscheiden in de volgestouwde flat, die eruitzag alsof er tien scheepsladingen rommel gelost waren. Het vrouwtje trok haar Noorse sokken op en keek Mendonck aan.

'Jij een tasje koffie? Juffrouw? Of thee misschien?'

'Nee. Dank u.'

'Polies of journalist?'

'Politie.'

'Goed. Kom dan maar binnen. Die moeten niet betalen.' Het vrouwtje lachte haar tandvlees bloot. 'Kom maar. En doe de deur dicht, kind, want de wind blaast hier dwars door de muren in dat tochtkot. Kom maar. En zet u neer.'

Nadia Mendonck deed aarzelend – de geur zou er niet op verbeteren – de deur dicht en zette een paar stappen naar voren.

'Ne stoel! Ochgod, ochhere. Ik heb er nog een. Maar waar. Ik krijg nooit bezoek. Allez mijnheer, wees eens een gentleman. Laat da madammeke zitten.'

Pierre Vindevogel stond op. Nadia probeerde hem stiekem te wenken maar het vrouwtje had het in de gaten.

'Zijn jullie al weg? Ik heb nog niks verteld.'

'Blijft u rustig zitten. We zijn dadelijk terug. We moeten nog iets bespreken met de dokter', loog Nadia en voor de spraakwaterval kon reageren nam ze Schele Pierre bij de schouder en trok hem de gang in.

'Wie is dat?'

'De hospita.'

'Djeezes. Wat een boel.'

'Tja', zei Pierre terwijl hij aan zijn vingers rook. 'Ik vrees dat ze alles is wat we hebben.'

'Is ze een getuige?'

'Ze heeft het lijk gevonden. Vanmorgen vroeg. Toen ze ging plassen.'

'Waar? In de gang?' Mendonck trok haar neus op. Vindevogel proestte het uit maar had zichzelf gauw weer onder controle. 'En heeft ze iets gehoord? Vannacht of vanmorgen of zo?'

'Niks. Ze slaapt vast. Zegt ze.'

'Waar...'

'Ze klapt de flappen van haar kartonnen doos dicht, veronderstel ik', sneed Pierre zijn collega de pas af en toen die zijn schele ogen de andere kant op zag draaien, proestte ze het uit en ze veegde met een zakdoek de tranen uit haar ogen. 'Heb jij parfum bij, Nadia?'

Mendonck gaf hem een kleine flacon Cartier en Vindevogel besproeide rijkelijk zijn hals en zijn kraag.

'Hé. Jood! Weet jij wat dat spul kost.' Mendonck rukte het flesje uit zijn hand en sprenkelde wat eau de toilette op haar zakdoek. Ze snoof de geur diep in zich op. Ze vroeg ernstig nu: 'Hoe heette dat meisje?'

Pierre haalde zijn notitieboekje uit zijn zak en vouwde het open.

'Martine. Martine Van Hees. Drieëntwintig en ongehuwd. Ik heb haar al door de centrale computer laten draaien. Blanco strafblad.'

'Werk?'

'Dexia in Brussel. Secretaresse.'

'Zijn de ouders al op de hoogte?'

'Nee.'

'Kom, we gaan weer naar binnen.'

Terwijl Mendonck ging zitten en Schele Pierre tegen de muur aanleunde en naar een comfortabele houding zocht, hield het vrouwtje hen nauwgezet in het oog. Mendonck schraapte de keel.

'Hebt u geen geschreeuw gehoord, mevrouw...?'

'Marie-Jeanne Driessens.'

'Mevrouw Driessens?'

'Janssens. De vriendinnen van vroeger, en daar zijn er spijtig genoeg niet te veel meer van in leven, enfin spijtig, ze noemen me meestal Jeanneke. Jeanneke Janssens. Weduwe Janssens. Al tweeëntwintig jaar weef, zoals ze hier in Mechelen zeggen.'

'Hebt u iets verdachts gezien of gehoord? Vannacht of vanmorgen?' onderbrak Mendonck het vrouwtje. Die keek haar recht in de ogen.

'Ik ben tweeëntachtig en nog goed te poot zoals ze zeggen. En mijn ogen en oren doen het ook nog. Dank u.' Ze pauzeerde even, snoof en streek met de rug van haar hand langs haar neus. 'En geschreeuw. Tja. Er is wel vaker geschreeuw. En gekreun. Somtijds gebonk. De muren en de vloeren zijn hier van geperst karton. Alle mannen van Mechelen zijn hier al over de vloer geweest als ge 't mij vraagt. 't Is godgeklaagd. Wat kan een arm oud mens daartegen doen? Niks. Als ge niet oppast, krijgt ge een ferm pak slaag. Er is hier zelfs al eens een zwarte over de vloer geweest. Zo'n pikzwarte neger. Dat loopt naar boven lijk dat ze in de brousse hun hut binnenlopen. Alsof ze hier wonen. Ne goeiendag kan er niet af. En toen was er een geboenk boven, dat kan ik u wel vertellen. Amaai mijn oor. Maar 't liedje heeft niet lang geduurd. Enfin... Speciaal lawaai? Nee, feitelijk niet. Ik ga vroeg slapen. Enfin, ik probeer vroeg te gaan slapen. Als ik gedaan heb met kuisen. Tv kijken doe ik niet meer. Allemaal zeverderij en seks. Vroeger, met Tony Corsari en zo. Dat was nog eens televisie. En Cansonissima en Jan Thijs, die in het zwembad viel...'

'Dus u hebt niks verdachts gemerkt gisteravond of vanmorgen vroeg?' onderbrak Vindevogel haar. Het vrouwtje sloot haar ogen en ademde zwaar, alsof de woordenstroom al haar energie had weggezogen.

'Neeje. Nikske', zuchtte ze. 'Enfin, of toch iets. Gisterenavond is ze thuisgebracht door twee politiemannen. Ik heb dat per ongeluk gezien door de venster.'

Schele Pierre en Mendonck keken elkaar aan. Ze openden tegelijkertijd hun mond.

'Twee politiemannen?' vroeg Mendonck. 'Hoe laat was dat?'

'Een uur of zeven, denk ik. 't Was in ieder geval al bijna donker.'

'Kunt u die politiemannen beschrijven?' vroeg Schele Pierre, die nu een en al oor was.

'Pfft. 't Was te donker. Ze hadden een uniform aan.'

Er volgde niets meer.

'En?' vroeg Vindevogel ongeduldig.

'Wat en?'

'Hoe zagen ze eruit?'

''t Was precies den dikke en den dunne. Van vroeger, toen er nog echte films waren.'

Vindevogel en Mendonck wisselden een blik. Mendonck voelde de slappe lach opkomen maar wist zich te bedwingen. Pierre negeerde haar lichaamstaal en begon ijverig in zijn boekje te noteren.

'Is het mogelijk dat nog iemand die politiemannen gezien heeft?'

Het vrouwtje haalde de schouders op.

'Nadat die politiemannen weg waren, werd er nog gebeld. Een minuut later.'

'En?'

'Ik zat al bijna terug in mijne zetel.'

Nadia Mendonck bekeek de onoverzichtelijke boel en probeerde zich voor te stellen welk pad de vrouw gebruikte om bij het venster te komen.

'En bent u gaan kijken?'

'Nee.'

'Waarom niet?'

''t Is toch nooit voor mij.'

'Wonen er nog andere mensen in dit huis?'

Het knokige lichaam rilde onder de te ruime schort. Toen ze haar ogen opende, stonden die intriest en het leek alsof er een vliesje over de pupillen zat, een typisch symptoom van staar. Ze knipperde een paar keer.

'Neeje. Alleen dat meiske. Ik doe dat om mijn pensioentje aan te vullen. Allez, dat meiske. Martine. Dan staat ge 's morgens op en dan ligt dat hier beneden in de gang. Allez. Dood. En zo jong nog. Allez... ne mens kan dat allemaal niet meer volgen. Waar gaan we naartoe in deze wereld.'

Ze zuchtte, sloot de ogen en stond moeizaam op, slofte naar het aanrecht, nam een ingelijste foto en ging weer zitten. Ze legde de foto in haar schoot en wreef met haar duim over het glas.

'Wist u dat juffrouw Van Hees zwanger was?' Pierres woorden klonken ongemeen hard onder de gegeven omstandigheden. Het vrouwtje kreeg een schok. Ze keek Pierre, die onhandig de blik afwendde, hulpeloos aan en keek vervolgens naar de foto in haar schoot.

'Allez... allez... nu. Nee... Neeje... dat...' Ze kreeg een prop in de keel. 'Allez Victor, kunde gij dat nu geloven. En wat moet ik nu doen?'

De tranen drupten op het glas en ze probeerde ze onhandig met de tip van haar schort weg te vegen. Ze richtte zich op en wankelde. Nadia Mendonck sprong op en ving haar op voor ze viel. Ze streelde door de grijze haren en het hielp het vrouwtje weer in de fauteuil. Ze keek naar de vergeelde foto. Een struise veertiger in hemdsmouwen met blozende wangen. Een paar vinnige ogen in een boers maar betrouwbaar gezicht.

'Uw man?'

'Ja. Onze Victor. Ne goeie man. En hij heeft me nooit bedrogen. Daar ben ik zeker van. We hebben hier heel ons leven gewoond. Vierenveertig jaar. Samen.'

Nadia Mendonck keek naar Schele Pierre. Hulpeloos. Pierre haalde de schouders op.

'Ik ben bang, juffrouwke. Onze Victor wist voor alles raad. Ik ben zo bang. Stel dat die moordenaar terugkomt.'

Mendonck streelde nog een keer door de vettige haren, maar haar neus optrekken deed ze niet.

'We laten het huis bewaken. Dag en nacht. U moet niet bang zijn. En hier is mijn kaartje. Als er iets is, kunt u me bellen. Gelijk wanneer.'

Jeanneke Driessens, weduwe Janssens, keek Mendonck dankbaar aan en kneep in haar hand.

'Merci. Gij zijt ook een goed meiske. Zorg maar goed voor uw kinneke. Want gij staat er ook alleen voor, hé.'

Mendonck bleef sprakeloos. Ze keek naar haar hand die op haar buik rustte. Schele Pierre kwam houterig in beweging en loodste haar bij de schouder naar buiten. In de gang had Mendonck zichzelf gauw weer onder controle.

'Wat was dat van dat zwanger zijn?'

'Ik denk dat ze zwanger is', zei Pierre droog.

'En hoe...'

'Boven. Een predictorset in het apothekerskastje, boeken over zwangerschap in het nachtkastje en een print van een echografie, gedateerd verleden week.'

Nadia Mendonck kleurde rood. Ze had er niets van gezien. Haar emoties in bedwang houden, daar kwam het nu op aan. Pierre ging er niet verder op in. 'En nu?' vroeg hij nonchalant. 'Pv maken en de resultaten van de lijkschouwing afwachten? Zoals gewoonlijk.'

'Ik ga de ouders inlichten. Probeer jij ondertussen het adres van haar gynaecoloog te vinden en die twee politiemannen op te sporen.'

'Moet jij dat doen?'

'Wat?'

'De ouders inlichten.'

''t Is mijn onderzoek.'

'Oké.' Pierre liep weg met hangende schouders. Voor hij naar buiten ging, draaide hij zich om. 'Ben je zeker dat je in jouw conditie...' Mendoncks dwingend wuivende handje deed hem zwijgen en terwijl hij nog even vluchtig naar het krijtsilhouet op de grond keek, liep Schele Pierre Vindevogel, 'wijven' mompelend, naar buiten.

'En laat een buurtonderzoek doen', riep Mendonck hem nog na.

In de Tuinbouwstraat nummer zevenenveertig waren de luiken van het eenvoudige rijtjeshuis neergelaten. Nadia Mendonck schrok ervan en toen het doel van dit bezoek tot haar doordrong, blies ze alle lucht uit haar longen. Hoe breng je ouders het nieuws dat hun enige dochter dood is? Maar de ouders waren blijkbaar al op de hoogte gebracht.

Mendonck stak in gedachten verzonken de straat over en pas toen ze aanbelde, merkte ze hem op. Zozeer was ze opgegaan in het verzinnen van de juiste intro, die hoe dan ook niet bestond. Hij stond aan de overkant van de straat geparkeerd, de grijze Golf. Door het opengedraaide raampje stak een joekel van een telelens. Nadia Mendonck balde de vuisten en was van plan de straat over te steken, de scanner in beslag te nemen en de reporter met de apensmoel op een fikse kopstoot te trakteren, maar het was te laat. De deur zwaaide open.

'Goeiedag. Ik ben Nadia Mendonck. Inspecteur van...'

De man met het grauwe aangezicht en de betraande, rood dooraderde ogen luisterde noch antwoordde. Hij gebaarde Mendonck met een simpele polsbeweging binnen te komen en liep als een zombie door de gang naar de woonkamer. Mendonck trok de deur in het slot en liep achter de man aan. Wat haar opviel waren zijn treurende schouderlijn, zijn auberginekleurige debardeur, zijn afgesleten pantoffels en een vage geur van viooltjes die ze niet kon thuisbrengen. Ze ademde heel diep in en uit en liep de woonkamer in, waar een vrouw van middelbare leeftijd met de handen in het haar naar een foto op de ruime ouderwetse maar allerminst antieke buffetkast zat te staren. Ze keek amper op toen Mendonck binnenkwam. Plots stond ze op en ze liep driftig naar de keuken. Luttele seconden later kwam ze terug met een koffiekan en een schotel met een aangesneden kersentaart. De man plofte zonder een woord te zeggen in een lederen sofa tegenover de tv en stopte een pindanootje in zijn mond. En nog een. En nog een.

'Zet u. Koffie, euh...mevrouw?' De moeder van Martine Van Hees keek naar Mendoncks buik. Haar stem haperde maar ze probeerde zich sterk te houden 'Een stukje taart?'

'Nee, dank u.'

'Echt niet? Het is... was ons Martine haar lievelingstaart. Kersen. Hé... Victor?'

De man bleef naar de punten van zijn pantoffels staren.

'Victor?' klonk het schril.

'Ja.'

'Oké. Geef me dan maar een stukje', zei Mendonck terwijl ze ongemakkelijk heen en weer bewoog op de stoel.

'Een kussentje?' vroeg de moeder van het vermoorde meisje terwijl ze een taartpunt op een schoteltje schepte en Mendoncks kopje volschonk. 'Melk? Suiker? Iets anders, een koekje?'

'Nee, dank u. Ik ben Nadia Mendonck, inspecteur bij de lokale recherche Mechelen.' 'Moordzaken' liet ze wijselijk achterwege. 'Eerst en vooral wens ik u mijn innige deelneming te betuigen voor het verlies dat...'

De moeder van Martine Van Hees legde, geheel tegen de gebruikelijke gang van zaken in, haar hand om Mendoncks schouder en kneep erin.

'Laat maar, kindje. Laat maar.' De vrouw draaide haar hoofd een kwartslag. Ze fixeerde haar man, die geen teken van leven gaf.

'We weten niet van wie. Dat wilde ze niet zeggen. We hebben ons daarbij neergelegd.' De vrouw kruiste nerveus haar benen en keek nogmaals naar haar man. Verwijtend dit keer. Toen hij niet reageerde, hief ze de schouders. 'Maar ik heb haar gezegd dat het kindje hier altijd welkom is. Dat heb *ik* haar gezegd.'

Nadia Mendonck keek de vrouw aan. Ze voelde zich zo verdomd hulpeloos. Het chaotische verloop van dit bezoek, waar ze geen vat op leek te krijgen, verlamde haar en ze zocht koortsachtig naar een manier om het heft weer in de hand nemen. Of was het haar verstand? Het enige wat echt tot haar leek door te dringen, waren de snuisterijen in de zwaarbeladen woonkamer.

'Zijn jullie zeker dat ze van de trap is gevallen?' De vrouw keek Mendonck verwachtingsvol aan. 'Ik bedoel dat ze niet geduwd is of zo. We kennen haar vrienden. Enfin. Toch een paar. Victor? Maar we weten niet van wie... Zij wel, denk ik. Denken we. We zullen een advocaat nemen om de schuldige te straffen. Victor? We hebben wat spaarcentjes opzij. Voor ons Martine. Voor als ze een gezin zou willen beginnen.'

Een engeltje met één been, verdroogde rozen in een tinnen kan met een of ander opschrift, porseleinen beeldjes op het buffet. Een hele dierentuin. Van herten tot egels. Kitscherig. Kitscheriger. Kitscherigst.

'Verdomme. Deleu. Wat heb je me aangedaan!'

Nadia Mendonck stond op. De vrouw des huizes keek haar verschrikt aan. De man zuchtte en speelde met de knoop van zijn das.

'Drink eens', zei de vrouw, terwijl ze in Nadia's kop keek. 'Of wil je iets anders?'

'Graag. Water alsjeblieft.'

'Wat?'

'Water. Gewoon plat water.'

De moeder van Martine Van Hees slofte naar de keuken. Ze had spataderen op haar linkerbeen en om haar rechterenkel zat een steunkous.

'Wat rest deze mensen nog? Om naar uit te kijken. Om voor te leven.'

'Ik pak je, smeerlap.'

Het gemompel klonk luider dan bedoeld. Vader Van Hees leek ervan wakker te schrikken. Hij duwde zijn schouders achteruit en keek Mendonck hoopvol aan, alsof hij behoefte had aan een sterke hand. Het hielp. Ze voelde haar zelfvertrouwen groeien. De vrouw kwam terug met een karaf water. Lekker fris, want het glas was aangedampt.

'Schenk je zelf maar uit', klonk het hol terwijl ze weer in de sofa tegenover Mendonck ging zitten. Ze zweeg, alsof ze instinctief aanvoelde dat Mendonck de kracht gevonden had om orde op zaken te stellen. Beide echtelieden keken haar nu verwachtingsvol aan. Alsof zij degene was die alles weer goed zou maken. Mendonck schraapte de keel.

'Ik had enkele vragen in gedachten. Zijn jullie in staat om die nu te beantwoorden? Het spijt me dat het nu moet gebeuren maar elk tijdverlies....'

'Ze is vermoord', zei de man toonloos, alsof hij om het zout vroeg.

'Dat weten we nog niet zeker. Maar er zijn vermoedens dat er kwaad opzet in het spel is. Verbleef ze hier soms nog?'

Toen de stilte gênant begon te worden, leek de moeder als eerste op te schrikken uit haar gemijmer.

'Nee. Ze kwam wel regelmatig. Maar Victor heeft haar...' Ze keek verwijtend naar haar man, die zijn nonchalante houding had laten varen. Hij drukte zijn handen op zijn dijen en hoewel zijn kaken strak opgespannen waren van de ingehouden woede, stonden zijn ogen triest, alsof hij het verdriet van de hele wereld torste.

'Ze is het zelf afgetrapt, Alice', mompelde Victor Van Hees.

'Nee, je hebt haar weggejaagd!' Alice Mortelmans kreeg een roze blos op de wangen. Ze zuchtte, wendde de blik af en keek naar haar handen, die in haar schoot rustten. Haar duimen cirkelden om elkaar. ''t Is nu toch te laat', klonk het monotoon. 'Sedert ze vast werk gevonden heeft, woont ze alleen. Dat was in...'

'Vijfennegentig', viel Van Hees in. 'Zeg ons wat we moeten doen om de moordenaar te pakken. Ik maak hem eigenhandig af. Met mijn blote handen als het moet.'

De kromme man leek plots veranderd in een moordmachine, alsof hij kracht putte uit zijn woede. Hij ging rechtop zitten, kneep zijn handen open en dicht en in zijn ogen blonk pure moordlust. Mendonck kreeg het koud.

'We weten nog niet veel. Het onderzoek wordt opgestart. De hospita heeft haar gevonden. Vanmorgen.'

'Jeanneke', prevelde de moeder.

'Kent u haar?'

'Nee. Niet echt. Maar ze is vriendelijk. Zegt ons Martine.'

De woorden klonken hol zoals voor Mendonck heel de wereld hol klonk de laatste weken. Vader Van Hees zat nog steeds met gebalde vuisten en starre ogen voor zich uit te kijken. Mendonck beeldde zich in dat er rook uit zijn oren kwam.

Onvoorstelbaar wat een kind in een mens kan teweegbrengen, dacht ze terwijl ze zocht naar een manier om de gemoederen te bedaren. Woede lucht op. Ongetwijfeld. Maar niet lang. Dan komt de melancholie. En het verdriet.

Is het niet, Dirk? Voel jij hetzelfde wat ik voel. Of is het bij jou alleen machteloosheid?

Nadia Mendonck legde haar hand op haar buik.

En nee. Het antwoord is 'nee'. Ik kan niet van Charlotte en Rob houden zoals jij van hen houdt. Dat gaat niet. Ik wilde wel hun vriendin zijn. Maar dat wilde jij niet.

De ouders van Martine Van Hees zwegen. Het was alsof ze de schrijnende tweestrijd aanvoelden. Nadia Mendonck stond plots op. Ze streek haar rok glad en drukte de ouders de hand, maar die keken haar nog steeds verwachtingsvol aan alsof ze een of andere wraakgodin was die de klus wel even zou klaren.

'Er komt nog iemand langs vandaag. We willen graag de namen en adressen van haar vrienden kennen. Ik houd u op de hoogte. Bedankt. En nogmaals, innige deelneming.'

Alice Mortelmans wees nog naar de taartpunt, maar Mendonck dronk in één teug haar glas water leeg, liep zonder blikken of blozen naar de gang, waar ze de voordeur opentrok en vervolgens naar haar Clio sprintte. De reporter zag ze niet, wat een gelukje was voor de 'aapmens' want Mendonck was in staat geweest zijn banden stuk te schieten.

Haar gsm rinkelde. Ze stopte hem tussen haar schouder en haar oor en vertrok met gierende banden.

'Mendonck.'

'Mendonck, Jos hier. Jos Bosmans. Kom naar het bureau van Van Grieken. Er is haast bij. De wetsdokter heeft het ontzettend druk. Ik ben bij hem.'

'Betekent dat dat ik het dossier krijg?' klonk het opportunistisch.

Het bleef stil aan de andere kant van de lijn, waar onderzoeksrechter Jos Bosmans naar de hoorn keek. Wat een gedrevenheid. Hij zette de hoorn aan zijn oor.

'Ik ben gevorderd door de procureur. De rest zien we straks.'

KLIK.

'Of wil je de zaak aan Deleu geven, zoals gewoonlijk?' mompelde Mendonck en ze gooide de gsm op de passagiersstoel. Toen ze in de spiegel keek en de harde lijnen in haar voorhoofd zag, probeerde ze zich te ontspannen.

Terwijl ze het vel onder haar linkeroog glad trok, weerklonk hetzelfde irritante melodietje. Ze moest dat belsignaal eens veranderen. Maar hoe? Deleu had het ingesteld.

'Ja.'

Het bleef stil aan de andere kant van de lijn.

'Hallo!'

'Nadia, Dirk hier.'

De stilte was onwezenlijk. Het was Mendonck die als eerste capituleerde.

'Wat wil je... van mij?'

'Ik wil je zien. Vanavond.'

Stilte.

'Ik kan je niet vergeten, Nadia. Dat gaat niet. Niet zomaar.'

'Hoe dan wel. In schijfjes? Wil je me in schijfjes vergeten? Ik dacht dat je gekozen had.'

'Ik... ik...we moeten praten.'

'Ik heb je al gezegd dat je niet van twee walletjes kunt eten!'

Mendonck schakelde de gsm uit en gooide hem met een nijdige zwaai weer op de passagiersstoel. De mobiele telefoon sprong op, ketste tegen de deur en viel op de grond. Nadia Mendonck keek ernaar. Woedend. Liefst van al wilde ze er haar hak op zetten en het ding verbrijzelen. Ze kneep nerveus in het stuur, gaf gas bij en reed door het verkeerslicht, dat net op rood was gesprongen.

'Gotver... godverdomme!' Nadia Mendonck schreeuwde haar frustratie uit. Uit volle borst. 'Godverdomme!'

Dirk Deleu keek ondertussen wezenloos naar de telefoon in zijn hand. Hij vervloekte zichzelf om zijn zwakheid. Hij haakte de hoorn in de haak, verliet de publieke telefooncel, kroop op zijn mountainbike als een stokoude grijsaard en reed huiverend weg. Op weg naar nergens.

Op de Vismarkt hield hij halt. Hij stalde zijn fiets tegen de ijzeren reling van de Dijle en liep met de handen in de zakken de Cirque binnen, waar Alain, de waard, zoals gewoonlijk op een barkruk zat, verdiept in zijn krant. Deleu wurmde zich door een groepje uitgelaten studenten en ging naast Alain zitten. Die keek op en bromde een groet.

'Een witteke, inspecteur?'

Gitta's stralende glimlach, geaccentueerd door het edelsteentje dat in haar linkerhoektand was verwerkt, monterde Deleu op.

'Boh, ja. Waarom niet. En geef den Alain maar een koffieke dat hij wakker wordt. En neem er zelf ook maar eentje.'

'Ik ben wakker', klonk het schamper. Deleu glimlachte toen hij in het knappe gezicht van de jonge blondine keek.

'Jij bent wakker geboren.'

Hij betrapte zich erop dat zijn blik op haar mooie volle borsten bleef rusten, draaide zijn hoofd een kwartslag en keek in het stoïcijnse gezicht van de waard. Er werd geen woord gesproken maar toch genoot Deleu van het ogenblik. Vrienden. Stilzwijgend begrip. Iets wat je moet koesteren als een kostbaar kleinood. Iets waar hij vast en zeker behoefte aan had. Nu meer dan ooit tevoren. Met Barbara was zoiets evident geweest. Met Nadia niet. Daar was hun relatie te jong en vooral te chaotisch en te fragmentarisch voor geweest. 'Geweest.' De gedachte deed zijn opgewekte gemoedstoestand prompt weer omslaan en de goedbedoelde woorden van Alain waren olie op het vuur.

'Hoe is 't thuis?'

3

'Wat doe jij hier?'

Magda De Dijver liep naar haar man, die voor het raam zat en naar buiten keek. Hij droeg shorts en een trainingsjack van fijn synthetisch textiel waardoor zijn sterke schouders extra werden geaccentueerd. De rits van zijn jasje was hoog opgetrokken. Ze sloeg haar armen om zijn brede borst. Hans Van Diest draaide zijn hoofd een kwartslag en zoende zijn vrouw in haar hals. Hij trok haar tegen zich aan en probeerde haar hals te likken.

'Wachten op jou', klonk het hees.

Magda spartelde tegen maar de natte punt van zijn tong verdween in haar oor. Het deed haar hoofdhuid tintelen.

'Lekker?'

'Hmmm.... te...lekker. Brrr.'

Toen ze de sterke vingers in haar bh voelde glijden, draaide ze zich handig uit de omklemming en ze liep naar het aanrecht, waar ze zijn gebruikelijke rommel begon op te ruimen.

'Nee. Serieus. Wat doe jij thuis?'

'Allez. Laat dat toch staan. Kom hier. Kom', zei Hans Van Diest lijzig terwijl hij zijn tong langs zijn lippen liet glijden en in zijn kruis kneep. Magda, die de bui al voelde hangen, wendde de blik af en spoelde een kopje om.

'Half dagje vakantie genomen. Ik wilde bij je zijn', klonk het. Stugger dit keer.

'Ben je gaan werken vanmorgen?'

'Nee. En ja. Ik moest bij een klant zijn. Vanmorgen.'

Magda liet warm water in de spoelbak lopen en goot er een scheut Dreft bij. Ze dompelde de vaat onder in het schuimende water.

'Hoe was het met onze Joeri zijn oorpijn?'

'Weet niet.'

'Hoe? Weet niet. Je hebt hem toch naar school gebracht vanmorgen?'

'Hij heeft er niks van gezegd.' Het klonk nu bits.

Magda draaide zich om. Haar man zat door het raam te staren. Zijn linkerschouder bewoog. Hij was zijn ballen aan het masseren. Er kwam een diepe rimpel in het gezicht van de aantrekkelijke blondine. Wat was er toch aan de hand met Hans de laatste tijd, vroeg ze zich af. Seks, seks en nog eens seks. Iets anders kwam er niet meer uit.

Ben ik geen goeie vrouw? Heeft hij iemand anders?

Ze zuchtte en liep naar hem toe.

Nee, want dan zou hij niet meer in mij geïnteresseerd zijn.

'Ik zie je graag, Hans.'

'Bewijs het dan.'

Magda De Dijver, verbouwereerd door het botte antwoord, snakte naar adem toen haar man zijn sterke armen om haar heen sloeg, haar optilde alsof ze lucht was en met haar naar de slaapkamer liep, waar hij haar zonder veel omhaal op het bed gooide. Een waterbed. Zijn allerlaatste bevlieging. De deinende matras. De gejaagde zurige adem in haar hals. Zijn zoekende handen. Recht naar haar kruis. Zonder omwegen. Zonder gevoel. Ze kneep haar kleine handen tot vuisten en begon te spartelen.

'Hans... Laat... laat me los. Nu!'

Het sterke lichaam verstarde. De druk viel plots weg. Hans Van Diest rolde op zijn rug en staarde naar het plafond.

'Sorry, Hans. Ik heb er geen zin in. Niet zo. Ik ben geen machine. Ik heb behoefte aan...'

'Jij hebt nooit zin!' De woorden donderden door de half verduisterde slaapkamer. Ze stonden in schril contrast met de ogenschijnlijke rust van zijn lichaam. Hij spande zijn dijspieren, sprong op en liep zonder een woord te zeggen naar buiten.

'Hans? Hans, kom terug. Hans? Wacht. Waar ga je naar...'

'Zuipen!' weergalmde het door het trappenhuis. Magda De Dijver ging op de rand van het bed zitten en ze keek met wezenloze ogen naar de foto op het nachttafeltje. Het hele gezin op het strand van Bredene. Die foto was destijds gemaakt door een behulpzame voorbijganger, die met zijn hond aan de wandel was. Een labrador. Magda herinnerde zich nog elk detail. Zoals ze zich ook nog elk detail van haar tienjarige huwelijk herinnerde. Een huwelijk dat goed geweest was. Gestoeld op wederzijds begrip en vertrouwen. Na de geboorte van Joeri, hun jongste zoon, waren er wel wat spanningen geweest. Maar die waren er toch in elk gezin? Of toch niet? Magda had de schuld op zich genomen, hoewel ze het ook niet kon helpen dat ze verliefd was geworden op haar gynaecoloog. Gedurende zes maanden. Onbegrijpelijk. Die gevoelens, waar ze geen raad mee wist, had ze stilletjes voor zichzelf gehouden. Misschien had ze het bij Hans moeten opbiechten. De onzekerheid knaagde en ze nam de foto in haar hand. Ze trilde. Hans had een stralende lach op die foto. Zijn sterke gebruinde lichaam. Maarten in zijn nek en Joeri op zijn schouder. Magda vroeg zich af of ook zijzelf gelukkig was toen die foto gemaakt werd. Waarschijnlijk wel, want ze lachte. Ze liet haar vinger over Hans' biceps glijden en zuchtte.

'Ik had beter toegegeven. Dan was hij nu misschien gelukkig geweest.'

Ze keek nog een keer in de staalblauwe ogen van 'haar Hans'.

Een vrouw moet een prinses in de keuken zijn. En een hoer in bed. De meeste vrouwen zijn waardeloos in bed. Ik wou dat ik met een man getrouwd was.

Met dat soort uitspraken werd ze tegenwoordig om de haverklap geconfronteerd. Ze werd ermee om de oren geslagen. Over het moederschap repte hij met geen woord. Nooit. Terwijl ze zich verward en mijmerend oprichtte, weergalmde een laatste flard door de gang.

'En dan ga ik naar de hoeren!'

Hans Van Diest sprong op zijn citybike en fietste zijn ziel uit zijn lijf. Twee huizenblokken verder kneep hij de remmen dicht en de fiets hobbelde de stoep op. Van Diest keek naar de voorbijrijdende auto's. Zijn ogen werden glazig en de verkeersstroom leek stil te vallen, alsof de hele wereld in slowmotion verderdraaide. Hij probeerde zijn jagende ademhaling te bedaren maar het lukte hem niet. Hij ritste de kraag van zijn trainingsjack open en bekeek het bruine kleefverband in zijn hals. Toen hij er met zijn wijsvinger op duwde, schoot er een pijnscheut door zijn lichaam. Hij trok zijn jasje weer dicht tot onder zijn kin en sloot de ogen en langzaam kwamen de beelden van de avond ervoor. Ze kwamen... sneller en sneller, totdat ze elkaar verdrongen.

De achtervolging, de twee flikken, het aanbellen, de smoes in de parlofoon, het beklimmen van de trap, haar gezicht toen ze opendeed. Van Diest huiverde en greep naar zijn kruis. De seks. Hete, ongeremde, brutale seks. Hij kreunde en toen hij zich de achtervolging en de val van de trap herinnerde, liep een rij zenuwtics over zijn linkerwang. Hij kneep in het stuur van zijn fiets tot zijn vingers pijn deden. Al met al was het een meevaller geweest. Ze kon hem niet meer verraden. Ze kon hem en zijn gezin geen pijn meer berokkenen. Dood. Ze was zo dood als een pier. Zoals hij de avond tevoren al vermoedde. Zijn gedachten dwaalden af naar vanmorgen. Hij had naar zijn baas gebeld met de melding dat hij zich niet goed voelde. Die had daar, zoals gewoonlijk, geen probleem van gemaakt. Daar was hij te laf voor. En te afhankelijk van Magda's ouwe heer.

Na het telefoontje was hij naar 'het' huis gereden. Toen hij de ambulance zag, wilde hij zich uit de voeten maken maar hij had de angst kunnen bedwingen en had zich onder de kijklustigen gemengd. Hij had gezien hoe ze een lichaam, bedekt met een laken, naar buiten hadden gedragen. Was haar lichaam naakt onder dat laken? had hij zich afgevraagd. Haar hete wulpse lijf dat ze als een aan de haak geslagen paling in onvoorspelbare bochten had gewrongen toen hij eindelijk in haar was. Maar genoten had ze. Zoals ze altijd genieten. De hete teven.

Van Diest greep in zijn broekzak en haalde een beduimeld briefje tevoorschijn. 'GFC356' las hij. Eerst had hij gedacht dat het haar zus was. Ze was wellicht ook zwanger. Dat zie je aan de manier waarop ze hun hete buik aaien. En ze was blond. En knap. Met hete, wellustige lippen. Toen ze iets later weer naar buiten kwam, sprak ze met een uitgezakte vijftiger. Glinsterende witte tanden onder haar glimmende lippen. Haar gezicht was niet droef. Wel triest maar zeker niet rouwend. Haar gesprekspartner, de schele, waarschijnlijk een collega, was naar een patrouillewagen gelopen nadat ze hem iets in het oor had gefluisterd. Daarna was ze snel weggereden.

Hans Van Diest keek naar het briefje in zijn handpalm. Naar haar nummerplaat. Ze was een flik. De gedachte wond hem op. Hij stopte het briefje haastig in zijn broekzak toen een regendruppel pal op de 'G' viel en de inkt uitwiste. Flik of geen flik. Dood of levend. Het maakte niet uit. Niet meer.

De wereld zag er plots weer kleurrijk uit. Spannend en avontuurlijk. Maar hoe kom je aan de hand van een nummerplaat iemands adres te weten, vroeg hij zich af. Daar moest hij zijn aandacht nu op focussen. Al de rest was bullshit. Ballast. Hoe? Simpel. Je belt naar DIV. Of naar de politie?

Hans Van Diest grijnsde om zijn sublieme ingeving. Het leven was aan de durvers. Of naar het politiebureau rijden en de Clio volgen. Nog spannender was dat. De jacht. Jagen, daar ging het om. De spanning opbouwen. De lus dichttrekken. Heel langzaam. Het wild moet nog kunnen spartelen. De dwingende erectie maakte hem onrustig en hij zette zich af en trapte alsof zijn leven ervan afhing. Het luchtte op.

Ons Magda is een goeie vrouw. De perfecte vrouw voor mij. Ik rij naar school en wacht tot onze Joeri naar buiten komt. Onze Joeri. Er kwam een glimlach om Van Diests lippen. *En ik stem toe in therapie. Dan is ze gelukkig. Het leven kan mooi zijn.*

De telefooncel leek door God de Vader speciaal voor hem op die plaats neergezet.

Magda De Dijver slikte toen de telefoon rinkelde. Met angst in de ogen liep ze naar de hoektafel en ze nam op. Ze kreeg de kans niet om ook maar een woord te zeggen.

'Sorry, schat. Ik heb er spijt van. Ik hou van jou. Van jou alleen. Het zal nooit meer gebeuren. Niet triest zijn. Oké? Ik voel me rot. Ik maak het goed vanavond. Als je wilt, zal ik spaghetti maken. Met gestoofde courgettes, zoals je hem graag lust. Ik ga zelf wel boodschappen doen. En dan rijd ik naar Coloma. Ik ga een pintje drinken en onze Joeri van school halen. Dat is al zo lang geleden. Zo lang geleden dat zijn pappie hem nog is komen afhalen. Veel te lang. Ik trakteer hem op chips en cola. En er is nog iets anders wat ik met je wil bespreken. Vanavond, na het eten, als de kinderen slapen. Ik wil je raad opvolgen. Ik zal in therapie gaan. Voor jou. Ik hou van je. Oké, schat?'

'Euh.. ja. Jaja.'

'Het spijt me. Oké. I love you. Honeypie.'

KLIK.

Magda De Dijver keek naar de hoorn en zuchtte. Ze schudde haar hoofd en probeerde te glimlachen maar het lukte haar niet. Ze liep naar de badkamer, nam de linnenzak en liep naar de veranda. Terwijl ze de kleren in de wastrommel duwde, rolde er een traan over haar wang.

Als een verlegen schooljongen beklom die andere fietser de vertrouwde arduinen trappen van het Mechelse politiebureau aan de Edgar Tinellaan. De binnenplaats was leeg. De Mondeo van de Schele was er niet en de fossiele Mercedes van Bosmans evenmin.

Terwijl Deleu zich afvroeg wat hij hier in godsnaam kwam zoeken, besefte hij dat ook de Clio van Nadia Mendonck niet tussen de geparkeerde auto's stond en dat dat eigenlijk de enige auto was waarin hij geïnteresseerd was. Hij wilde de trappen aflopen, maar Walter Vereecken versperde hem de weg. Zijn rolstoel kwam zoemend in beweging.

'Dag Dirk. Ça va?'

'Dag Walter.' Deleu keek achterom. 'Zeg, hoe raak jij eigenlijk van die trappen?'

'Ik ga met de lift naar de kelder.' Vereecken tikte zijn bicepsen aan: 'En dan rol ik naar boven. Taske koffie?'

'Oké.'

Deleu volgde Vereecken naar diens bureau en keek zwijgend toe hoe zijn collega twee koppen koffie inschonk. Verse, want hij rook heerlijk. Vereecken keek Deleu aan, die naar het verband op zijn wang keek. Hij had waarschijnlijk precies hetzelfde in gedachten. Jozef Hermans. De psychopaat die Mechelen maandenlang in zijn greep had gehouden. Ze hadden hem uiteindelijk te pakken gekregen, maar waren geen van beiden ongeschonden uit het avontuur gekomen. Vereecken voelde aan zijn wang. Deleu keek de andere kant op.

'Hoe gaat het thuis?'

'Ik zou liever weer aan de slag gaan.'

'Allez, jong. Twee weekjes vakantie. Dat laat je toch niet liggen.'

Deleu antwoordde niet. Hij dronk bedachtzaam van zijn koffie.

'Ik werd ook zot thuis', raadde Vereecken zijn gedachten.

Deleu knikte. Beide mannen dronken zwijgend.

''t Is hier precies zo kalmpjes? Iedereen is blijkbaar met vakantie. Zit Bosmans op zijn kabinet?' begon Deleu te vissen.

Vereecken keek hem aan met pretlichtjes in de ogen.

'Deleu. Niet met mij, hé. Je lijkt wel een journalist.'

Deleu besloot om zijn halfslachtige houding te laten varen en open kaart te spelen.

'Oké. Ik wil meespelen. Waar zit iedereen? Wat is er gebeurd?'

Walter Vereecken glimlachte, maar met gefronste wenkbrauwen, wat zijn gelaat een eigenaardige melancholische uitdrukking gaf.

'Rare zaak, manneke. Een jong meisje. Gevonden onder aan de trap van haar huurflat. Halfnaakt. Geen slipje aan. Waarschijnlijk nek gebroken. Vechtpartij enzovoort.'

'Wanneer?'

'Vanmorgen.'

Deleu hief zijn kin en Vereecken knikte instemmend.

'Yep. Vermoord.'

'Wie...?'

'Mendonck. Waarschijnlijk. Hoewel, in haar conditie. Maar ze was erop gebrand. Naar het schijnt was dat meisje ook zwanger. Maar de finesse ken ik niet. Nog niet. Ze zijn bij Van Grieken. Au grand complet.'

'Bosmans ook?'

'Ja. Hij was hier vanmorgen. Heel vroeg.'

Deleu drukte Walter Vereecken de hand en draaide zich om.

'Als je hem ziet...'

'Ja, ik zal zeggen dat je een deel van de koek wilt. Of wil je de hele taart? Zoals gewoonlijk', grijnsde Vereecken zijn collega nog achterna, opgelucht omdat er met geen woord gerept was over de stukgelopen relatie tussen Deleu en Mendonck, onderwerp van gesprek in het hele gebouw tegenwoordig. Je kon de gang niet inrijden of er was wel iemand die 'meer' wist. Dat was overigens de werkelijke reden waarom Deleu op non-actief was gesteld. Niet om te revalideren van zijn verwondingen.

Vereecken spoelde de twee koppen om en wielde naar het raam. Net op tijd om Deleu op zijn fiets te zien springen en te zien wegrijden. Met gekromde rug en afhangende schouders.

Wat een paar, die twee. En wat een vaudeville, die hele affaire, dacht Vereecken. Deleu terug thuis bij vrouw en kinderen en Mendonck alleen. Zwanger van hem.

Ook dat was een publiek geheim op het bureau. Deleu had uiteindelijk toegestemd in een DNA-analyse en daaruit was gebleken dat niet Frank Tack maar hijzelf de vader was van Mendoncks ongeboren baby. Walter Vereecken reed naar zijn bureau en vroeg zich af of Deleus wettige echtgenote, Barbara, op de hoogte was en wat dan haar reactie mocht zijn geweest op het allesbehalve prettige nieuws. En hoewel hij Deleu beschouwde als een van zijn beste vrienden, deed hij wat alle mensen doen in zulke omstandigheden: hij wentelde zich in zijn egoïsme en prees zich gelukkig dat hij niet in Deleus schoenen stond en dat zijn huwelijkbootje op stille waters verderdobberde.

Wetsdokter Van Grieken woelde met zijn vingers in zijn grijze sik. Het leek alsof hij zijn woorden wilde proeven voor ze uit te spreken. Hij nam zijn zakdoek en veegde de zweetdruppels van zijn voorhoofd. Het was warm in zijn kleine kantoor en druk. Veel te druk. Onderzoeksrechter Bosmans was er, en Trentels, zijn griffier. Schele Pierre Vindevogel hing tegen de muur aan. Mendonck en fotograaf Van Lil waren in gesprek bij de deur en rechercheur Vanderkuylen, die een dikke map in zijn handen had, stond er wat onwennig bij. Van Grieken snoof.

'Brengt u dat rapport maar naar mijn kabinet, adjudant', zei de wetsdokter, die nog altijd de graden van voor de politiehervorming verkoos. Vanderkuylen keek vluchtig naar Bosmans, maar die was verdiept in het autopsierapport. Hij liep met tegenzin naar buiten.

'Sluit de deur alsjeblieft.'

Van Grieken richtte zich half op en tikte met zijn pen op het bureau. Het was voldoende om de aandacht van de bezoekers te trekken. Iedereen keek hem aan.

'Ik kan kort zijn. De dood is waarschijnlijk ingetreden tussen zeven en negen uur gisteravond. Zwanger. Ja. Vechtpartij. Ook. We hebben huidprelevementen gevonden onder haar nagels. De dader moet een lelijke wonde hebben. En...'

De wetsdokter keek op. Mendonck, Bosmans en Schele Pierre hingen aan zijn lippen. Van Grieken schraapte de keel en genoot van zijn suprematie.

'En...?' vroeg Bosmans.

'Ze is verkracht.'

Er werd op de deur geklopt.

'Binnen', bromde Van Grieken.

Agenten Bultinck en Deschacht bleven eerbieding in de deuropening staan. Ward Bultinck speelde nerveus met zijn koppelriem. Er zat een vettige vlek op zijn uniformjas. Achter zijn rug keek Vanderkuylen nieuwsgierig naar binnen. Een verbolgen blik van de wetsdokter volstond om hem te doen afdruipen.

'Inspecteur Bultinck en hulpagent Deschacht. Tot uw dienst, mijnheer de onderzoeksrechter.'

Van Grieken richtte zich op en wenkte het gezelschap hem te volgen. In de morgue knikte hij naar een benige verpleger. Die ontgrendelde een metalen schuif en trok zonder veel omhaal een brits op kogellagers naar buiten. Hij sloeg het laken weg. Deschacht en Bultinck keken elkaar aan.

'Ja. Dat is dat meisje van gisteravond', zei Bultinck.

Mendonck wierp een jachtige blik op Bosmans. Die mompelde iets bevestigends en liep met de handen in de zakken naar buiten.

'Euh?' zei Mendonck terwijl ze hem nakeek.

'Ik bel je. Ik heb een afspraak met de procureur.'

'Hebben jullie de agressor gezien?' vroeg Mendonck. Bultinck, hoewel een oude rot in het vak, staarde nog steeds naar het lijkwitte aangezicht van Martine Van Hees. Met ongelovige ogen. Hij had de vraag niet eens gehoord.

'Nee', antwoordde Deschacht. Mendoncks mondhoeken doken naar beneden. 'Maar ze heeft de man wel beschreven.'

Mendonck nam de jonge hulpagent bij de schouder en troonde hem mee.

'Ik wil een signalementsfoto.'

4

Nadia Mendonck stapte in haar Clio. Hondsmoe maar tevreden. Het was donker en de grijze wolkenmassa's lieten het ergste vrezen voor vannacht. Ze had de hele dag doorgewerkt en had het onderzoek met vaste hand gedirigeerd, meende ze; hoopte ze. Haar eerste grote zaak. Van haar alleen.

De signalementsfoto was een complete miskleun. Het resultaat leek op Ken, Barbies vriendje. De vaste vriendenkring van Martine Van Hees was ondertussen, dankzij de inbreng van de ouders en haar eigen adresboekje, in kaart gebracht. Hoogstwaarschijnlijk ging het hier immers om een passionele moord. Die zijn het makkelijkst op te helderen omdat de dader een motief heeft en meestal handelt in een vlaag van jaloezie, waardoor hij geen oog heeft voor het verdonkeremanen of uitwissen van eventuele sporen. Meisje raakt zwanger. Ex-vriendje wordt jaloers, gaat door het lint, enzovoort. Morgen zouden alle potentiële daders gelijktijdig aan de tand gevoeld worden.

Mendonck stak de koplampen van haar Clio aan en toen ze de ruitenwisser in intervalstand wilde schakelen, zag ze de woorden: *Ik wil je. En jij mij.* Iemand had ze met zijn vinger op de vuile raam geschreven.

'Dirk, verdomme.'

Mendonck schuddebolde en ontmoedigd schakelde ze

de ruitenwissers in de hoogste stand. Ze sproeide wat extra water en twijfelde. Was het Deleus handschrift? Tja, wie anders. Of nee. Deleus handschrift stond haaks op zijn karakter. Het was scherper, met korte agressieve uithalen. Een geheime aanbidder dan? Ook dat nog. Hadden mannen dan geen ogen in hun kop? En geen verstand?

De Clio kwam langzaam in beweging en mengde zich in het immer drukke verkeer van de kleine ring. Nadia Mendonck staarde voor zich uit. Jos Bosmans had de zaak aan haar toegewezen. Daar was ze echt blij om, al was het spookbeeld van Deleu nooit ver weg. Bosmans deed ook zo geheimzinnig, vond ze.

Deleu.

Nadia Mendonck vloekte en het was pas na honderd meter dat ze zich realiseerde dat ze de verkeerde richting ingedraaid was. Uit pure gewoonte. Naar Deleus flat. Uren hadden ze zitten praten. Dat was na de DNA-test. Nadia Mendonck kon zich die vreselijke middag nog haarscherp voor de geest halen. Samen in de wachtzaal van het Elisabethziekenhuis. Deleu had een keer kort haar dij beroerd. Voor de rest had hij erbij gezeten als een zombie. Er werd geen woord gesproken.

Toen drie dagen later de uitslag bekend was en bleek dat Deleu de biologische vader was, was hij helemaal ingestort.

Ach, Dirk.

De meest idiote scenario's had hij uitgedacht. Ik woon een week bij jou en een week bij Barbara. Ik zal een vader zijn voor alledrie. Een goede vader voor mijn drie kinderen. Jullie moeten me een kans geven. Vrienden. We kunnen toch goede vrienden zijn.

Een fucking commune...

Nadia Mendonck huiverde, vertraagde en probeerde zich weer op het drukke verkeer te concentreren. Ze wilde rechtsomkeert maken maar haar bruuske en onbeholpen manoeuvre leek nergens op. Het was gewoon te druk. De chauffeur die haar op de Zwartzustersvest in zijn zware Mercedes roekeloos en luid claxonnerend inhaalde, bijna langs haar heen gleed, op het spekgladde wegdek, maakte haar woest. Ze gaf gas en trapte slechts op enkele centimeters van de achterbumper van de Mercedes op de rem. De bejaarde einzelgänger trok zijn grijze kopje in en stoof weg. Ze zuchtte, ademde diep in en uit, mompelde: 'Schijtkonijn', en liet zich meedrijven met de verkeersstroom.

Waar wonen ze nu ook alweer? Mendonck! Trut! Alsof je dat niet weet. Aan de Antwerpsesteenweg. Dicht bij het voetbalterrein van Racing Club Mechelen. Hier vlakbij. Niet ver van zijn oude flat. Waarom is ze niet gewoon bij hem ingetrokken?

Nadia Mendonck rommelde in haar handtas. *Oscar Van Kesbeeckstraat* 158, las ze. Ze herkende Deleus scherpe hanenpoten. Ze stopte het briefje in haar handtas, met tegenzin, alsof het een kostbaar kleinood was dat ze liever zou koesteren. Bij de verkeerslichten draaide ze om.

Bij het benzinestation, dicht bij Deleus nieuwe flat, bedacht ze zich en ze wilde terugkeren, maar er waren wegwerkzaamheden. Het suste haar gekrenkte trots en versterkte haar voornemen alleen maar. Ze reed rechtdoor, hield de huisnummers in het oog en manoeuvreerde haar Clio in een vrije parkeerplaats schuin tegenover nummer honderd achtenvijftig, de flat van het gezin Deleu. Ze keek door het autoraampje, dat in enkele seconden besloeg. Hunkerend en onbeschaamd. Er brandde nog licht. Boven in de slaapkamer. Of was dat de badkamer? Ze herinnerde zich haar laatste gesprek met Deleu en hoe ze hem duidelijk had gemaakt dat ze hem in haar hart had gesloten maar dat ze hem zou laten gaan als hij zijn vrijheid wilde. Gisteravond was dat. Hij had niet geantwoord. Doodstil had hij op zijn stoel gezeten. Zijn handen slap in zijn schoot gevouwen.

Nadia Mendonck keek omhoog. En daar zat hij nu, vandaag, Dirk Deleu, haar Dirk. Gevangen in een lang voorbij huwelijk. Bij haar. Bij een vrouw die hij nog steeds probeerde te behoeden voor de pijn van het leven. Ten koste van zichzelf. Zijn kwetsbare echtgenote, die hij probeerde af te schermen van alle kwaad en die hij niet kon kwetsen. Aan wie hij de waarheid niet durfde te vertellen. Want het was van haar dat hij echt hield. Alleen van haar. Volledig overrompeld door zijn verliefdheid, waaraan hij zich nu niet meer durfde over te leveren. Nadia Mendonck wreef in haar ogen. Ze waren vochtig. Dat komt door die bedampte ramen, maakte ze zichzelf wijs.

Slapen ze in hetzelfde bed? Hebben ze seks? Is het goeie seks? Of spelen ze gewoon vadertje en moedertje? Zoals vroeger. Alsof er geen vuiltje aan de lucht is. Alsof ik niet besta en nooit bestaan heb. Nee. Ze liggen in bed met de baby tussen hen in. Ze aaien mekaar en de baby. Wat gebeurt er daar godverdomme achter dat raam van amper een bij een? Wat... wat... wat! En met welk recht eigent die vrouw zich mijn man toe?

Nadia Mendonck greep naar haar borst. De felle pijnscheut zette haar lichaam in vuur en vlam. Onmacht en jaloezie; een explosieve cocktail. Ze staarde door het raam van haar Clio en zag in gedachten de uitgewiste woorden: *Ik wil je. En jij mij.* Ze wreef in haar vermoeide ogen. Plots knipte ze haar handtas open en ze scheurde een blad uit haar notitieboekje. Ze nam haar pen, schreef: *Deleu!! Klootzak!!! Laat me met...*

De pen schoot uit. De ruit werd een eind naar beneden gedraaid. Ze verfrommelde het blaadje en het papierballetje vloog door het raam. Mendonck ademde diep in en uit. Ze borg het notitieboekje in haar handtas en viste het twee seconden later weer op. Ze slikte een prop weg toen de punt van de pen in beweging kwam.

Ik ook. Maar we moeten ermee ophouden. Ik kan dit niet aan. N.

Ze vouwde het briefje in vieren, stak de straat over en stopte het onder de ruitenwisser van Deleus Golf, die voor de flat geparkeerd stond. Ze keek naar het raam. Het licht ging uit. Ze vroeg zich af wie er nu naar boven ging. Hij of zij. Of samen. Hand in hand. Nee, ze lag op hem te wachten in haar spiksplinternieuwe negligé, gekocht in de Aldi. Afgeprijsd dan nog. Ze stak de straat over, vervloekte zichzelf om haar zwakheid, keek nog een keer naar het raam, stapte in haar auto en stoof na een roekeloze halve draai in de richting van het centrum.

Dirk Deleu keek naar het raam toen hij gierende banden en een dwingend getoeter hoorde. Hij wilde opstaan maar zijn lome benen weigerden dienst en het licht euforische gevoel, veroorzaakt door de alcohol, ging langzaam over in een doffe zwaarmoedigheid. Hij vocht ertegen maar wist dat het geen zin had. Hij staarde naar het plafond en flarden van het gesprek met Jos Bosmans, die hij uiteindelijk in de late middag te pakken had gekregen, kwamen weer bovendrijven. Bosmans, zijn beste vriend. Geweest. Bosmans, die het allemaal licht en luchtig probeerde te houden. Bosmans, die zelfs de aanslagen van 11 september wist te relativeren. 'Neem het er maar eens van. Je hebt het verdiend.' Dat was zijn intro geweest.

'Bullshit!' Deleu bokste in zijn vuist. 'Je hebt niet eens gevraagd hoe het gaat met mij en Barbara.' Er kwam een schuimblaasje tussen zijn lippen. 'Zelfs jij bent bang. Bang om naar me te luisteren. Wel, ik zal het je zeggen. Het is een hel.'

Deleu herinnerde zich hun gesprek.

'Ik wil het er niet van nemen. Ik wil weer aan de slag. En iedereen wil het me beletten. Jij op kop.'

Bosmans had gezwegen en hem bekeken als een gekooid

beest. Met die ondoorgrondelijke blik van hem. Het had Deleu alleen maar bozer gemaakt.

'Dirk. Ik heb het onderzoek aan Mendonck gegeven. In de gegeven omstandigheden vond ik dat het niet opportuun was om jullie....'

'Niet opportuun. Wat is dat, niet opportuun? Ben je vergeten dat jij het was die me destijds bent komen terughalen in de Ardennen? Toen had je me nodig. Toen kon je me gebruiken. Vergeet ook niet dat het jouw schuld is dat mijn huwelijk naar de kloten is. Als je me destijds niet was komen opvorderen, hadden de zaken er vandaag helemaal anders voor gestaan. En nu.... nu weiger je me werk. Na alles wat ik voor je gedaan heb... en...'

Toen Deleu opkeek, was Bosmans opgestaan. Hij was naar de deur gelopen. Waardig, met een kaarsrechte rug.

Dat was het beste wat hij kon doen, besefte Deleu nu. Maar nu was het te laat. Hij balde zijn vuisten, verfrommelde de tv-pagina en gooide ze met een brede zwaai naar het raam.

Barbara Wittewrongel keek omhoog toen ze het geluid van brekend glas hoorde. Ze fronste de wenkbrauwen, voelde een vage angst in haar borst en liep aarzelend naar de trap.

'Dirk? Dirk?'

'Ja.'

'Wat gebeurt er?'

'Niks. Ik heb per ongeluk die stomme vaas omvergeduwd. Ik ben de scherven aan het opruimen. Trek het je niet aan.'

De woorden 'Wees stil, ons Charlotte slaapt al zo moeilijk de laatste tijd' bleven in Barbara's keel zitten. Met een bezorgd gezicht liep ze naar de keuken, waar ze met haar handen op het aanrecht steunde. Ze hadden woorden gehad daarstraks. Toen ze hem vroeg waar hij de hele dag was geweest. Er waren wat wederzijdse verwijten geuit. Over ontrouw en geheime afspraken. Barbara had het geprobeerd, maar ze kreeg de zwarte gedachte niet uit haar hoofd. Zijn schuldige ogen. Ze vroeg zich af waar hij echt naartoe was geweest. En of hij haar nog zag. En gebeurde dat stiekem? En waarom loog hij? Hij beweerde dat hij de hele dag had gefietst en in het café had gezeten, maar dat was gelogen want Bosmans had gebeld. Dat Dirk langs was geweest. Licht aangeschoten. En of hij al veilig thuis was. Bosmans klonk zo bezorgd, bijna als een vader. Een goed mens, Jos Bosmans. Misschien moest ze Maud, Bosmans vrouw, maar eens opzoeken en haar in vertrouwen nemen. Zij en Jos waren toch ook 'hertrouwd'. Misschien moest ze Maud maar eens vragen hoe die de zaken had aangepakt. Barbara staarde naar het fornuis. Ze balde de vuisten.

'Nee. Met *haar* moet ik praten. Met *madam* Mendonck. Ze moet Dirk met rust laten. Ze moet met haar handen van mijn man blijven. Hij heeft gekozen. Niet ik en niet zij. Dirk en ik zijn één. Zo is het altijd geweest. Altijd. Daar kan een misstap niets aan veranderen.'

Barbara Wittewrongel gooide de vaatdoek in de gootsteen en liep naar de woonkamer, waar ze op zoek ging naar de krant. Ze vond die niet en begon nerveus te ijsberen. Uiteindelijk trok ze de deur van het dressoir open en ze nam een fotoalbum. Ze begon erin te bladeren en kwam langzaam tot rust. Ze bekeek een foto van Rob – een jaar of twaalf moest hij zijn geweest – stuurs in de lens kijkend. 'Onze wittekop' placht zijn vader hem te noemen. Ondertussen was Rob negentien. Bijna twintig. Een hele vent al, en knap. Zijn haar was donkerder geworden. Hij woonde in Leuven, waar hij op kot was.

God, wat gaat het snel.

Ze bladerde in een ruk een heel eind verder. Dirk met de pasgeboren Charlotte in zijn armen. Ongeschoren, in zijn rode cowboyhemd. Maar gelukkig. Hij straalde. Zo kon het weer worden. Zo moest het weer worden. Ze nam het album onder haar arm, doofde alle lichten en liep met verende tred de trap op, van zins om haar man eens extra te verwennen. Hem knuffelen. Samen foto's uit de oude doos bekijken. Herinneringen ophalen.

'Dag schat.'

Holle ogen. Schuldige ogen.

'Moffie. Ik... denk dat ik een beetje te veel gedronken heb.'

Deleu draaide zich op zijn zij met een vreemde, afwezige glimlach om de lippen.

'Op het bureau geweest vandaag?'

'Nee. Waarom?'

Ik moet het hem zeggen. Ik mag niet met mijn twijfels blijven zitten. Zoiets is puur vergif. Zeg het hem. Confronteer hem met zijn leugens. Dat is de enige juiste manier. Waarom vertelt hij me niet dat hij bij Bosmans geweest is? Daar is toch niks verkeerds aan. Maar waar is hij nog geweest? Hij is wel wat aangeschoten. Dat wel. Maar niet stomdronken. Als je een hele dag in het café zit, dan ben je toch stomdronken? Hij is nooit zo'n geweldige drinker geweest. Of is hij dat nu wel? Hij is zo lang bij me weg geweest. Is hij veranderd? Ja. Ik voel hem niet meer aan. Niet zoals vroeger.

Het fotoalbum kwam met een klap op het nachtkastje terecht.

'Heb je *haar* gezien?'

Het woord was gevallen. Barbara Wittewrongel, die op het bed was gaan liggen, rolde om. Deleu lag met zijn rug naar haar toe. Het leek of zijn schouders zachtjes op en neer schokten. Of beeldde ze zich dat maar in? Omdat ze bang was. Ze wilde nog iets zeggen maar de woorden kwamen niet. Het bed leek plots reuzegroot. Het laken was een open vlakte. Ondergesneeuwd. Met puntige scheermesscherpe rotsen onder de maagdelijk witte sneeuw. De afstand leek onoverbrugbaar. Barbara Wittewrongel sloot de ogen en probeerde haar ademhaling onder controle te houden. Charlotte begon te kreunen. Een monotone klaagzang. Alsof het kind de spanningen voelde. Alsof ze weer in de baarmoeder wilde kruipen. De gedachte bezorgde Barbara Wittewrongel een prop in de keel. Ze slikte geluidloos en keek wanhopig naar haar man.

Dirk Deleu bewoog niet. Maar slapen deed hij ook niet. Ze wist wel wanneer hij sliep. Na twintig jaar huwelijk weet je of je man slaapt of niet. Hoe dikwijls had ze hem 's nachts geobserveerd? Met geen stok meer wakker te krijgen. Zijn mond halfopen. Snurkend, meestal snurkend. Uren hadden ze daarover geredetwist. Hij beweerde steevast van niet. Vervelende bekvechterij maar gelijktijdig geruststellend. Ooit had ze zonder zijn medeweten zijn voice operated recorder gebruikt, die slechts aansprong als er geluid was en die hij meestal gebruikte om clandestien gesprekken te tapen. De volgende ochtend had ze hem met het sprekende bewijs van zijn gesnurk geconfronteerd. Na een heftige discussie – Dirk kon niet tegen zijn verlies – hadden ze gevreeën. De hele middag.

Het gekreun werd dwingender. Barbara, die zich blauw ergerde aan de onverschilligheid van haar man, bleef liggen. Gedurende welgeteld twee minuten. Toen kreeg haar moederinstinct de bovenhand. Ze sprong uit bed en gaf een nijdige ruk aan zijn hoofdkussen.

'Ja. Ik ben op het bureau geweest en nee, ik heb haar niet gezien. Ze heeft trouwens andere dingen te doen. Zoals het opsporen van een serieverkrachter die het op zwangere vrouwen gemunt heeft!' De woorden van Deleu verloren hun kracht. 'En... die een zwanger meisje van de trap geduwd heeft.'

Bij de slaapkamerdeur draaide Barbara zich om. Haar gezicht was rood aangelopen. Ze balde de vuisten.

'Het kan me geen barst schelen', schreeuwde ze. 'En ik... ik werk ook! Deleu!'

Terwijl zijn vrouw met Charlotte op de arm de slaapkamer uitliep, kneep Deleu, ziek van frustratie, in zijn hoofdkussen. Hij voelde een brandende pijn in zijn borstkas, waar liefde en haat als twee gladiatoren op leven en dood om de overwinning streden.

5

Stipt om halfnegen stond Schele Pierre Vindevogel voor de deur van het kleine huurhuis in de Stenenmolenstraat. Een man die met zijn fiets aan de hand uit de deur ertegenover kwam, keek hem onverschillig aan. Eenvoudige burgerhuisjes. Simpele zielen. Brave mensen, dacht Pierre terwijl de deur openging.

Kevin De Raeve was een lange, bleke jongeman van voor in de twintig. Het blonde pluchen baardje aan zijn kin, dat hij waarschijnlijk kweekte om ouder te lijken en meer maturiteit uit te stralen, had het omgekeerde effect, dacht Schele Pierre. Het idee dat hij het liet groeien om hip te zijn, kwam niet bij hem op. De jongeman was gekleed in een veel te ruime slobbertrui en jeans. Het leek of zijn knokige schouder bij elke nieuwe beweging uit de halsopening van de scheefgezakte trui zou komen piepen.

'Kevin De Raeve?'

'De politie', klonk het hees.

Pierre knikte en volgde de jongeman, die zijn halflange blonde haar slordig met een elastiekje in een paardenstaart gebonden had, door een nauwe donkere gang, die Pierre aan een molsgang deed denken, naar een kitchenette. Hoewel ze klein was, was er het kraaknet. Kevin De Raeve bood Schele Pierre Vindevogel een stoel aan en begon ongevraagd zijn identiteitskaart uit zijn portefeuille te pulken.

'Laat maar', zei Pierre terwijl hij naar een lege stoel gebaarde en zo onmiddellijk het voortouw nam. De jongeman ging zitten met zijn kin op zijn borst. Hij leek met een schokje te ontwaken.

'Wilt u koffie, mijnheer... euh...?'

'Vindevogel. Pierre Vindevogel. Nee, dank je. Laten we maar meteen ter zake komen. U kende juffrouw Van Hees... hm... vrij goed?'

'Ja. Jawel, mijnheer Vindevogel', antwoordde de jongen toonloos.

Het bleef stil. Schele Pierre voelde onmiddellijk sympathie voor deze ongewassen jongeman. De derde verdachte al die hij vanochtend aan de tand voelde. Net zoals de anderen was ook deze kerel zwaar aangeslagen. Dit was niet de dader van een passionele moord, zoveel was duidelijk. Daar had hij het karakter niet voor. Pierre, die kon bogen op zijn jarenlange ervaring, zag zijn vermoeden bevestigd, want gisteren al, toen hij de jongen opbelde, kon die zijn ontroering en pijn amper bedwingen en aan het eind van het gesprek was hij ingestort. Hij had perplex gestaan. Net zoals de andere ondervraagden de ruime vriendenkring van Martine Van Hees. Ook nu had Kevin De Raeve het moeilijk. Zijn hand beefde toen hij van zijn koffie dronk.

'Rustig maar, Kevin.'

'Ben ik nu een verdachte?'

'Helemaal niet. Ik wil gewoon een paar routinevragen stellen. Gaat dat lukken, denk je?'

De jongen knikte. Hij keek Pierre dankbaar aan.

'Je zei gisteren aan de telefoon dat je van Martine Van Hees nog een sms ontvangen hebt. Omstreeks... omstreeks het tijdstip dat ze overleden is.'

'Ja.'

'Heb je dat bericht bewaard?'

De jongen knikte heftig, nam zijn gsm van de kast en legde hem voor Pierre op de keukentafel.

'Jullie mogen hem hebben. Alle sms'en die ik ooit met Martine uitgewisseld heb, staan er nog in.'

'Bedankt.'

Toen Pierre een plastic zakje tevoorschijn haalde en de Nokia er met de punt van zijn mouw in liet glijden, staarden twee grote angstogen hem aan.

'Je krijgt hem terug. Waarschijnlijk morgen al. Was je een, laten we zeggen, nogal intieme vriend van juffrouw Van Hees?'

'Bedoelt u of we al dan niet seks gehad hebben', klonk het frank en vrij. Nu was het Pierres beurt om even te slikken.

'Ja.'

'Ja. We hebben een paar keer seks gehad. Maar Martine verlangde heel wat meer van een minnaar dan wat ik te bieden heb, en toen hebben we besloten om er een punt achter te zetten en gewoon vrienden te blijven. Dat duurt het langst.' De woorden waren eruit voor hij het besefte.

Pierre slikte duidelijk hoorbaar en zei haastig maar met een hese stem: 'Ga maar door.'

'Dat is het. We volgden samen avondschool Spaans en we zagen elkaar ook bijna elk weekend. Ik heb Martine op de avondschool leren kennen. Dat is een maand of negen geleden.'

'Wist je dat ze zwanger was?' Schele Pierre vuurde de vraag af zonder waarschuwing. Hij wilde de jongen koud pakken. Diens reactie taxeren. Hij vergiste zich want Kevin De Raeve reageerde amper. Hij verplaatste ongemakkelijk zijn gewicht van het ene op het andere been en knikte.

'Iedereen wist dat Martine zwanger was. Ze maakte daar hoegenaamd geen geheim van. Het was een gewilde zwangerschap. Ze wilde een kind.'

'Weet je ook wie de vader is?'

De jongen haalde de schouders op.

'Nee', klonk het kort. Pierre was plots op zijn hoede. Hij wikte en woog zorgvuldig zijn volgende woorden.

'Hoezo, nee? Praatte ze daar dan nooit over?'

'O jawel.' De jongen keek op, zijn heldere blauwe ogen triest maar open. 'Dat was een publiek geheim. Iedereen wist dat ze zwanger was maar ze wist zelf niet van wie. Dat wilde ze ook niet weten.'

Pierre slikte nog maar een keer. De generatiekloof bleek wel degelijk onoverbrugbaar.

'Hmm... had uw... hmm... vriendin een laten we zeggen "druk" seksleven?'

'Ik denk het wel.' Er kon warempel een vermoeide glimlach af. 'Drukker dan ik in elk geval. Martine hield ontzettend veel van seks. Maar alleen met mensen waar ze om gaf. Begrijp je?'

'Ja. Dat begrijp ik. Honderd procent. Dat is genoteerd', zei Pierre terwijl hij zijn gezicht in de plooi trok en dacht: Waarom heeft God me in godsnaam zo vroeg op deze aardkloot gedropt?

Het was alsof de jongen, die een intelligente kerel leek, Pierres gedachten raadde, want hij zei: 'And times, they are changing.'

'Bob Dylan', zei Pierre met een monkellachje. Hij richtte zich op. 'Waar studeer je?'

'In Leuven.'

'Psychologie... juist?'

Nu was het De Raeves beurt om de oude rechercheur met het gegroefde gelaat, die steeds nillens willens de andere kant uitkeek, verbaasd te taxeren.

'Hoe...?'

'Eerst het Rijksregister. Dan de unif.'

Pierre grijnsde, drukte de jonge kerel de hand en liep naar de gang.

''t Is een veeleisende job. Komt heel wat psychologie aan te pas.' Pierre knipoogde en maakte een vuist. 'Het zou kunnen dat we je nog nodig hebben.'

'Geen probleem. Ik ben te uwer beschikking. Inspecteur...?'

Pierre draaide zich om en drukte de slanke hand. Hij kon zich niet van de indruk ontdoen dat de botten zouden kraken als hij doorkneep. Maar de jongen hield zijn hand vast. Met zachte dwang.

'...heeft ze afgezien?'

'Nee. Ze was op slag dood. Gebroken nek.'

'Wanneer is de begrafenis?'

Pas nu liet hij Pierres grove hand los.

'Ik geef je een seintje.'

'Bedankt.'

Op straat draaide Schele Pierre zich nog een keer om, verbaasd om zijn eigen zachtheid. Was hij een softie aan het worden? En waarom had hij die kerel niet door de vleesmolen gedraaid? Of had die schlemiel hem ongemerkt psychologisch gemanipuleerd? Pierre schudde de gedachte letterlijk van zich af en terwijl hij in zijn ouwe trouwe Mondeo kroop, dacht hij: Weer een maat voor niks. Hij had te doen met Mendonck. Haar passionelemoordtheorie leek nu al voorbijgestreefd. Oud vuil.

Schele Pierre legde zijn agenda op zijn dijen, sloeg hem open en duwde er met zijn knokkels een vouw in. Nog vier 'vrienden' te gaan en dan nog het buurtonderzoek bij het appartement van Van Hees. Hij zuchtte en klapte de agenda dicht. Hij likte langs zijn lippen en de zure trek werd milder. Eerst het buurtonderzoek dan maar. In die buurt zouden toch zeker wel een paar cafeetjes zijn. Ja toch?

Hij startte de auto en zette zijn gsm aan. Twee berichten op de voicemail. Allebei van Deleu. Ook dat nog.

'Djeezes, Dirk. Mijn ouwe vriend. Wat kan ik tegen je zeggen? Wat mag ik tegen je zeggen?'

Evelyne Pardieu, gerechtspsychologe en expert in daderprofilering, vouwde zedig haar handen. Haar vraag had Mendonck, die de andere kant op keek, blijkbaar uit haar lood geslagen. Ze had toch maar simpelweg gepolst hoe het met haar collega en vriend, rechercheur Deleu, ging.

'Hoe bedoel je, Evelyne? Te weinig details voor een daderprofiel?' redde Bosmans Mendonck uit de impasse. Evelyne Pardieu keek de onderzoeksrechter doordringend aan.

'Eerlijk gezegd, denk ik dat we een klein beetje op de feiten vooruitlopen, mijnheer de onderzoeksrechter.' Ze nipte van haar traditionele kop rozenbottelthee, die Bosmans speciaal voor haar had laten aanrukken. 'Ik heb het dossier ingekeken en mijns insziens wijzen alle elementen in de richting van een passionele moord. Dus...'

'We hebben alle potentiële verdachten ondervraagd', kwam Mendonck tussenbeide. 'Ze hebben stuk voor stuk een alibi.'

'En haar collega's?' klonk het droog. 'De werkplek is de plaats bij uitstek voor passie, geheime relaties en ontucht in het algemeen.'

Mendonck vervloekte zichzelf maar ze kon het niet helpen dat haar wangen kleurden. Pardieu, die magere bitch, had haar goed te pakken. De collega's van Martine Van Hees waren nog niet ondervraagd. Ze waren niet eens in kaart gebracht. En dan die smerige vingerwijzing naar haar affaire met Deleu. '*Ontucht in het algemeen.*' Dat lag er toch vingerdik op. Ze had verdomme zelf een oogje op Deleu, die opgedirkte madam.

Mendonck wierp een schichtige blik op Bosmans, die over zijn bril naar een onbestemd punt in de verte keek. Er zweefde een venijnig lachje om zijn lippen. Of beeldde ze zich ook dat maar in?

'Enfin. Niettegenstaande mijn superieuren niet echt wild waren van het idee, ben ik toch maar aan de slag gegaan. Clandestien. Om het zo maar eens te zeggen.'

Pardieu keek naar Bosmans, maar die deed alsof zijn neus bloedde. Dat deed hij al gedurende twee volle dagen. Nadia Mendonck kreeg er iets van. Als hij met Deleu samenwerkte, ging het er allemaal veel gemoedelijker aan toe. En veel vlotter. En sneller en efficiënter. En effectiever. Of beeldde ze zich ook dat maar in? Ze slikte de woorden 'Ik zal je honorarium uit mijn eigen zak betalen' in en probeerde haar gezicht strak te houden. Bosmans gunde haar geen blik. Hij keek belangstellend toe hoe Pardieu haar kalfslederen map openvouwde en er een aantal documenten uit haalde. Ze duwde haar merkbrilletje met gouden montuur dat met een ketting om haar hals hing, wat vaster op haar neus en plaatste een perfect gemanicuurde nagel op het briefhoofd van het eerste blad. Mendonck keek naar de nagel en ze vroeg zich af hoe ze was, in bed – Pardieu. Haar vriend moest waarschijnlijk een condoom over zijn hele lichaam trekken en voor de rest met zijn fikken overal afblijven. Mendonck vond haar binnenpretje zo onweerstaanbaar grappig dat de spanning en de stress van haar afgleden. De nagel ging de hoogte in.

'Hmm. Volgens het autopsierapport, waarvan een aantal technische details mijn petje te boven gaan, werd de overledene verkracht vlak voor het intreden van de dood. Daar zal ik dus uitgaan.'

Pardieu legde het blad opzij en nam een ander rapport ter hand.

'Zoals ik al zei, is het, ervan uitgaande dat het om een verkrachting en geen passionele wanhoopsdaad gaat, vandaag nog te vroeg om een aanvaardbaar daderprofiel op te stellen. Te weinig *facts* en *figures*. Wat ik wel wil proberen, is jullie een beter inzicht te verschaffen in het fenomeen "verkrachting"', klonk het ambtelijk.

Bosmans en Mendonck knikten simultaan. Jos Bosmans ging met gekruiste benen achteroverleunen, helemaal klaar voor een omstandige maar ongetwijfeld boeiende uiteenzetting. Pardieu liet er geen gras over groeien.

'Oké. Eerst en vooral. Seksueel geweld is niet iets wat geprogrammeerd is in iemands genen zoals bijvoorbeeld het alarm van een wekker dat afgaat om zeven uur dertig. Seksueel geweld wordt meestal aangewend ter compensatie als alle andere strategieën blijken te falen. Elk individu beslist vrij of hij al dan niet overgaat tot geweld om te krijgen wat hij of zij wil. Net zoals dat bij iedere andere misdaad het geval is.'

'Maar het is toch vooral een mannenaangelegenheid', viel Mendonck in. Pardieu keek heel even op en dacht diep na. Dat maakte Mendonck op uit de kraaienpootjes in haar ooghoeken.

'Wel, het gebruik van geweld beschouwen als een geslachtelijk bepaald of seksueel iets, in termen van meer mannen dan vrouwen of meer vrouwen dan mannen, is een interessante benadering omdat bij de meeste diersoorten, onszelf incluis, beide seksen in een bepaalde situatie tot geweld overgaan. Ik heb het fenomeen lang en heel intensief bestudeerd omdat er verschillende mogelijke invalshoeken zijn en wel: mannen zijn groter en fysiek sterker en ze zullen dus makkelijker geweld plegen ten overstaan van een vrouw omdat die kleiner is en weker, waardoor mannen doorgaan als overwinnaar uit de strijd kunnen komen en dat beseffen ze maar al te goed. Maar om een lang verhaal kort te maken, het komt er eigenlijk op neer dat mannen geweld plegen om te krijgen wat ze willen en vrouwen om te beschermen wat ze hebben.'

Evelyne Pardieu hapte naar adem en keek op. Mendonck noch Bosmans, wiens brein nog steeds met de voorlaatste bijzin worstelde, reageerde. Bij Mendonck lag het anders. Ze had gewoon een heel klein mannetje als vrijer gekozen, dacht die. Ze probeerde de ongepaste gedachten uit haar brein te bannen want Pardieus discours was zonder meer boeiend. Toen ze glimlachte, keek Pardieu verward de andere kant op, maar, op en top professional, nam ze meteen de draad weer op.

'De grootste misvatting omtrent verkrachting is dat het motief het verwerven van controle is. Dat is fout. Verkrachting is een seksueel misdrijf. Niet meer en niet minder. En mannen zijn nu eenmaal gewelddadiger en fysiek sterker dan vrouwen. Geweld is een mannelijke tactiek.'

Dit keer kende Pardieu meer succes.

'Waarom gaan mannen over tot verkrachting?' sneed Mendonck de onderzoeksrechter, die als in de klas zijn vinger opstak, de pas af.

'Dat is een moeilijke vraag. Ik heb verschillende vrouwelijke slachtoffers ondervraagd. Ze hebben me stuk voor stuk verteld dat het voelde alsof ze vermoord werden. Verkracht worden is een heel eigenaardige, bijna onwezenlijke gewaarwording voor een vrouw. Ze kan het niet vatten omdat het mannelijke perspectief dat aanleiding geeft tot de misdaad, niet bestaat in het brein van een vrouw. Maar mannen die een vrouw verkrachten, proberen meestal door het gebruik van geweld een vrouw seksueel te monopoliseren. Diefstal van de vrouwelijke seksualiteit, met geweld om het zo maar eens te zeggen.

'Wie zijn die mannen, Evelyne?'

'Wel, mijnheer de onderzoeksrechter, die vraag vereist eigenlijk een dubbele benadering. Om een afdoend antwoord te vinden moet je het van twee kanten bekijken. Om te weten wie de mannen zijn, moet je ook weten wie de vrouwen zijn. Begrijpt u?'

Bosmans knikte en schraapte de keel. Hij kreeg hoe langer hoe meer respect voor de toewijding, het intellect en de parate kennis van deze jonge vrouw, die hij vroeger weleens smalend *wonderwoman* had genoemd. Ook Mendonck was een en al oor.

'In het algemeen zijn negentig procent van de verkrachters tussen achttien en de dertig jaar oud. Jonge mannen dus. En in deze groep zijn de meeste verkrachters, en weer heb ik het over een vrij hoog percentage van ongeveer vijfenzeventig percent, mislukkelingen. Drop-outs. Mislukt op school. Werkloos. Ze leven van kruimeldiefstallen of dealen drugs. Het zijn als het ware de "stoute jongens" waar onze moeders en grootmoeders ons voor waarschuwden. Jongens – meestal jongens – die tegen de stroom in willen roeien en daardoor in de misdaad belanden. In die groep moeten we gaan zoeken bij diegenen die het minste verdienen met hun misdaden. Ze hebben geen geld en evenmin vaardigheden. Ze zijn dus met andere woorden niet economisch compatibel met de gangbare normen van onze maatschappij of, excuseer me, ze kunnen zich op economisch vlak niet meten met de andere jonge mannen, die een vrouwelijke partner kunnen aantrekken louter door economisch succes of zelfs door simpelweg een normaal leven te leiden.'

'En dus kiezen ze voor een andere strategie', zei Mendonck. Ze had de foto's in gedachten die fotograaf Van Lil had geschoten van de omstanders en vroeg: 'En stonden er dan jonge mannen op de foto's van Van Lil?'

'Inderdaad, inspecteur.'

In haar enthousiasme was Mendonck bijna opgesprongen om naar haar bureau te lopen en de foto's te gaan bestuderen, maar de volgende vraag van Bosmans doorkruiste haar plan.

'Maar je had het over een dubbele benadering?'

'Juist.' Evelyne Pardieu, die de aandacht uitermate apprecieerde, glunderde. 'Het allerbelangrijkste facet dat kan verklaren waarom sommige mannen verkrachten, is wie ze uitkiezen als slachtoffer. En van alle verkrachtingen die in België plaatsvonden gedurende de laatste tien jaar blijkt het in achtentachtig procent van de gevallen te gaan om vrouwen en meisjes tussen twaalf en de achtentwintig jaar oud, waarvan vijfenzeventig procent tussen achttien en de vijfentwintig jaar. Zonder enige twijfel zijn verkrachters dus op zoek naar attractieve jonge vrouwen, zoals Martine Van Hees. Vrouwen die door alle jonge mannen begeerd worden maar dan op een meer eerbare manier.'

'En dus denken ze: als ik ze niet kan hebben zoals de anderen dat doen, dan doe ik het op mijn manier?'

'Inderdaad, inspecteur Mendonck. Zo is het.' Evelyne Pardieu begon haar spullen op te bergen. 'Zo, ik hoop dat ik jullie heb kunnen helpen.' Ze stond op en drukte Bosmans, die nog steeds achteroverhing, de hand.

'Evelyne, wie zijn die andere tien procent verkrachters?' vroeg Mendonck.

'Als de handel en wandel van de collega's nagetrokken is en jullie hebben nog steeds geen plausibele verdachte, geef me dan een seintje', pareerde Pardieu vakkundig en ze verdween met een kaarsrechte rug.

Mendonck stond als eerste op. Ze liep naar de deur.

'Mendonck?'

'Ja?'

'Waar ga je naartoe?'
'Plassen. Dringend.'
Jos Bosmans keek met open mond naar de dichtklappende deur.

6

'Hans?'

'Ja!'

'Wat is dat?'

'Wat?'

'In je hals?'

'Gesneden bij het scheren.'

''t Is negen uur.'

'So what?'

'Moet je niet gaan werken?'

'Ik moet naar een klant.'

'Weeral? Oké. Ik ben ervandoor. Doehoei.'

Hans Van Diest gromde iets onbestemds. Er klonk ongetwijfeld opluchting in door. Eindelijk alleen. Hij liep naar de voordeur, keek door het raam en zag Magda in haar autootje springen en wegrijden. Hij draaide de sleutel van de voordeur één slag om in het slot. Zo kon hij er zeker van zijn dat ze niet onverwachts weer binnenviel. Hans Van Diest liep blootsvoets naar de badkamer. Eerst het pijnlijke gedeelte. Dan lekker masturberen.

Of eerst op jacht? En dan masturberen? Rustig aan, Hansje. Je hebt tijd zat. Je hebt een dagje vrijaf.

Met zijn duimnagel probeerde hij voorzichtig de punt van de kleefstrip, die hij gisteren in allerijl over de gapende vleeswond geplakt had, los te peuteren. De vlijmscherpe pijn deed zijn ogen tranen.

'Smerige hoer!'

Hij liep naar het medicijnkastje en haalde er een flesje ontsmettingsalcohol uit en een prop watten. Hij doordrenkte de prop en hield die tegen de geïmproviseerde pleister. Dit keer lukte het wel. De punt kwam los. Heel langzaam trok Van Diest verder, maar toen het steriele gaas loskwam van de wond, werd de pijn onhoudbaar. Hij gromde, rukte één woeste haal de pleister eraf en zag dat een fijn straaltje bloed in zijn hals sijpelde. Zo goed en zo kwaad mogelijk probeerde hij het bloeden te stelpen.

'Wat nu, vriend?' mompelde hij. 'Naar dokter Huysman? Nee, dan ben ik de helft van mijn dag kwijt. En vroeg of laat vertelt hij het toch tegen ons Magda. De kletskous. Een huidspecialist dan? Waar? Niet in Mechelen. Te gevaarlijk. Waar dan wel? En welk verhaal zal ik verzinnen? Nee. Bij die bloedzuigers moet je lang vooraf een afspraak maken. Een plastisch chirurg. Grapjas.'

Van Diest tikte tegen de wang van zijn glimlachende spiegelbeeld. Het bloeden was ondertussen gestopt. Het was een lelijke vleeswond. De atletisch gebouwde man keek diep in zijn eigen ogen en plots begon de realiteit echt tot hem door te dringen. De keiharde waarheid trof hem als een mokerslag in het gezicht. Die teef was dood. Hij was een moordenaar. Nee. Dat was hij niet. Het was haar eigen schuld. Genoten had ze. Genoten als een beest. Wellustig met haar kont draaiend. En hijgend. Hij sloot zijn ogen en probeerde de feiten te reconstrueren. Te herbeleven. Haar bange ogen, haar openhangende mond, haar gejammer, dat langzaam, heel langzaam, overging in een hees gekreun. Genoten had ze. Onbeschaamd genoten. Maar waarom had ze zich dan plots losgerukt en waarom had ze met haar nagels zijn hals opengehaald? Het gebeurde toen ze doodstil lag. En genoot. Met volle teugen, van zijn langzame maar diepe en liefdevolle penetratie.

Hans Van Diest greep naar zijn kruis. De begeerte brandde. Hij trok zijn slip opzij, keek bewonderend naar zijn stijve penis, likte aan zijn handpalm en begon met langzame draaiende bewegingen zijn opgezwollen eikel te masseren. De wereld kleurde roze, en geel en blauw. De kleuren wentelden om elkaar. 'Grhhhhm.' Hij spuwde in zijn handpalm. Sneller en sneller. Hijgend. Zijn linkerhand omklemde de rand van de wasbak. En toen gebeurde het. Een scheut pure wellust, omhoogkronkelend langs zijn ruggengraat. Zijn mond viel open. Hij kromde zijn rug. Zijn ogen draaiden weg. Zijn borst verkrampte en hij kreunde en schudde met zijn schouders toen het hete sperma een uitweg zocht tussen zijn dichtgeknepen vingers. Hemel en aarde, ineengesmolten. Hans Van Diest probeerde dat gevoel vast te houden. Krampachtig bleef hij staan. Met gesloten ogen nagenieten, hijgen. Gedurende welgeteld vijf seconden, want toen daalde een onverklaarbare tristesse over hem neer, als een rouwmantel, die de lust smoorde en plaatsmaakte voor een gevoel van absolute eenzaamheid en misprijzen.

Van Diest draaide de koudwaterkraan open en spoelde zorgvuldig zijn handen en zijn penis, die nog natrilde bij de aanraking met het koude water. Hij vervloekte zichzelf, want het begeerlijke beeld van die blonde detective was nu ver weg. Diep weggeborgen in de catacomben van zijn lust.

Concentreer je, Hans. Denk aan haar. Ze lust er wel pap van. Het zal ongelooflijk zijn. Dagen, weken, maanden zal je er van nagenieten. Gewoon je ogen sluiten. En ze zal er zijn. Met haar blanke dijen, haar hese stem, haar hunkerende zaadvragende ogen. Mijn zaad.

De kreet had weinig menselijks meer. Van Diest keek omlaag en kneep in zijn groeiende lid. Waanzinnig. Waanzinnig lekker zal het zijn. Voor allebei. Plots kreeg hij de wond in zijn hals weer in het oog. Er droop een roodachtig vocht uit. Hij keek wanhopig naar beneden. Zijn erectie smolt weg.

'Nee. Ik maak dezelfde fout niet meer. Nooit meer. Ik geef haar een stevige beurt. Ze mag ook genieten. Ik ben geen beest. Kort en hevig. En dan... dan knijp ik haar luchtpijp dicht. Totdat ze bewusteloos is. Meer niet. Maar ook niet minder. En dan is het mijn beurt. Dan lik ik haar. Helemaal. Heel langzaam. En terwijl trek ik me af. Of ik wrijf hem langs haar natte lippen of tegen haar hete glanzende kut. Of nee, ik knijp in haar wangen en neuk haar in de mond. En terwijl lik ik haar ogen. En haar tepels. Zullen die reageren als ze bewusteloos is? Oh God!'

Er kon alweer een glimlach af, voor negenennegentig procent te wijten aan de groeiende erectie in zijn hand.

Wat een hemels gevoel moet het zijn voor een vrouw, dacht Hans Van Diest terwijl hij naar zijn half geopende handpalm keek waarin zijn penis snel hard werd. Om dit te mogen voelen. Om dit te mogen meemaken.

Zijn onderbuik werd week en zijn bloed begon te pompen maar dit keer behield hij zijn zelfcontrole. Hij draaide zich om, deed zijn slip uit, stapte in de douche en draaide de warmwaterkraan open.

Nadia Mendonck zat in het halfduister over de reeks foto's gebogen toen Bosmans haar bureau binnenliep. Ze was de hele dag druk in de weer geweest met het coördineren van het onderzoek.

'Al haar collega's zijn vandaag ondervraagd', zei ze zonder zijn vraag af te wachten. 'De sms'en hebben ook niks bruikbaars opgeleverd.'

Bosmans snoof, schoof een stoel dichterbij en ging met gekruiste armen over de leuning hangen.

'Nadia? ...Nadia? Ben je er nog?'

Nadia Mendonck keek op, schichtig, als een opgeschrikt konijn.

''t Is laat. Je gaat je ogen kapotmaken.' Bosmans knipte de bureaulamp aan. 'Ben je niet moegestreden?'

Mendonck antwoordde niet.

'Nadia. Je hebt mijn volste vertrouwen en je kunt op me rekenen. Ik geloof in jou. Da's alles wat ik wil zeggen.'

Bosmans liep naar de deur en draaide zich om.

'Zin in een pintje?'

'Ja. Eigenlijk wel. Nu wel. Maar kom eerst eens kijken. Ik heb je expertise nodig.'

Bosmans keerde op zijn stappen terug en ging op de rand van de tafel zitten. Hij bekeek de opengewaaierde stapel foto's.

'Wie zijn die mensen?'

'Ramptoeristen. Pol Van Lil heeft die foto's geschoten aan het huis van Martine Van Hees. Toen we haar gevonden hebben.'

'Hmm', monkelde Bosmans goedkeurend terwijl hij de foto's aandachtiger bekeek.

'Valt je niks op?'

'Ja. Oude mensen. Gepensioneerden die in de buurt wonen, dus. En studenten van de SITO. Ik neem aan dat de foto 's ochtends gemaakt zijn.'

Mendonck knikte bevestigend. Ze nam een rode viltstift en omcirkelde drie mensen die op vier van de tien foto's voorkwamen. Ze vielen inderdaad op tussen de vijftigers en zestigers en de jongeren. Twee onder hen leken dertigers. Ze hadden een fiets aan de hand. Mendonck wees naar de andere foto's.

'En hier? Valt je hier iets speciaals op?'

Bosmans haalde de schouders op.

'Ja. Ze staan er niet meer op.'

'Juist. Maar wat staat er wel op?'

'Een combi.'

'Inderdaad. Dus?'

'Die kerels moesten naar hun werk', monkelde Bosmans. Hij hield wel van Mendoncks non-conformistische aanpak maar liet dat niet blijken.

'Of ze hielden niet zo van de komst van de politie.'

'Da's ook een mogelijkheid.'

Jos Bosmans wees naar een blonde man met weerbarstig haar en stekende blauwe ogen. 'En hij? Moest hij naar zijn werk?'

Mendonck antwoordde niet. Ze nam een nieuwe foto uit de enveloppe, een uitvergroting van de blonde man.

'Een jogging', mompelde Bosmans toen hij de kraag en de merknaam Aadidas in het oog kreeg. 'Een jogging.' Hij keek Mendonck aan, benieuwd naar wat er ongetwijfeld nog zou volgen.

'Yep. En ik ken er niet al te veel die in jogging mogen gaan werken.'

'Behalve IT'ers dan', mompelde Bosmans terwijl hij zich de rumoerige bende jonge computerspecialisten in fleurige hawaïshirts voor de geest haalde, die steevast het bureau op stelten zetten. 'Maar je hebt gelijk. Het is een mogelijke verdachte. En hij lijkt wel wat op het vriendje van Barbie, Ken. Vind je niet? Al mogen we zeker niet op de feiten vooruitlopen.'

Bosmans duwde zijn bril wat vaster op zijn neus en ademde zwaar toen Mendonck de volgende foto, een uitvergroting van de man in de jogging, op het bureau legde. 'En dat?' Zijn gele nagel kraste over het thermische papier. 'Is dat...'

'Ja. Het zou een pleister kunnen zijn.'

Bosmans stopte de foto's in de enveloppe en voor hij er

erg in had, omhelsde hij Nadia Mendonck. Hoewel het een vrij onhandige omhelzing was, genoot Mendonck met volle teugen, maar dat liet ze niet blijken.

'Proficiat, meiske. Kom. We gaan wat nakaarten. In de Kleine Keizer.'

Mendonck stopte het dossier in haar handtas en deed de deur van haar kantoor op slot. Ze had er alle begrip voor dat Bosmans haar niet voorstelde om naar de Cirque te gaan, Deleus stamcafé. Je wist maar nooit. Mechelen was een kleine stad. Bosmans wees naar de grote simililederen handtas.

'Gaat dat niet de kluis in?'

'Ik vertrouw niemand', grijnsde Mendonck en ze nam de schuddebollende Bosmans bij de arm en troonde hem mee naar buiten.

Het hunkerende gezicht van Hans Van Diest verstarde en veranderde in een lelijke grimas toen hij Bosmans in het oog kreeg. Hij keek gejaagd op zijn horloge. Kwart over zeven al. Magda zou raar opkijken als hij later dan acht uur thuis zou komen. Alweer. Maar wie was die ouwe en wat was zijn relatie tot die blonde stoot?

'Smerige ouwe heetzak!' Van Diest spuwde de woorden uit en holde naar zijn muisgrijze Opel Vectra, die om de hoek geparkeerd stond. Vastbesloten zijn prooi niet meer los te laten. Koste wat het kost. Gisteravond had hij er ook al naast gegrepen. Een wat flets individu met een lange neus stond die hete troela op te wachten. Hij zag hem pas toen hij met grote stappen de straat overstak. De neus had in een portiek staan wachten en pas toen die teef de deur opendeed, had hij zich laten zien. Ze hadden een korte maar vinnige discussie. Maar ze liet hem wel binnen. Dat smerige neukbeest.

Van Diest keek op zijn horloge en vloekte. 'Magda. Kut.' Hij dook in zijn auto en accelereerde fors. 'In lust we trust', mompelde hij en het vooruitzicht op een stevige pot seks verdreef zijn angst. Toen hij de hoek omdraaide en de achterlichten van de Clio in het oog kreeg, kon er warempel een pervers glimlachje af. 'Oh Lord, give me the strength to fuck whom I can fuck, the courage to accept whom I cannot fuck and the wisdom to fuck em all.' De hese lach schalde door de het interieur van de auto.

'Vandaag wel. Vandaag pak ik je.'

Als het gezellig is, is het altijd laat voor je het beseft. Nadia Mendonck keek op haar nep-Cartier, een geschenk van Deleu, en zag dat het na tienen was. Ze dronk haar bodempje lauwe thee op, strekte haar benen en rekte zich genoeglijk uit, alsof ze al in bed lag. De Jägertee maakte haar hoofd daas. Zij en Bosmans hadden rustig nagekaart over de zaak. Zoals oude vrienden. Zoals Bosmans en Deleu. Het had Mendonck zichtbaar deugd gedaan.

Jos Bosmans merkte de signalen en dronk zijn Hoegaarden leeg.

'Bon. Zijn we weg?'

'Goed.'

In de Clio probeerde Bosmans tevergeefs zijn benen te strekken. Er hing nog iets in de lucht. Mendonck voelde het aan. Vrouwelijke intuïtie werkt feilloos, als een hoogtechnologische radar. Ondanks de gemoedelijke conversatie zat Jos Bosmans met een ei. De hele avond al.

'Zeg het maar.'

Bosmans keek verstrooid op.

'Wel... mijn auto staat in de garage, voor onderhoud en ik heb eigenlijk geen chauffeur om...'

'Ik breng je gauw naar huis', zei Mendonck en ze probeerde de ontgoocheling in haar stem te verbergen maar het lukte haar niet. Niet helemaal. Het bleef een hele tijd stil. Bosmans voelde zich duidelijk niet op zijn gemak. Mendonck voelde de onrust van haar baas, die haar al een paar keer vluchtig had aangekeken.

'Ik wilde eigenlijk vragen hoe het nu gaat, met jou en Dirk.' Het grote woord was eruit. Jos Bosmans voelde zich twintig kilogram lichter. Maar nu was Mendonck pas echt ontgoocheld. Bosmans voelde het. 'Ik bedoel, professioneel. Ik heb me rotgepiekerd de laatste week. Ik bedoel, het is mijn probleem en mijn bevoegdheid niet, maar... wel... Dit team was het beste waar ik ooit mee heb samengewerkt. Begrijp je wat ik bedoel?'

'Ja.'

'Je wilt er niet over praten.'

'Eigenlijk niet, nee. Liever niet. Waarom? Wil je me laten overplaatsen?'

'Daar heb ik de bevoegdheid niet toe.'

'Dat weet ik.'

Het werd weer gevaarlijk stil. Alleen het geronk van de kleine maar vinnige motor was te horen. Mendonck keek naar Bosmans, die voor zich uit zat te staren en nog steeds met zijn benen worstelde.

'Ik heb jullie allebei graag. Maar ik besef ook wel dat...'

'Gun je me deze zaak?'

'Ja. Uiteraard. Halt. Je mag me hier afzetten. 't Is moeilijk draaien in mijn straat.'

Mendonck remde. Bosmans keek haar aan. Uit zijn ogen straalde eerlijkheid en onbevangenheid.

'Ik hoop dat jullie er samen uit raken. Het zijn mijn zaken niet. Maar gezien de omstandigheden lijkt het me beter dat een van jullie beiden van, laten we zeggen, biotoop verandert.'

'Ik weet dat Deleu jouw beste vriend is, mijnheer Bosmans, en dat jullie elkaar blindelings aanvoelen en vertrouwen, en ik wil niet degene zijn die...'

Bosmans legde zijn vinger op haar lippen.

'Niet op de feiten vooruitlopen. Dit is jouw zaak, Nadia. Van jou alleen. Ik houd woord als ik iets beloof. Tenzij...' Bosmans trok de revers van zijn loden rechtop en krabde, alvorens zijn potsierlijke hoedje op te zetten, door zijn stugge haren. Hij keek naar Mendoncks buik. 'Tenzij je de finish niet haalt natuurlijk.'

Mendonck glimlachte en zette de motor uit.

'Weet je al wat het is?'

'Ik wil het niet weten.'

'Ons Maud ook niet. Maar da's een hele tijd geleden. À propos, ons Maud heeft gezegd: als je ooit problemen hebt of een opvang nodig hebt of zo. Je bent altijd welkom.'

Nadia Mendonck zweeg. Geroerd tot in het diepst van haar ziel. Hij verschafte al onderdak aan zijn twee kleinkinderen en zijn dochter, die in een moeilijke vechtscheiding verwikkeld was. Nu pas drong het echt tot haar door waarom Deleu zo'n hoge pet op had van Jos Bosmans. Dat had weinig of niets met zijn professionalisme of zijn nonconformisme te maken. Net toen ze overwoog om uit de biecht te klappen omtrent haar liefdesperikelen en haar relatie met Bosmans' beste vriend, trok de onderzoeksrechter het portier open.

'Wel. Denk er maar eens over na. Goedenacht. En laat er je slaap niet voor.'

'Goedenacht, Jos. En bedankt.'

Mendonck keek de onderzoeksrechter nog even na en zette toen de motor aan. Ze voelde zich in een opperbeste stemming, al wist ze niet meteen waarom. Toen haar Clio de hoek omdraaide, sprongen aan de overkant van de straat de lichten van een muisgrijze Opel Vectra aan.

7

Dirk Deleu was goedgeluimd en liep over van energie. Zijn eerste werkdag. Eindelijk was het zover. Bosmans had hem gisteren in de late middag opgebeld en hem gevraagd om naar het bureau te komen. Meer uitleg had hij niet gegeven. Deleu had er ook niet om gevraagd. Om het even wat. Als hij maar iets om handen had. Aan de slag. Weg van dat verdomde isolement. Hij was zelfs bereid het verkeer te gaan regelen op de Grote Markt.

Er verscheen een verbaasde boog in Deleus wenkbrauwen. Het politiebureau was leeg. Hij liep toen maar naar zijn eigen bureau aan het einde van de gang, dat erbij lag zoals hij het drie weken geleden had achtergelaten. Het aangebroken zakje pindanootjes slingerde nog altijd op de hoek van het bureau. Hij trok het open en stak een nootje in zijn mond. Het was nog verrassend vers. Hij bevochtigde de punt van zijn wijsvinger en likte het zout op. Met gesloten ogen ging hij in zijn stoel zitten en hij probeerde de zoute smaak vast te houden. God, wat voelde het goed om weer 'thuis' te zijn. Deleu genoot intens van het moment. Toen in de gang snelle voetstappen weerklonken, keek hij op.

'Hey. Hey, Greet?'

De secretaresse keerde op haar stappen terug.

'Dirk?' Haar mond viel open. Ze kreeg geen woord over

de lippen, alsof ze een spook zag. Deleu liet zijn artificiële glimlach varen. Zijn gezicht viel in een natuurlijke plooi.

'Wat scheelt er?'

Greet haalde de schouders op. De woorden kwamen aarzelend.

'Niks. Je moet maar bij Bosmans gaan. Ze... zijn allemaal bij Bosmans.'

Er rinkelde een telefoon. En nog een. Greet liep nerveus weg. Deleu, die opgesprongen was, zag hoe ze besluiteloos van het ene naar het andere toestel keek. En nog een keer. Zo had hij haar nog nooit meegemaakt. De kokette secretaresse annex onthaaldame was de vriendelijkheid en de efficiëntie zelve. In het begin, toen ze pas in dienst was, was dat wel eens anders geweest. Toen had ze arrogante trekjes gehad. Deleu herinnerde zich gniffelend hoe ze hem ooit had laten wachten toen hij dringend een afspraak moest maken met de procureur. Hij stond bijna voetentrappelend voor haar bureau en ze was gewoon doorgegaan met wat ze aan het doen was: het afvinken van een lijst. Heel nauwgezet. Toen hij aangedrongen had, had ze opgekeken en ze was rustig naar het toilet gelopen. Ze had hem tien minuten laten wachten. Gedurende de eerste vijf minuten had hij eerst verveeld in haar eeuwige boekje – een stompzinnig stationsromannetje van dertien in een dozijn – gebladerd. Daarna had hij het boekje op een andere bladzijde opengelegd. Na tien minuten had hij er ergens lukraak een blad uit gescheurd. Hoewel ze een ware inquisitie op gang gebracht had, had ze nooit ontdekt wie het haar geflikt had. Deleu grijnsde. Maar dat was vroeger. Nu was ze een perfecte secretaresse en een toffe, vlotte collega. Hoewel? Hij keek achterom. Naar Greet, die gepikeerd de hoorn op de haak gooide. Problemen met haar vriendje, dacht Deleu en hij negeerde de secretaresse en liep door de gang naar het bureau dat Bosmans ter beschikking had als hij niet op zijn kabinet zat. In feite zijn permanente verblijfplaats dus. De deur stond op een kier.

Bedrukte gezichten. Verslagenheid alom.

Schele Pierre hing doorgezakt tegen de wasbak. Hij zuchtte alsof het zijn laatste ademtocht betrof, kneep in zijn neus en schudde traag en met een blik vol onbegrip zijn hoofd heen en weer. Hij was wat aangekomen – alweer, dacht Deleu. Vanderkuylen zag zo bleek als een lijk. Bosmans zat aan zijn bureau. Hij steunde zijn hoofd in zijn handen en wroette onafgebroken in zijn schaarse haren. Walter Vereecken, die als een wassen beeld van Madame Tussaud in zijn stoel zat, leek dwars door hem heen te kijken. Dirk Deleu slikte. Hij had zich zijn blijde inkomst wel anders voorgesteld.

'Wat scheelt er? Is de koning dood of zo?'

Bosmans richtte zich half op. Hij keek Deleu met holle ogen aan.

'Erger nog?' Dirk Deleu voelde een kille angst. Wat was er in godsnaam aan de hand? Bosmans' lippen gingen van elkaar maar er kwam geen klank. Hij schraapte de keel. Deleu keek naar de Schele, maar die wendde de ogen af, wat voor hem toch geen sinecure was.

'Mendonck', zei Bosmans toonloos.

Het leek alsof Deleus hart in tweeën gespleten werd. Hij kreeg geen lucht meer. Hij wankelde een pas opzij en greep de rand van het bureau. Niemand maakte aanstalten om hem te helpen. Bosmans sloot de ogen.

'Is ze...'

'Nee. In coma.'

'En de baby...'

Bosmans haalde de schouders op en schudde moedeloos zijn hoofd. Deleu sloeg zijn hand voor zijn mond. In de kleine wc, die pal aan Bosmans' kantoortje grensde, spoot het braaksel tussen zijn vingers. Hij bleef wel een minuut nahikken. Toen hij zijn mond aan het spoelen was, kwam Bosmans binnen. Hij sloeg zijn arm om Deleus schouder, mompelde: 'Het spijt me', en verdween zonder een woord. Hij draaide zich om in het deurgat. 'Kom – als je er klaar voor bent.'

Deleu bleef hulpeloos staan dralen, kokhalsde, spoelde zijn mond en liep toen als een robot zijn baas achterna.

'Ga zitten', klonk het toonloos. 'Je kunt terug naar huis gaan als je dat wilt.'

Deleu schudde krachtig nee.

'Jos? Wat is er gebeurd?'

Bosmans haalde de schouders op. Zelfs dat ging moeizaam. Zo aangeslagen had Deleu hem nog nooit gezien.

'We weten het niet. Ze werd vanmorgen vroeg gevonden. Onder aan de trap van haar appartement. Gevallen. Ze is in coma. We weten niet wat er gebeurd is.'

'Hoe kan dat! We weten niet...'

'Moeten we een autopsie doen misschien!' schreeuwde Bosmans. 'Ik zei dat ze in coma is.'

Deleu ging zitten. Als van de hand Gods geslagen. Hij realiseerde zich het zinloze van zijn vraag.

'Sorry.'

'Laat maar.'

'Haar... onze... baby?'

'We weten het niet. Ze werd oppervlakkig onderzocht en dan in allerijl naar Leuven gevoerd. Naar Gasthuisberg.' Bosmans keek in de smekende ogen van zijn vriend. Hij voelde zich vreemd licht worden in zijn hoofd. 'Er werden bloedsporen gevonden. In de gang. Waar ze gevonden werd.'

Deleu slaagde er niet in de informatie te rangschikken. Een wirwar van losse ideeën. Ze hadden lak aan zijn perceptie van natuurlijke rangorde en prioriteit. Zijn luchtpijp werd dichtgeknepen. Hij hoestte en begon te zweten. De woorden van Bosmans leken uit een andere dimensie te komen.

'Wil je het overnemen?'

'Wat?'

'Haar onderzoek.'

'Ja.'

Deleu bleef doodstil op zijn stoel zitten. Zijn gsm rinkelde. Het was Barbara. Hij nam niet op.

'Welk onderzoek moet ik overnemen?' Deleu hoorde zichzelf praten. Zijn stem klonk kinderlijk hoog. Blijven praten. Dat was het beste.

'Een verkrachting.'

'Ik weet ervan.'

Het bleef stil.

'Ik heb met Pierre gesproken, gisteren. Beroepsmisvorming, zeker.'

Bosmans' gsm rinkelde.

'Bosmans.'

Deleu observeerde zijn vriend. Die luisterde met stijgende aandacht. Na een paar seconden viel zijn mond open.

'Wat!'

'Wanneer?'

'Gasthuisberg.'

'Ja. En waar is hij dan?'

'Ik kom.'

'Ja. Nu. Het kan me niet schelen.'

Bosmans' hoofd bewoog traag heen en weer. Hij legde zijn gsm op de tafel. Voorzichtig, alsof het een tijdbom was, en hij keek Deleu langdurig aan.

'Gasthuisberg?' herhaalde Deleu.

'Ja.'

De seconden leken uren.

'Ze is waarschijnlijk verkracht. En de baby... de foetus is weg.'

Deleu stond op en ging weer zitten, als een ontregelde automaat, en pas nu begon de werkelijkheid echt tot hem door te dringen. Nadia was in coma. Ze was verkracht en haar baby, hun baby, was er niet meer. Gewoon weg. Weg.

Da's een reuzegroot probleem opgelost, de gedachte schoot door zijn hoofd. Hij walgde van zichzelf.

'Ik wil haar zien. Waar is ze?'

'Gasthuisberg', zei Bosmans vol mededogen, want de vraag verbaasde hem niet eens. Hij stond op en nam zijn vriend kordaat bij de schouder. Ze liepen naar de Mercedes van Bosmans, die voor een keer vlak bij de deur geparkeerd stond. Bosmans omarmde Deleu. De twee bleven staan. Onbeweeglijk. Deleus schouders schokten. Er werd geen woord gesproken.

Ook in de auto was het stil gebleven en beide vrienden liepen nu zij aan zij door de brede heldere gang van de afdeling Intensieve Zorgen.

'Je moet je sterk houden nu', zei Bosmans. 'Maar je hoeft dit niet te doen.'

'Ik wil.'

Toen ze de klapdeur openduwden, keek de verpleger die de bewaking waarnam, een jonge kerel nog met een excentriek brilletje en lange aapachtige armen, raar op.

'Excuseer, heren, maar hier is geen bezoek toegelaten.'

'Onderzoeksrechter Jos Bosmans en rechercheur Dirk Deleu van de lokale recherche. Ik wil dokter Alain Plum zien.'

'Ogenblikje.'

De verpleger stond houterig op en liep naar een aangrenzende deur. Deleu tikte zijn baas op de schouder.

'Ik wil eerst Nadia zien.'

'Straks. Samen met de specialist. Dat zijn de voorschriften.'

'Van het ziekenhuis?'

'Nee, van mij.'

Deleu keek Bosmans verbaasd aan.

'Ik wil niets aan het toeval overlaten. De schuldige zal...' De rest kon Deleu niet meer verstaan want de verpleger was er weer.

'Excuseer, heren, maar dokter Plum werd zopas weggeroepen. Al zijn afspraken voor vandaag zijn geschrapt.'

Bosmans gromde iets onverstaanbaars en schoof zijn hoedje achteruit.

'Oké. Kun je dan een afspraak maken? Voor morgen.'

'De secretaresse is... eigenlijk... afwezig vanmiddag.'

Bosmans keek naar de zwarte agenda. Meer hoefde hij niet te doen want de verpleger begon er prompt in te bladeren. Hij fronste de wenkbrauwen en sloeg een blad om. En nog een. En nog een. De frons werd een diepe greppel.

'Het spijt me, heren. Het zal ten vroegste volgende week kunnen, vrees ik.'

'Hoe is je naam, vriend?'

'Euh... Luc. Waarom?'

Bosmans keek streng over zijn bril.

'Luc Vlerings. Waarom?'

Bosmans haalde zijn agenda tevoorschijn en begon er ijverig in te noteren.

'Bon. Luc Vlerings. Zeg hem dat onderzoeksrechter Jos Bosmans morgen langskomt om tien uur dertig. Indien dat niet kan, verwacht ik de dokter op mijn kabinet in Mechelen. Vóór twintig uur dertig. Kunt u ons nu tot bij juffrouw Mendonck brengen, alstublieft?'

De verpleger gebaarde naar een kamertje dat er steriel

uitzag en waar Bosmans en Deleu zwijgend het voorbeeld van de jonge man volgden: ze trokken een witte kiel en chirurgische handschoenen aan en deden een monddoekje voor.

Het eerste wat Dirk Deleu zag, waren Nadia's blonde haren. Hij rukte aan het monddoekje, dat hem belette te ademen. Nadia leek te slapen. Tenminste als je al de omringende apparaten wegdacht. Van enige verwondingen was niets te zien behalve een blauwe buil op haar voorhoofd. Maar die was gemakkellijk weg te denken. Ze lag op haar rug met haar hoofd een beetje schuin. Deleu beeldde zich in dat ze ieder moment haar ogen zou opentrekken en hem aankijken. Onbevangen. Zonder te knipperen. Ze lag naast hem. Hij kon de warme gloed van haar lichaam voelen. Haar witte tanden toen haar lippen weken. Ze zweeg maar haar blik sprak. De glooiing tussen haar borsten. Dadelijk zou ze zich omrollen. Het witte laken zou zich tussen haar dijen kronkelen. En dan. Dan zou ze zijn lippen strelen. Met de punt van haar wijsvinger. En...

De hand van de verpleger deed Deleu ontwaken.

'Kom. Heren. We gaan.'

Mechanisch draaide Deleu zich om en hij volgde de verpleger en Bosmans naar buiten. In de gang keek hij om. De buisjes in haar neusgaten. De brede platte naald in haar onderarm. De rubberen slang die uit haar mond leek te kronkelen. Die monsterachtige attributen waren er daarstraks toch niet geweest?

De dichtslaande deur en de hand van Bosmans, die vaderlijk in zijn schouder kneep, brachten Dirk Deleu weer tot de orde van de dag.

In Bosmans' auto werd gedurende lange tijd geen woord gesproken, totdat de Mercedes de oprit van de oude rijkswachtkazerne aan de Edgar Tinellaan opdraaide.

'Ze hebben haar geaborteerd', zei Deleu monotoon, alsof hij in zichzelf praatte en zich niet realiseerde dat Bosmans naast hem zat.

'Ik heb een fax. Een voorlopig rapport.'

Deleu keek Bosmans aan zonder te beseffen wat hij precies zei.

'Rapport?'

'Van de dokter die haar onderzocht heeft. Gisteren. Voordat ze naar Gasthuisberg gebracht werd.'

Deleu knikte.

'Heel summier. Ze had zware genitale bloedingen. Ze vermoedden dat ze van de trap gevallen was. Da's alles. Ze werkte aan een verkrachtingszaak. Ze was nog zo enthousiast. Ze had een interessante piste.'

Ze liepen door de gang. Bosmans zette zijn hoedje af en veegde een paar zweetdruppels van zijn voorhoofd. Deleu hield hem staande.

'Misschien werd ze aangerand en toen ze probeerde te ontkomen, is ze van de trap gevallen en heeft ze... de vrucht verloren.'

'Misschien is het zo gegaan. Ja.'

'En waar is de vrucht? Dat zijn we vergeten te vragen.'

Bosmans antwoordde niet. Hij liep zijn bureau in, waar Schele Pierre Vindevogel en Walter Vereecken over een paar dossiers gebogen hingen. Ze keken vluchtig op. Er werden geen groeten uitgewisseld maar toen Deleu ging zitten, kneep ook Walter Vereecken vaderlijk in diens schouder.

'Waar zijn de foto's?' vroeg Bosmans. Schele Pierre schoof een map over het bureau naar hem toe. Bosmans sloeg ze open, keek naar Deleu en bladerde erin.

'Ik neem aan dat je ze liever niet ziet.'

Deleu stond op en liep naar de andere kant van het bureau, waar hij over Bosmans' schouder meekeek. De eerste polaroid toonde Nadia Mendonck, in foetushoudig, onder aan de trap. Ze leek te slapen. De tweede was een uitvergroting. Deleu zag een stuk van haar dij en vegen bloed op de grond. Tussen haar benen. Hij sloot de ogen.

'Ze was onderkoeld. De voordeur stond open toen ze gevonden werd', zei Vereecken. 'Misschien werd ze aangerand en misschien...'

'Waar is haar dossier?' onderbrak Deleu hem.

'Weg', zei Vereecken. Bosmans keek hem met ongelovige ogen aan.

'Weg? Hoe bedoel je? Weg.'

'U hebt zelf gezegd dat ze haar dossier mee naar huis had', klonk het verontschuldigend.

Bosmans keek Vereecken aan en knikte schouderophalend: ja.

'De jongens van de Technische hebben niks gevonden.'

Bosmans snoof.

'Ook niet in haar auto', counterde Vereecken de volgende vraag. 'Het afstappingsrapport is formeel.'

Het werd stil. Het leek wel of ze plots allemaal verlamd waren. Alsof niemand er nog in slaagde om helder te denken.

'Voor het psychologisch profiel', neuzelde Bosmans. 'Oké. Round-up. Vindevogel?'

'Wel. Ze hebben gebeld van Gasthuisberg. Zopas. Er zijn stalen naar het lab voor DNA-analyse en...'

'Welke stalen?'

'Uitstrijksels. Of hoe heet zoiets?'

'Waarom?'

'Dat hebben ze er niet bij verteld. De specialist was onbereikbaar. Misschien doen ze zoiets preventief. Die verpleger wist nergens van. Hij heeft die informatie in het medisch dossier gevonden.'

'Laat ze er wat vaart achter zetten', gromde Bosmans. 'En het afstappingsrapport?'

Pierre knikte en keek in zijn notities.

'Geen sporen van een vechtpartij. Er werden twee glazen gevonden op het aanrecht en een aangebroken fles wijn op de salontafel. Geen bruikbare vingersporen. De glazen waren gespoeld. Dus de kans is klein dat ze alsnog iets bruiksbaars vinden. Drie sigarettenpeuken in de asbak. Belga's. Nadia was gestopt met roken. Ze zijn ook naar het lab. Bloedsporen in het toilet. Ze zijn de vloer aan het afplakken voor de voetsporen maar ik vrees dat ook dat een maat voor niks zal zijn.'

Bosmans keek geïrriteerd op. Hij wist wat er nu zou volgen.

'De lokale politie heeft het appartement doorgeploegd', klonk het verontschuldigend.

Toen zijn vrees bewaarheid werd, spreidde Bosmans geergerd de armen.

'De deur van het appartement was los en....' ging Vereecken gauw door.

Bosmans wuifde de argumentatie boos weg. 'En verder?'

'Op de deurkruk werden vingersporen gevonden die niet van Nadia Mendonck zijn. Ze worden door de centrale computer gedraaid. Een interessant spoor.'

'Zijn ze nog bezig?' vroeg Deleu, die geen raad wist met zichzelf, gejaagd.

'Ja. Ik denk het wel', zei Schele Pierre.

Deleu draaide zich om en liep naar de deur. Bosmans wilde hem tegenhouden maar hij wist dat het geen zin had. Hij zuchtte, keek eerst naar de dichtklappende deur en toen naar Schele Pierre, die onhandig de blik afwendde. Bosmans bleef hem aanstaren. Pierre wist wat er nu zou volgen. Bosmans had namelijk een hekel aan rechercheurs die zich gingen bemoeien met een plaatsopneming. Ze hadden het er net nog over gehad.

'Het is zijn onderzoek, mijnheer de onderzoeksrechter', probeerde Pierre. Tot zijn verbazing was het antwoord: 'Je hebt gelijk.'

Met hangende schouders kwam Deleu precies vijfendertig minuten later het bureau weer binnen. Hij ging tegenover Bosmans zitten en zweeg.

'En?' klonk het medelevend. Het ironische 'En... kleven er sporen aan je zolen' bleef dit keer achterwege.

'Ik kon daar niks gaan uitrichten', antwoordde Deleu moedeloos. 'Ze waren de boel al aan het verzegelen. We moeten wachten. Ze zijn al bezig met de sporenanalyse.'

'Waar waren we gebleven?' zei Bosmans en dit keer slaagde hij er niet helemaal in zijn irritatie te bedwingen.

'De vingerafdrukken op de deurklink', klonk het mat. Bosmans keek op en schoof zijn bril wat vaster op zijn neus. De rimpels in zijn voorhoofd verraadden zijn verbazing. Deleus geheugen – het bleek nog steeds feilloos te werken, zoals een oude Zwitserse klok. Het stemde Bosmans hoopvol want ondanks al de tegenslagen was en bleef zijn vriend geknipt voor de job.

'Juist. Ze zijn niet van Mendonck.'

'Interessante piste', zei Deleu zonder overtuiging.

'Ja. Als het om een geregistreerde crimineel gaat', antwoordde Bosmans. Plots trok hij zijn ogen wijd open: 'De foto's?'

'Welke foto's?' vroeg Deleu, die leek te ontwaken. Hij had er tot dan toe bij gezeten als een vogeltje dat niet meer op kon vliegen en had voor zich uit zitten staren zoals een non in het park naar spelende kinderen kijkt. Zijn pakje Belga bleef onaangeroerd in zijn broekzak zitten.

'Zoals ik al zei, had Mendonck een theorie. Ze had Van Lil foto's laten maken van de omstanders. Het was een dinsdagochtend omstreeks negen uur. Er was een man bij in jogging, die niet in het plaatje paste. Hij had een pleister in zijn hals. Ze vermoedde dat het de dader was, die tussen de ramptoeristen was gaan staan. Hij had wel wat van het signalement dat Deschacht en zijn collega van Martine Van Hees gekregen hadden.'

'Ken', zei Deleu.

Bosmans knikte.

'Waar zijn die foto's?' vroeg Deleu gejaagd.

'In haar dossier. Dat ze elke avond mee naar huis nam.'

Deleu sprong op en pakte zijn gsm. Het duurde een tijdje voordat de verbinding totstandkwam. Nu stak Deleu wel een sigaret op. Bosmans keek uitdrukkingsloos naar het gekreukte pak Belga.

'Dag Pol. Deleu.'

'Zeg, heb jij de negatieven nog van de foto's bij het appartement van Martine Van Hees?'

Deleu luisterde aandachtig. Hij trok gretig van zijn sigaret.

'Fantastisch. Waar?'

'In je studio. Kun je ze afdrukken?'

'Jaja. Zelfde kadrering. Uitvergrotingen nog meer uitvergroten.'

'Ja. Die blonde kerel in jogging.'

'Wazig? Dat geeft niet. Ik kom ze halen. Ja. Nu onmiddellijk.'

Bosmans genoot maar liet dat niet blijken. Onvoorstelbaar hoe snel Deleu, die nog niet de kans had gekregen om het dossier in te kijken, de juiste maatregelen nam. Hij keek zijn vriend, die naar de deur stoof, achterna. Het heilige vuur. Het brandde weer. Ook Schele Pierre en Vereecken keken Deleu na.

'Alle telefoons checken. Inkomende en uitgaande. Heeft dat buurtonderzoek nog wat opgeleverd?' vroeg Bosmans.

'Nee.'

'En haar gynaecoloog?'

'Nog niet. Die kerel is met vakantie. Terugroepen?'

'Toch niet dezelfde gynaecoloog als Van Hees?'

'Dan was hij nu al in de boeien geslagen', monkelde Vereecken.

'Wacht dan tot hij terug is. Doe een buurtonderzoek bij haar appartement.'

'Is aan de gang.'

Bosmans schraapte de keel en schonk zich een kop koffie in.

'Alle info aan onze nieuwe baas bezorgen?' zei Pierre. Het klonk niet als een vraag maar als een evidentie. Bosmans knikte en slurpte van zijn koffie. Vereecken en Schele Pierre, de oude wapenbroeders, knikten simultaan. Allebei met een brede glimlach op hun gezicht. Bosmans wuifde hen uit. Zonder opkijken. Dat was ook niet nodig. Hij wist dat ze alles zouden doen om deze zaak open te breken. Alles en nog veel meer.

8

Na de miskleun van de avond ervoor voelde Hans Van Diest zich vandaag in een opperbeste stemming. Hij had de ontgoocheling over zijn avontuur met die flikkenteef verwerkt. Mede omdat hij op weg naar huis zijn volgende potentiële slachtoffer tegen het lijf was gelopen. Zomaar. Ze kwam uit het station. Hij wist ook waar ze woonde. Ze had haar auto pal voor de deur geparkeerd. Alsof er geen vuiltje aan de lucht was. Maar het was te donker om iets te kunnen zien. Ze was snel naar binnen gelopen. En hijzelf, hij had besluiteloos staan toekijken, nog te veel gefocust op die andere teef. Die flik.

Maar vandaag zou hij het goedmaken. Hij zou zijn schade inhalen. Want ook vandaag was hij haar gevolgd. Met de fiets. Ze had niks gemerkt toen ze uit het station kwam, waar hij met zijn schouder tegen de muur had staan wachten. Dat deed hij wel vaker. Onvoorstelbaar wat een mooie teven er uit dat stomme Mechelse station wandelden. Allemaal met hete benen en een kut. Hoeveel hij er al achtervolgd had, hij was de tel kwijt. Meestal viel het trouwens tegen. Maar deze! Deze was een voltreffer. Ze had een buikje. Ze was zwanger. Lekker figuur en zwanger.

Onderweg, terwijl hij haar in het stapvoetse verkeer volgde door de binnenstad, had hij voortdurend nieuwe scenario's bedacht maar hij was erin geslaagd zijn fantasie te bevriezen, want scènes zoals bij Van Hees waren tot elke prijs te vermijden. Bovendien was het alweer te laat geweest. Hij moest er over waken dat Magda geen argwaan zou krijgen. Want dan was het spel uit. Zich beheersen, het was verdomd moeilijk geweest want hij stond bloedheet. Aan haar flat in de Schipstraat had ze dit keer geen vrije parkeerplaats gevonden. Gelukkig maar, want zo kreeg hij tenminste de kans om haar uitgebreid te scannen. Wat een wijf. Knap, zwanger, jong en heet. Met zijn fiets aan de hand was hij haar gevolgd. Over de Vismarkt naar de Lange Schipstraat. Ze had zich met plezier laten naaien. Zoveel was duidelijk. Het stond op haar gezicht te lezen dat ze naar seks verlangde. Zelfs zwanger. Dan zijn ze het heetst. En, voorzichtiger. Op de stoep had ze een paar kerels afgelikt en op weg naar haar flat had ze voortdurend haar buik geaaid. Ze had daarbij haar hete kut niet geschuwd. Wat was er toch aan de hand met die jonge wijven? Nooit. Nooit hadden ze genoeg. Ze vroegen erom en toch vroegen ze het niet. Zelfs niet toen hij haar van de overkant van de straat hunkerend en liefdevol had aangekeken. Toen ze hem in het oog gekregen had, was ze snel naar binnen gelopen. Hautain, met haar neus in de lucht.

Van Diest, die nog een tijdje had staan lanterfanten en toen naar huis was gereden, reed de stoep op. Hij stapte van zijn fiets en staarde naar zijn spiegelbeeld in de etalage van de slagerij. Hij mocht er zijn. Hij twijfelde.

Stel dat ze een vent heeft. Een stier. Hoe kom ik dat te weten? Maak ik die vervelende getuige dan kapot? Hoe doe je dat dan? Nee, ze is alleen. Straks loop ik naar haar appartement. Ik bel aan. Dan weet ik het. Straks. Als het donker is.

Zijn zelfvertrouwen groeide.

En dan. Als ze de deur opendoet, vraag ik de weg. Misschien laat ze me binnen? Als ze me ziet zitten. Anders duw ik haar naar binnen. In de gang op de grond. Daar pak ik haar. Misschien beter morgen. Als ik zeker weet dat ze alleen woont. Nee. Niks morgen. Vandaag!

Toen hij met grote passen de hoek omliep, schokte hij met zijn schouders en hij voelde het koud zweet uit zijn oksels sijpelen. De zelfgenoegzaamheid was omgeslagen in pure paniek. Zijn Opel Vectra stond op de hellende oprit van de garage geparkeerd, met de vier deuren wijd open. Uit de deur aan de bestuurderskant kronkelde een elektriciteitssnoer naar de garage.

Van Diest versnelde zijn pas en dook halsoverkop in de wagen. Nerveus klapte hij het handschoenenkastje open. Hij herademde. Het natuurzijden niemendalletje dat hij van die dooie treinhoer haar kont had gerukt, was er nog.

'Hans?' Het hoogrode gezicht van Magda kwam tevoorschijn op de achterbank. Ze hield de zuigmond van een stofzuiger in haar hand, als een periscoop die alles ziet. Ze had een potsierlijke bandana om haar hoofd gebonden. 'Wat doe je?'

'Euh... niks, schat. Wat ben jij aan het doen?'

Magda De Dijver trok de bandana recht en keek haar echtgenoot verbaasd aan. 'De afwas. Zie je dat niet? Je bent zo vroeg.'

'Het weer is wat beter. Ik wil nog even gaan joggen voor het donker is.'

'Ben jij bang in het donker', grijnsde Magda terwijl ze haar man in de schouder kneep. Hij verstarde en kon maar aan één ding denken: zijn jachttrofee. 'Wat zoek je?'

'Niks. Maar ik moet binnenkort naar de autocontrole en ik heb de autopapieren nodig. Je hebt het handschoenenvak toch nog niet uitgemest?'

'Nog niet. Je bent net op tijd. Voor ik je liefdesbrieven vind.'

Terwijl hij zijn vrouw, die niet half besefte hoe dicht ze

bij de waarheid zat, op de wang zoende, schoof Van Diest het slipje van Martine Van Hees ongemerkt in de binnenzak van zijn trenchcoat. Hij zou het verbergen. Binnen. In de garage. Achter die rommeldoos met oude diskettes. Daar zou ze nooit zoeken. Ze was bang van spinnen. Hij kroop houterig uit de wagen en liep naar de garage.

'Ik ga me gauw omkleden. Wat eten we?'

'Stoofvlees met frieten. Blijf niet te lang weg. Het frietvet is al heet.'

Van Diest voelde zijn lichaam tot rust komen. Hoe kon hij zo stom zijn. *Rustig blijven. Ik ga straks wel joggen. Dan heb ik meer tijd. En dan is het donker. Dat is veiliger.*

'Oké. Ik ga straks wel joggen. We kunnen eerst eten.'

'Kun je daarna onze Maarten met zijn huiswerk helpen alsjeblieft? Ik wil niet dat hij nog zo laat gaat slapen. Gisteravond was het tien uur.'

'Oké. En dan ga ik joggen.'

Van Diest voelde een vreemde euforie in zijn lichaam. Het liep perfect. Eten, Maarten helpen en dan gaan joggen. Naar de Schipstraat. Naar die teef haar appartement. Bellen. Haar stukneuken. Lopen... lopen... lopen... en dan een snelle douche. Zijn hart begon te bonken. Zijn vingers voelden de zachte zijde terwijl hij door de gang naar de woonkamer liep.

Spijtig van die flikkenteef. Een stuk van haar uniform of zo. Dat was pas een leuke jachttrofee geweest. Een borstzakje van haar te krappe diensthemd of zo... Waar die hete tieten tegenaan gedrukt hebben. Waar die tepels in geprikt hebben. Die grote stijve tepels.

Toen Maarten, zijn oudste, aangestoven kwam, trok Van Diest snel zijn trench dicht om de wassende erectie te verbergen.

'Hey kampioen. Hoe was het op school?'

Maarten Van Diest antwoordde niet. Terwijl zijn vader

hem door de lucht liet wentelen, genoot hij met volle teugen van de luchtstroom die zijn gezicht streelde. Op en neer en rond en rond. En nog een keer. Maarten omhelsde zijn papa, die een vluchtige zoen op zijn wang drukte. Op en neer en op en neer en rondtollen maar. Tot je hoofd ervan draait. Wat een sterke papa. Wat een fantastische papa.

'Jaa...hhhh. Nog... nog, papa.'

Het was al donker toen Bosmans Deleus bureau binnenliep. Hij sloeg zijn hand voor zijn mond en geeuwde. Hij stopte een pindanootje in zijn mond. Het smaakte allesbehalve vers. Bosmans keek naar de houdbaarheidsdatum op de verpakking en dan naar Deleu.

'Nog nieuws uit het ziekenhuis?' vroeg Deleu zonder opkijken. Hij was verdiept in een aantal foto's. Bosmans had hem geen verdere uitleg gegeven, maar hij zag aan de manier waarop de foto's en de uitvergrotingen gerangschikt waren dat Deleu dezelfde verbanden had gelegd als Mendonck. Bosmans keek zijn vriend aan en schudde nee. Hij wees naar de foto's. Hij gooide de nootjes op het bureau.

'Zo had Mendonck het ook al bekeken.'

'Toen de politie arriveerde, is hij vertrokken', vulde Deleu aan. 'Wat denk je? Zetten we zijn signalement op tv?'

'Waarom niet. Waarom niet. Ga je gang, Dirk. Al was het maar om potentiële slachtoffers te waarschuwen.'

'Misschien heeft hij Nadia gezien. Toen ze naar buiten kwam bij Martine Van Hees. En misschien is hij haar gevolgd.'

'Zou kunnen. Is er nog nieuws?'

'Nee. Voorlopig niet.'

'Ga je mee, morgenvroeg, naar dokter Pluim of hoe heette die kerel ook alweer?'

'Plum.'

'Hmm.'

'Ik pik je op?'

'Hmm. Goedenacht. Probeer maar wat te slapen.'

Deleu begon zwijgend zijn spullen op te bergen.

'Weet Barbara het al?'

'Wat?'

'Van Mendonck?'

'Weet niet. Slaap wel. Tot morgen.'

Deleu nam afscheid van Bosmans en liep naar buiten. In de gang liep hij Schele Pierre tegen het lijf. Deze zwaaide met een computeruitdraai, nam Deleu bij de schouder en duwde hem zijn bureau in. Pierre bleef met de uitdraai zwaaien, zoals een vader zou doen met het slechte schoolrapport van zijn zoon.

'Wat?'

'Haar telefoonverkeer van de laatste twee weken.'

'En?'

'Ik heb alle nummers gecheckt.'

'En?' Deleu werd ongeduldig. Hij wilde de lijst pakken. Vindevogel trok hem achteruit.

'Niks speciaals. De kapper. Gynaecoloog. Haar tante. Collega's ook. De gewone dingen.' Deleu reikte nog een keer naar de lijst maar Pierre trok die weg, als een kind dat zijn speelgoed bedreigd zag.

'Wat?'

'Eén collega springt eruit. Met nek en schouders. Hij wint met lengten voorsprong.' Deleu haalde de schouders op. Schele Pierre kreeg een bezorgde uitdrukking op zijn gezicht. 'Jij, Dirk.' Hij legde de lijst op de hoek van het bureau. 'Je hebt haar zelfs gebeld de avond van de... feiten.'

'Dat herinner ik me niet.' Deleu nam de lijst en stopte ze tussen zijn notities. 'Maar ik zal het controleren.' Hij drukte Pierres hand. Die hield zijn hand iets langer vast dan gebruikelijk. Hij keek Deleu recht in de ogen. 'Als je wilt, kan ik die lijst wel wat... manipuleren.'

Deleu keek opzij. De woorden leken niet tot hem door te dringen. Hij keek Pierre aan.

'Voorkomen is soms beter dan genezen, Dirk.'

Deleu antwoordde niet. Hij was niet helemaal bij de zaak. Zijn gedachten waren bij Barbara en of hij haar het nieuws al dan niet zou vertellen. En hoe?

'Je hebt aan iedereen in het bureau verteld dat het uit was. Dat jullie er finaal een punt achter hadden gezet.'

Deleu schrok op uit zijn overpeinzingen. Dit keer was hij wel bij de zaak.

'Dus volgens jou ben ik nu een potentiële verdachte. Of begrijp ik dat verkeerd?'

Pierre Vindevogel antwoordde niet meteen. Hij leek in gedachten verzonken. Plots keek hij op.

'Voor mij niet. Goedenacht.'

In de gang zagen ze Bosmans. Terwijl ze zwijgend samen door de gang liepen, had Deleu het gevoel alsof Bosmans zo dadelijk zou vragen om het dossier thuis te mogen inkijken. Dat deed hij wel vaker als ze over iets tobden. Bosmans was immers geen echte magistraat. Hij was meer een doodgewone flik. Een speurder met uitgebreide volmachten. Maar deze keer zou hij het niet als vriend bestuderen. Of als collega. Deze keer zou hij het in zijn hoedanigheid van onderzoeksrechter bestuderen.

Ze drukten elkaar de hand. Deleus handpalm zweette. Bosmans zei niets maar hij had Deleus nervositeit gevoeld. Zulke dingen voelde hij altijd. De lijst kon elk moment op eigen kracht uit de map springen, tenminste zo voelde Deleu het aan. En op en neer dansen voor Bosmans ogen. De verdachte telefoontjes zouden vanzelf oplichten. In fluorescerende tinten.

In zijn Golf opende hij de map en hij vouwde de telefoonlijst in vieren en stopte hem in zijn portefeuille. Hij twijfelde. Dat was misschien precies de plaats waar Barbara stiekem zou zoeken. Als hij sliep. Deed ze zulke dingen? De opgevouwen lijst verdween in het handschoenenkastje, tussen de autopapieren.

Barbara was al naar bed en al wilde hij het niet, het voelde aan als een gigantische opluchting. Dirk Deleu sloop op kousenvoeten naar de badkamer en terwijl hij ervoor zorgde dat de waterstraal niet te hard kletterde, begon hij zijn tanden te poetsen totdat zijn tandvlees ervan gloeide. Hij liep naar Charlottes kamertje. De deur stond op een kier en het zachte maanlicht verlichtte haar snoet. Ze sliep vredig. Toen Deleu zich wilde omdraaien, werd er een zoen op zijn schouder gedrukt.

'Hoe is 't geweest vandaag?'

'Ik dacht dat je al sliep.' Barbara liep weg. 'Is dat een nieuwe nachtjapon?' Ze knikte maar keek niet om. 'Mooi. Heel mooi.' Deleu hoorde zichzelf praten en zijn woorden klonken stroef en allesbehalve overtuigend. Barbara zat op de rand van het bed. Deleu ging naast haar zitten.

'Je hebt het gehoord?'

'Het was op de radio.'

Deleu pakte haar hand. Ze beefde. Hij schudde zijn hoofd. Zijn blik naar de grond gericht. Het streepjesmotief in het kamerbreed tapijt leek op het motief in Nadia's flat.

'Heb je haar gezien?'

Identiek motief maar enige tinten donkerder. Dat had hij nooit eerder opgemerkt. Raar eigenlijk. Motief. Had hij een motief? Misschien wel.

'Ja.'

'Was ze mooi?'

Deleu stond perplex van die vraag. Hij opende zijn mond maar er kwam geen geluid.

'Mooi?'

'Ja, mooi. M-o-o-i.'

'Hoe bedoel je?'

'Gisteren. Heb je haar gisteren gezien? Voor het ongeluk.'

'Ongeluk?'

'Ja. Dat zeiden ze op de radio. Ze is van de trap gevallen.'

'Het was geen ongeluk.'

Barbara ging op het bed liggen. Ze vouwde haar handen achter haar hoofd.

'Je moet niet antwoorden.' De woorden klonken somber. Ze wilde over iets anders beginnen maar het lukte haar niet. Ze schudde het hoofdkussen op en draaide zich om. Deleu zat nog steeds naar het tapijt te staren. Er viel een geladen stilte.

'Nee. Ik heb haar niet gezien, gisteren. Ik heb haar vandaag gezien. Met Bosmans. Ze is in coma. De baby... het kindje is...' De woorden die hij niet had willen uitspreken, ze smoorden in zijn keel. De snik sneed door Barbara's hart. Ze voelde de woede opborrelen.

'De vrucht... een vrucht, noemen ze zoiets. Een vrucht of een foetus.' Het klonk hard en kil. Alsof ze het over iets walgelijks had. Deleu kreeg er kippenvel van. Hij rolde op het bed en legde voorzichtig zijn hand op Barbara's schouder. Ze duwde zijn hand weg. Hij doofde de nachtlamp. Het flauwe maanlicht scheen naar binnen. Zijn ogen, gescherpt door de overvloed aan adrenaline, pasten zich feilloos aan zodat hij de fijne barstjes in het plafond zag en Barbara's hand, die in het hoofdkussen klauwde. Hij draaide zijn hoofd opzij. Toen viel er gedurende een eindeloze minuut een nieuwe stilte, vervuld van het geluid van hun ademhaling.

De lakens ritselden.

Het bed kraakte.

'En ik heb deze nieuwe nachtjapon gekocht. Voor jou. En nu draag ik hem nog ook!' Haar stem zakte. Er zat dreiging in en immense ontgoocheling. 'Je hebt het nooit uitgemaakt. Dat was je ook nooit van plan. En ik... ik was zo onnozel om...'

'Barbara. Alsjeblieft. Dat heb ik wel gedaan.'

Barbara sprong op, alsof ze gestoken was door een wesp. Ze liep naar haar handtas, die naast een stoel op de grond stond en nam er iets uit. Ze draaide zich om, gooide het op het bed en liep naar de deur.

'Je liegt. Je liegt en je blijft liegen. Wees tenminste eerlijk. Eerlijk met jezelf.'

Deleu nam het stuk papier en vouwde het open.

Ik ook. Maar we moeten ermee ophouden. Ik kan dit niet aan. N.

De inkt was uitgelopen. Het briefje voelde klam aan. Maar het was Nadia's handschrift. Hij sloot zijn ogen en toen hij zijn hand op zijn hart legde, kleurde de inkt zijn huid.

9

Bosmans liep met uitgestoken hand op de man toe, een blozende breedgeschouderde vijftiger die vitaliteit uitstraalde. Hij leek zo uit een handleiding voor doe-het-zelvers weggeplukt. Tenminste, als hij geen witte doktersjas had gedragen. Een houthakker, of een metselaar, vond Deleu, wiens hand door dokter Plum bijna tot moes werd geknepen. De dokter nodigde de bezoekers met een breed gebaar uit in zijn bureau, een heldere, luchtige kamer. Deleu likte langs zijn uitgedroogde lippen en keek belangstellend naar de koelkast.

'Excuseer. Ik kan u geen drankje aanbieden. Daar bewaar ik uitsluitend medicatie in', gniffelde Alain Plum. Hij had een opvallend hoge stem voor zijn postuur. Hij maakte een uitnodigend gebaar naar twee klaarstaande stoelen.

'Dus, als ik het goed begrepen heb, is het onderzoek inmiddels afgerond', zei Bosmans terwijl hij ging zitten. 'We wilden graag de details kennen en...'

'Hoe gaat het met juffrouw Mendonck?' vroeg Deleu met een stem vol grauwe droefheid.

De arts keek van de een naar de ander. Er hing elektriciteit in de lucht. Bosmans sloeg de ogen neer. Plum koos voor Deleu. Hij schraapte de keel.

'Haar toestand is gestabiliseerd. Als bij wonder heeft ze geen breuken opgelopen bij die val van de trap. Ze is nog steeds in coma.'

'Heeft u haar om medische redenen geaborteerd?' vroeg Bosmans terwijl hij zijn borst vooruitstak met de bedoeling zich een zelfverzekerde pose aan te meten. Hij wilde niet langer om de hete brij heen draaien. De anatoom-patholoog aaide zijn wilde baard.

'Dat had iemand anders al gedaan.'

Bosmans en Deleu keken elkaar aan. Totale verstomming in de ogen.

'De foetus werd afgedreven. Kunstmatig.'

Het bleef doodstil, alsof de informatie zo omvangrijk en complex was dat ze slechts door een krachtige processor kon worden verwerkt.

'Voor of na de val?' vroeg Deleu. Hij hoorde zichzelf praten.

'Dat is onmogelijk uit te maken. Juffrouw...' De arts keek in de papieren.

'Mendonck', zei Bosmans haastig.

'Juffrouw Mendonck leeft nog. De gebruikelijke technieken zijn hier dus niet bruikbaar. En een methode om vast te stellen wanneer de comateuze toestand exact is ingetreden, hebben we jammer genoeg niet. Nog niet.'

'Kunstmatig, zei u?' vroeg Deleu, die er niet in slaagde de tremolo in zijn stem te verbergen.

Plum begon in zijn notities te bladeren.

'De afdrijving is mechanisch gebeurd. We denken aan een ballonpomp en een zeepoplossing.'

Bosmans en Deleu staarden elkaar aan. Sprakeloos. Verward. Ongelovig.

Dokter Plum begon in een rapport te bladeren.

'Wenst u de technische details te kennen?'

Bosmans knikte. Deleu wilde naar buiten rennen maar hij bleef doodstil zitten.

'Ik wil haar zien.'

Dokter Plum keek naar Jos Bosmans en dan naar Deleu, die lijkbleek zag, en er kwam een diepe rimpel in zijn voorhoofd. Hij had het zelden meegemaakt, zo'n betrokkenheid onder collega's. Hij klapte traag de map dicht maar Bosmans gebaarde hem met een stugge handbeweging door te gaan. Plum klapte de map weer open en duwde er met zijn brede houthakkershand een vouw in.

'Kan ze nog herstellen?' vroeg Deleu terwijl hij naar zijn borst greep.

De dokter haalde de schouders op.

'Alle vitale lichaamsfuncties zijn intact. Vanmiddag volgt een uitgebreide scan. Dan zullen we meer weten. De virale infectie hebben we onder controle gekregen maar de vrees voor een mogelijk fatale embolie blijft.'

'De afdrijving', zei Bosmans ongeduldig.

Plum begon te bladeren en liet zijn stompe wijsvinger diagonaal over de pagina's glijden.

'Ik vrees dat het vrij technisch wordt.'

'Dat zijn we gewoon. Van bij Van Grieken', antwoordde Bosmans.

'Anatoom-patholoog Van Grieken?'

'Ja. De wetsdokter.'

'Daar heb ik nog les van gehad. Leeft die nog?' zei Plum glimlachend, maar toen hij Deleus gekwelde blik zag, liet hij de social talk achterwege.

'Wel.' Hij schraapte de keel. 'Bij de afdrijving is vast en zeker mechanisch geweld gebruikt. En de handelingen werden waarschijnlijk door een leek verricht.'

'Of door een professional die zich als leek wilde voordoen', viel Bosmans in.

'Dat is, vrees ik, niet echt mijn vakgebied', antwoordde de arts.

'Sorry. Gaat u maar door, dokter.'

'Een populair instrument bij de leek is de zogenaamde vrouwenspuit. Dat is een ballonspuit, voorzien van een afneembare brede, ronde canule met aan het einde perforaties. Het zijn eigenlijk toestellen die aangewend worden voor hygiënische doeleinden – de zogenaamde schedespoelingen. In regel zal geen abortus worden opgewekt. Maar het is mogelijk, vooral gehurkt, het einde van de canule, die soms tot 10 centimeter lang is, tegen het ostium uteri externum te duwen en indien dat enigszins openstaat de vloeistof rechtstreeks in de baarmoeder te spuiten.'

'Welke vloeistof?' vroeg Bosmans.

'Zeepwater. We hebben sporen van een zeepoplosing gevonden.'

'Kan ze dat zelf gedaan hebben?' vroeg Deleu.

Bosmans keek hem verbaasd aan maar zweeg.

'Ja. Dat zou kunnen.'

'Kan iemand anders het gedaan hebben zonder haar toestemming?'

'Zonder haar toestemming? Nee, dat lijkt me nogal onwaarschijnlijk.'

'Maar wel als ze bewusteloos was', viel Bosmans in.

Het begon stilaan op een kruisverhoor te lijken. De arts wroette in zijn baard.

'Tja, waarschijnlijk wel. Met wat verbeelding moet dat mogelijk geweest zijn.'

Bosmans en Deleu zwegen. Plum profiteerde van de tijdelijke windstilte om zijn verhaal af te maken. 'Iemand heeft dus zeepwater in de schede gespoten met een ballonspuit. Dat staat vast.'

'Weet u zeker dat het om een ballonspuit gaat?' vroeg Bosmans, die de preliminaire boedelinventaris vluchtig bekeken had. 'We hebben bij mijn weten niet een dergelijk instrument in haar flat aangetroffen.'

'Daar ben ik zeker van. En wel om de volgende reden', antwoordde dokter Plum licht geëxalteerd. 'De operatie is, laten we zeggen, gelukt want de vruchtzak is afgescheurd van de baarmoederwand. Bovendien waren niet alleen de genitale bloedingen, die logisch zijn, vrij hevig maar moet de druk, die sowieso op enkele atmosferen geschat wordt, in dit geval extreem hoog geweest zijn want de in de cervix aanwezige slijmprop is volledig "weggespoten", waardoor er een wonde ontstond aan het baarmoederslijmvlies die zelfs necrose vertoonde, een ideale voedingsbodem voor bacteriën. Vandaar de infectie.' Plum hapte naar adem en keek zijn toehoorders aan. 'Begrijpt u?'

'Dus wie de spuit hanteerde, heeft geknepen uit volle macht', zei Bosmans boertig. 'Is het dat wat u bedoelt, dokter?'

'Nee.' Plum schudde traag het hoofd. Hij legde zijn vinger op zijn lippen en leek na te denken. Voor Deleu, die doodstil zat te luisteren, was dit hele gedoe pure horror. Hij probeerde zich Nadia's gezicht voor te stellen.

'Wel. Ja en nee. De peer van een gewone rubberen vrouwenspuit vult zich na stevig leegknijpen met ongeveer 200 centiliter water. In de praktijk, indien de uitpersing van de lucht niet bewust krachtig en onder de vloeistofspiegel wordt gedaan, is het mogelijk, ja zelfs waarschijnlijk, dat slechts maximum 100 à 150 centiliter vloeistof werd opgezogen waardoor lucht in de baarmoederholte wordt gespoten. Wat in dit geval hoogstwaarschijnlijk gebeurd is, want bij de patiënt werd in het cavum uteri een door bloederig sperma omsloten gasbel gedetecteerd.'

'En dat bevestigt uw theorie dat er een leek aan het werk was', mompelde Bosmans in gedachten verzonken. 'Betekent dat dan ook dat het sperma tezamen met het zeepwater werd ingespoten?'

'Hmm. Ja. Ook. Mogelijk wel. Maar niet noodzakelijk. Het kan met een injectiespuit zijn ingebracht of via de penis van de agressor rechtstreeks in de schede. Dat kunnen we niet met zekerheid uitmaken. Maar wat ik eigenlijk wilde stellen is het volgende. Door het inspuiten van de lucht is luchtembolie opgetreden.'

De penis van de agressor! Rechtstreeks in de schede. Een zwaard. Ze hebben haar doorboord met een zwaard.

Deleu huiverde. Zijn handen beefden. Van woede. Van verontwaardiging. En van onmacht.

'Luchtembolie?' herhaalde Bosmans. Deleu keek op. Hij probeerde zich te concentreren.

'Lucht die embolisch wordt versleept. In dit geval vanuit de baarmoeder.'

'Is... dat... dodelijk?'

Bosmans keek Deleu, die als verlamd op de punt van zijn stoel zat, bezorgd aan.

'Niet noodzakelijk. Het hangt af van de hoeveelheid lucht en hoe en hoe snel die zich verplaatst. Dodelijke luchtembolie komt meestal tot stand indien in zeer korte tijd 70 tot 100 kubieke centimeter lucht door de aderlijke bloedbaan embolisch naar het hart of de hersenen is versleept.' Plum staarde naar het raam. 'In dit geval is het wel de oorzaak van de comateuze toestand.' De arts keek naar Deleu. 'Maar ik ken heel wat patiënten die na een aanvankelijke comateuze toestand ten gevolge van ernstige verschijnselen van luchtembolie, geleidelijk hersteld zijn', voegde hij er gauw aan toe.

'Dus de coma is niet te wijten aan de val van de trap?' probeerde Bosmans het zwaartepunt van de discussie te verleggen.

'Nee. De hersenen zijn niet "geraakt". We hebben een hersenscan gedaan.'

'Wat zijn de risico's?' klonk het monotoon.

De arts keek eerst naar Deleu, die naar zijn in zijn schoot gevouwen handen keek en dan vragend naar Bosmans, die hem kort toeknikte.

'Wel, volgens mij is het grootste gevaar op letale afloop geweken.'

'Maar het is mogelijk dat ze nooit meer wakker wordt', zei Deleu en het klonk gezien de omstandigheden vrij neutraal. Eigenlijk berustend.

'Dat is mogelijk. Ja. Maar het grootste gevaar bestaat erin dat de lucht die zich een tijdlang, bijvoorbeeld tijdens een toestand van bewusteloosheid, heeft opgehoopt in de bekkenaderen, op een gegeven moment, zoals wanneer het slachtoffer rechtop gaat staat, als het ware kan losschieten, met de gekende, meestal letale gevolgen', draaide Plum handig om de hete brij heen.

'Dus het is mogelijk dat een slachtoffer pas vele uren na de abortus overlijdt?' zei Bosmans.

'Inderdaad. Of het bewustzijn verliest. Al zijn de meningen hieromtrent verdeeld. Sommige onderzoekers spreken van enkele minuten maar er zijn ook meldingen waaruit blijkt dat een interval van vele uren mogelijk is.'

'Het zou dus kunnen dat een vrouw, nadat ze werd verkracht, zichzelf aborteert, daarbij een dodelijke luchtembolie oploopt, de gebruikte benodigdheden opbergt of laat verdwijnen voor ze overlijdt. Met andere woorden, het verdwijnen van de toebehoren bij een abortus met dodelijke afloop impliceert niet noodzakelijk dat een tweede persoon de abortus gepleegd heeft.'

'Nee. Dat is correct. Je kunt zelfs verder redeneren en stellen dat de plaats waar de vrouw de luchtembolie heeft opgelopen en is overleden niet dezelfde hoeft te zijn als die waar de afdrijving werd verricht.'

'Dokter, waar is de foetus?' vroeg Deleu op zachte maar indringende toon.

Alain Plum antwoordde niet. Hij staarde door het raam en ontweek Deleus blik.

'Er werden bloedsporen gevonden in het toilet. En vegen aan de onderkant van de wc-bril.'

Er viel een veelzeggende stilte.

'Bedoelt u dat...' Bosmans zuchtte en maakte zijn zin niet af. Dokter Plum sloot de ogen en knikte.

'Het is een mogelijkheid waar we zeker rekening mee moeten houden. Dat de vrucht doorgespoeld werd, bedoel ik. Dat gebeurt wel vaker.'

'Heeft de vrucht hetzelfde bloedtype als de moeder?' vroeg Bosmans. Hij vroeg het om maar iets te vragen. Om zijn diepe walging de baas te worden. 'We hebben de bloedvlekken geïsoleerd voor analyse. Begrijpt u wat ik bedoel?'

'Niet noodzakelijk. De foetus kan een ander bloedtype hebben dan de moeder. Maar je zou al veel geluk moeten hebben om...'

'Kunt u het bloedtype van de foetus nog bepalen?' vroeg Deleu, die dankzij zijn aangeboren speurdersinstinct helder genoeg bleef om het te kunnen volgen. De woede die door zijn borst raasde, hielp ook. De vrucht. Zijn kind. Het dreef ergens in de riolen tussen de stront. 'Aan de hand van achtergebleven DNA van de baby in de... moeder?'

'We zullen proberen.'

'Bedankt, dokter', zei Bosmans en hij stond moeizaam op, met krakende knieën. Zijn standaardgrapje, dat het geluid erop wees dat hij ondanks zijn leeftijd 'jong' kraakbeen had, liet hij dit keer achterwege en hij stak zijn hand uit.

'Bedankt. U hebt ons een heel eind op weg geholpen. Mag ik u verzoeken een kopie van het medisch dossier aan mijn griffier te zenden?'

Plum knikte en drukte de uitgestoken hand.

In het toilet van de Mechelse lokale recherche zat Dirk Deleu op de wc-bril. Daar zat hij al meer dan een halfuur. Hij streelde het stuk papier met Mendoncks handschrift, stond op en haalde traag zijn aansteker uit zijn broekzak. Toen hij zijn vingers schroeide, dwarrelde het brandende papier in de closetpot. Deleu spoelde door, liep naar buiten en draaide waterkraan open.

'Zo erg?'

Toen Deleu achteromkeek, zag hij het guitige gezicht van Vanderkuylen, die stond te plassen.

'Hé?'

'Dat deed mijn grootmoeder ook altijd.'

'Wat?'

'Papier verbranden nadat ze naar het toilet geweest was.' Vanderkuylen knipoogde terwijl hij naast Deleu kwam staan, zijn gulp dichtritste en zijn handen onder de kraan stak. 'Snap je het niet? 't Is toch simpel. Destijds hadden de mensen niet van die dure geurvreters.' Vanderkuylen tikte zijn neusvleugel aan.

Deleu glimlachte flauwtjes en verdween. Vanderkuylen, van nature nieuwsgierig, wachtte een paar tellen totdat de stappen in de gang uitgestorven waren, trok de deur van het herentoilet een eind open en keek er vluchtig in. De enige geur die hij herkende, was de geur van verbrand papier. Het wc-papier was echter op. Zoals gewoonlijk. Toen hij de deur wilde dichttrekken, zag hij een stukje papier. Het kleefde in de closetpot. Schrijfpapier. De rand was zwartgeblakerd. Er stond iets op geschreven. Vanderkuylen keek achterom, bukte zich en viste het op.

an dit niet aan. N.

'De vingerafdrukken op de deurklink zijn niet geregistreerd in onze databanken', zuchtte Bosmans toen Deleu zijn bureau binnenwandelde. Deleu antwoordde niet. Hij slenterde naar de wasbak en begon uitgebreid zijn handen te wassen.

'Dirk?'

'Huh?'

Deleu ging tegenover Bosmans zitten.

'De vingerafdrukken op Mendoncks deurklink. Ze zijn niet geregistreerd.'

'Hmm. En het sperma?'

'We wachten nog op het resultaat van de DNA-analyse. Denk je dat het dezelfde dader zou kunnen zijn?'

Deleu schudde traag zijn hoofd.

'Waarom niet?' klonk het apathisch.

Bosmans keek zijn vriend, die afwezig naar de muur zat te staren, bezorgd aan.

'Hoe gaat het thuis?'

'Nogal.'

Bosmans voelde een vervelend gekriebel in zijn borstkas. Hij probeerde de irritatie te negeren.

'Ik denk niet dat het om dezelfde dader gaat. In het begin dacht ik van wel. Maar ik heb de zaak-Van Hees grondig bestudeerd. Het was een brutale verkrachting. Waarschijnlijk is ze van de trap gevallen toen ze probeerde te vluchten. En dat is haar dood geweest. Bij Mendonck is het anders gegaan.' Bosmans keek op. 'Dat ruikt naar enscenering. Iemand heeft haar verkracht terwijl ze bewusteloos was. En dan heeft hij haar geaborteerd. Toen ze bij bewustzijn kwam, is ze ten gevolge van de luchtembolie van de trappen gevallen. Denk ik.'

Deleu zuchtte, stond op en keek naar zijn spiegelbeeld.

'Nee, je hebt waarschijnlijk gelijk. Het is niet dezelfde dader.'

'Maar wie kon er baat bij hebben om zoiets in elkaar te knutselen? Wat is dan verdorie het motief?' zei Bosmans terwijl hij naar Deleus spiegelbeeld keek. Hun blikken kruisten elkaar. Deleu wendde de ogen af. 'Mijn theorie is dat ze gevolgd werd door dezelfde dader.' Bosmans wees naar de uitvergrote foto's aan de wand. 'Evelynes theorie laat me niet los. Misschien is het een serieverkrachter, een ziekelijke psychopaat die het op alleenstaande zwangere vrouwen gemunt heeft. Omdat dat gemakkelijke prooien zijn, die zich niet al te fel zullen verzetten omdat ze bang zijn hun baby te verliezen.' Bosmans zuchtte. 'Begrijp je?'

Deleu knikte maar er zat geen overtuiging in. Bosmans hapte naar adem en sloot de ogen.

'Hij heeft Mendonck gezien, is haar gevolgd en heeft haar aangerand in haar flat. Hij heeft haar verkracht en dan de baby afgedreven. Misschien was hij dat bij de eerste moord ook al van plan maar werd hij verrast door het slachtoffer. Misschien is het een pervers monster dat kickt op... je weet wel. Je herinnert je onze vriend Jozef Hermans toch nog?'

Deleus ogen vonkten toen hij die naam hoorde. Het hielp om de knagende pijn en het groeiende schuldbesef te verdringen. Hij keek Bosmans langdurig aan en zijn blik werd zachter.

'Is ze gevallen of werd ze geduwd? Dat is de hamvraag.'

'En door wie?' vulde Bosmans aan.

Het duurde een hele tijd voor Deleu het woord nam.

'Ben ik een verdachte voor jou?'

Bosmans, die net van zijn kop koffie dronk, schokte met de schouders. Op de achtergrond speelde *Lyin' Eyes*, die onverwoestbare hit van The Eagles. Bosmans keek naar de vergeelde transistorradio op de hoek van het bureau en hij vermeed oogcontact met Deleu.

'Heb je haar nog gezien?' beantwoordde hij de vraag met een tegenvraag. Deleu slikte. Bosmans stroopte zijn mouwen op, schoof zijn stoel achteruit en liep naar de deur.

'Wat ga je doen?'

Bosmans wees naar zijn gsm. 'Werken. Ik heb zonet een bericht binnengekregen. Een jonge vrouw wil aangifte komen doen. Ze werd vannacht bijna aangerand door een grote blonde man.'

Deleu sprong op.

'En ze is zwanger?'

'Weet ik niet.'

'En je zegt niks!'

Ze liepen haastig door de gang. Schouder aan schouder. Bosmans keek opzij.

'Wat ik je vroeg, dat hoef ik niet te weten. Dat doet er niet toe.'

Deleu nam hem bij de schouder.

'Ben ik een verdachte?' vroeg hij nogmaals en dit keer met aandrang.

'Niet zolang ik op dit dossier zit. En ik ben ervan overtuigd dat jij de schuldige te pakken zult krijgen. Dus wat is het probleem?'

Deleu liet Bosmans' schouder los. Hij knikte alleen maar.

De blonde jongedame keek strijdlustig op toen Bosmans en Deleu het bureau binnenliepen.

'Juffrouw Van Neck?'

'Ingrid.'

Ze stak haar hand uit en lachte, waardoor haar hoge jukbeenderen extra werden geaccentueerd. Bosmans drukte haar de hand.

'Aangenaam. Ik ben onderzoeksrechter Jos Bosmans en dit is rechercheur Dirk Deleu.'

'Aangenaam.' Ze drukte ook Deleu de hand. Het was een krachtige, zelfbewuste handdruk. 'Vraagt u maar. Ik ben er klaar voor.'

Bosmans taxeerde de jonge vrouw en vroeg zich af of ze

zich niet opzettellijk een nonchalante houding aanmat. Iets wat wel vaker voorkomt na aanrandingen.

Ze ging zitten en dronk van haar mineraalwater. Haar hand beefde niet. Haar lichaamstaal was duidelijk. Deze vrouw wist wat ze wilde. Ze was zeker van haar stuk.

'Wat is er gisteren precies gebeurd, mevrouw Van Neck?'

'Juffrouw', klonk het koket.

'Juffrouw Van Neck.'

'Wel. Het is eigenlijk vrij simpel. Eergisteren al, toen ik thuiskwam van mijn werk – ik werk bij T-interim in Geel – had ik hem ook al gezien. Een rare snuiter. Hij hield me in de gaten. Ik schonk er geen aandacht aan. Maar gisteravond toen ik de vuilniszak op de stoep ging zetten, was hij er weer. Aan de overkant van de straat. Hij liep maar wat te drentelen en hield me in het oog. Ik sloeg er geen acht op en liep naar binnen. Ongeveer een minuut later, ik stond net in de lift, werd er gebeld. Ik loop naar de deur en doe open en daar staat hij. Hij kijkt me aan maar zegt niks. Ik vraag: "Ja?" en hij vliegt me naar de keel.' Ingrid Van Neck dronk van haar water en dit keer trilde haar hand wel.

'En wat gebeurde er toen?'

'Ik heb hem in zijn ballen getrapt.'

Met een ferme tik zette ze het glas op het bureaublad en er kwam een meisjesachtige blos op haar wangen toen Bosmans haar met samengeknepen ogen taxeerde. Deleu grijnsde.

'Ik ben niet van de grootsten maar ik heb wel een zwarte band karate', klonk het meisjesachtig en ze voegde er gniffelend aan toe: 'En mijn vader was paracommando. Hij had altijd een zoon gewild.'

'Wat gebeurde er toen?' probeerde Bosmans de ondervraging, die op een gezellige babbel begon te lijken, naar zijn hand te zetten.

'Hij schreeuwde het uit en is er halsoverkop vandoor gegaan. Of wat dacht u? Ik wilde hem nog achtervolgen maar...' Ingrid Van Neck wees verontschuldigend naar haar buikje en grinnikte.

'Was u alleen?'

'Nee, Philip was boven.'

Deleu en Bosmans keken haar vragend aan.

'Sorry. Mijn fiancé.'

'Heeft hij iets gezien?'

'Nee. Philip is nog in zijn auto gesprongen om hem te zoeken maar het leverde niets op.'

'Zou u ons kunnen helpen met een robotfoto?'

'O ja. Spannend.'

Deleu sloeg een map open en toonde de uitvergrote foto van de blonde man. De Ken-look-a-like. Ingrid Van Neck keek verbaasd toe. Ze trok haar ogen wijd open en klakte met de tong.

'Jammer.'

'Wat, jammer?'

'De robotfoto is niet meer nodig.'

Nu was het de beurt aan Bosmans en Deleu om verbaasd te kijken.

'Bedoelt u....'

'Zonder twijfel. Dat is hem. Wie is het? Is het een moordenaar?'

'Laten we zeggen dat u geluk gehad hebt, euh... juffrouw... Ingrid.'

'Er komt weinig geluk bij kijken', klonk het luchtig. 'Het is vooral een kwestie van timing en techniek.' Ingrid Van Neck streek haar rok glad en keek op haar hippe Swatch. 'Kan ik nu gaan, want ik heb een afspraak?'

'Dringend?'

'Eigenlijk wel, ja.'

'Wilt u in het bureau hiernaast uw geakteerde verklaring ondertekenen? Daarna mag u gaan. We hadden wel graag met u in contact gebleven.'

Ingrid Van Neck loerde onder haar wimpers.

'Permanent, indien mogelijk', voegde Bosmans er zonder een spier te vertrekken aan toe.

'Geen probleem. Ik geef jullie mijn gsm.'

De knappe blondine stond op, drukte Bosmans en Deleu de hand en liep met vaste tred naar de deur.

'Juffrouw?'

Ingrid Van Neck keek om.

'Wees voorzichtig. En bedankt. U bent heel dapper.'

'Graag gedaan.'

Om halfacht duwde Magda De Dijver de vaatwasser dicht en ze zuchtte. Het was een zucht van opluchting. De kinderen waren bij haar schoonouders en de huiselijke taken zaten er eindelijk op. Toch kwam er een zorgelijke trek om haar mond toen ze naar de deur van de slaapkamer keek. Hans lag nog steeds in bed. Hij voelde zich niet goed en was vanmorgen niet gaan werken. Alweer niet. Wat was er toch met hem aan de hand?

Gisteravond was hij heel laat thuisgekomen en toen voelde hij zich ook al niet goed. Nat bezweet, zijn gezicht grauw van de pijn.

Magda De Dijver trok de deur van de slaapkamer open en rook een zurige zweetgeur.

'Schat? Gaat het al wat beter?'

Hans Van Diest antwoordde niet. Hij leek te slapen. Of toch niet?

'Je moet maar eens douchen.'

Geen antwoord.

'Moet ik de dokter laten langskomen?'

Een nurks 'nee' en een ruk aan het laken was de enige respons die ze kreeg. Ze ging op de rand van het bed zitten en streelde de arm van haar man.

'Kom, sta op. Dan drinken we gezellig iets. Zoals vroeger.'

'Ik voel me niet goed.'

Magda zuchtte en ging naast hem liggen. Het gezellige televisieavondje samen zou voor een andere keer zijn. Ze lichtte een tip van het laken op. Hans, zijn gezicht diep in het hoofdkussen gedrukt, keek niet op. Magda De Dijver voelde aan de pleister in zijn hals. Hij kreunde en duwde haar hand weg.

'Is dat nu nog niet genezen?'

De nijdige ruk aan het laken werd gevolgd door een onbestemd gegrom dat je met enig inleveringsvermogen als 'nee' kon interpreteren.

'Is het zo'n lelijke wonde?' Magda huiverde.

Er volgde geen antwoord.

'Wil je dat ik de pleister ververs?'

'Nee.'

'Hans?' Magda De Dijver liet haar hand onder het laken glijden en streelde zijn naakte dij, voor hem een heel gevoelig plekje. 'Ik hou van jou, Hans. Van jou alleen. En het spijt me als ik je verwaarloosd heb de laatste tijd.' Nu zou hij omrollen en haar grijpen. Haar overvallen. Lachend en vol vuur. Maar het gebeurde niet. Hans Van Diest bleef onbeweeglijk.

'Voel me niet goed.'

De tweeëndertigjarige vrouw stond op. Met lome benen.

'Oké. Maar morgen laat ik de dokter komen als je zelf niet gaat.' Ze wachtte niet op een antwoord en liep naar de woonkamer, waar ze moedeloos de tv aanzette en nadacht over haar leven. En haar toekomst. Met Hans. Het journaal was bezig. Het ging over overstromingsgevaar in Guatemala. Het kon Magda, die op zichzelf gefocust was, maar matig boeien. Toen er na de eindtune om de speciale aandacht van de kijker gevraagd werd en er door een woordvoerder van de Mechelse procureur des Konings op bevel van onderzoeksrechter Jozef Bosmans een speciaal bulletin uitgezonden werd, verstijfde ze.

Terwijl ze 'Hans' kreunde en naar haar hoofd greep, rinkelde haar gsm.

Aangezien er, ondanks het late uur, geen vrije parkeerplaats was, manoeuvreerde Deleu zijn Golf op de stoep. Hij was moe en had zijn gesprek met de gebruinde gynaecoloog van Martine Van Hees voortijdig afgebroken want het was overduidelijk geweest dat de man niets zinnigs te melden had.

Deleu keek op zijn horloge en zette zijn gsm weer aan. Het was negen uur. Vijf berichten op de voicemail. Hij wilde het eerste oproepen, struikelde over een losse plavuis en prevelde een verwensing. Hij beklom de trappen en schopte tegen een gedeukt colablik. In de hoge gang was het lekker koel.

De deur van lokaal 4B1 stond op een kier. Deleu herkende de stem van Schele Pierre en bleef staan luistervinken. Hij duwde de gsm in zijn broekzak.

'En woensdagavond. Tussen halfnegen en halfeen?'

'U bedoelt twintig uur dertig en halfeen?' klonk het vinnig.

'Ja.'

'Toen was hij ook thuis. Bij mij. We hebben samen tv gekeken.'

'En de kinderen? Waren die...'

'Ik ben nog niet klaar', beet de hese vrouwenstem hem toe. 'Hans gaat meestal tennissen met collega's maar die dag is hij thuisgebleven omdat ik me niet goed voelde.'

'En de kinderen...' hoorde Deleu Pierre opnieuw proberen.

'Die gaan om halfacht naar bed.' De stem klonk triomfantelijk, alsof dit laatste argument de doorslag gaf.

'Negentien uur dertig', mompelde Deleu terwijl hij de deur openduwde en naar binnen liep.

Schele Pierre Vindevogel keek op maar zei niets. Tegenover hem zat een aantrekkelijke blonde vrouw. Ze vloog met een schok overeind en probeerde zich een air van nonchalance te geven maar het stond op haar gezicht te lezen dat het haar de grootste moeite kostte om kalm te blijven.

'Ogenblikje', zei Pierre en hij stond op en liep met Deleu de gang in.

'Wie is dat?'

'De wettige echtgenote van Hans Van Diest. "Onze" serieverkrachter.'

Deleu kon geen woord uitbrengen. Hij keek Schele Pierre vragend aan. Die knikte ja.

'We hebben hem.'

'Waar?'

Schele Pierre wees naar Bosmans' bureau.

'Zijn jullie zeker dat...'

'De identificatie is aan de gang. Hij heeft in elk geval een wonde in zijn hals en zijn kloten zien blauwer dan die van Verhofstadt', grijnsde Pierre en hij knipoogde en liep weer naar binnen.

De identificatieruimte was verduisterd. Deleu schuifelde zwijgend tot bij Bosmans, die ingespannen naar het helverlichte podium keek. Deleu kneep zijn baas in de arm en herkende het profiel van Vanderkuylen, die plaatsgenomen had tussen de verdachten. Toen hij hoorde: 'Nummer vier. Zonder enige twijfel', keek hij om en hij zag het verhitte gezicht van Ingrid Van Neck, die naar een struise blonde kerel wees. Hij was een halve kop groter dan Vanderkuylen en even groot als de man naast hem, die ook blond was maar met fletse ogen. De man die Ingrid Van Neck aanwees, had stekende blauwe ogen.

'Bent u daar zeker van?' vroeg Bosmans, die de spanningsboog in zijn stem amper kon verhullen.

'Honderd procent, mijnheer de onderzoeksrechter. Dat is hem.'

'Oké. Bedankt. Wilt u hiernaast de verklaring gaan ondertekenen?'

Een van de aanwezige rechercheurs leidde de jonge vrouw naar een aangrenzend lokaal.

'Hebben we hem?'

Het licht sprong aan en de verdachten werden weggeleid. Bosmans kneep harder dan gewoonlijk in de hand van zijn vriend en knikte zwijgend.

'Fantastisch. Ongelooflijk. Hoe heb je hem zo snel gevonden?'

'Zijn vrouw heeft gebeld. Ze heeft zijn signalement herkend op tv. Ze heeft gebeld om ons de vergissing te melden.' Bosmans schraapte de keel. 'Het klassieke verhaal. De vrouw weet blijkbaar nergens van. Brave familieman met twee kinderen en een onbeschreven strafblad. Kom.'

'Gaan we hem aan de tand voelen?'

'Straks. Ik wil eerst Evelyne Pardieu raadplegen om te overleggen hoe we dit het best aanpakken. En ik wil hem confronteren met de versie van zijn vrouw. Kom, we gaan Vindevogel assisteren want het loopt nogal stroef, heb ik vernomen.'

'Yep. Nogal.'

Het was stil in het kantoor van Schele Pierre, die niet eens opkeek toen Deleu en Bosmans binnenkwamen. Hij keek geconcentreerd naar zijn notitieblok, waarop hij neurotische concentrische vormen gekrabbeld had. De droedel was de perfecte weerspiegeling van Pierres gemoedstoestand.

'En?' vroeg Bosmans.

'Ik weet het niet. Ze beweert dat ze nergens van wist. Ik vrees dat we haar getuigenis op onze buik kunnen schrijven en...'

'En je gelooft haar?'

'Ja en nee. Ze weet blijkbaar nergens van maar ze probeert hem wel een alibi te verschaffen. Ze is vrij kalm. Maar dat is volgens mij een grote pose. Ik denk dat ze zo ontzettend bang is voor het dubbelleven van haar man dat ze zichzelf wijsgemaakt heeft dat hij een heilige is.'

'Magische onschendbaarheid', mompelde Deleu.

'Waar is ze?' vroeg Bosmans.

Pierre wees naar het toilet, waar een geluid van ruisend water te horen was. Hij zweeg toen de deur openzwaaide en Magda De Dijver, met haar handtas stijf onder haar arm, weer naar haar stoel liep. Een vage geur van parfum vulde de ruimte. De vrouw ging zwijgend zitten. Ze keek niet eens op toen Bosmans zichzelf en Deleu introduceerde. Toen de onderzoeksrechter de keel schraapte, bekeek ze hem met een starre blik, alsof ze ergens anders was, alsof ze zich probeerde te herinneren of ze het licht wel had uitgedaan toen ze haar huis verlaten had.

'Mevrouw, uw man wordt ervan verdacht een misdaad te hebben gepleegd', zei Bosmans nogal plechtstatig.

'Aan u om dat te bewijzen', antwoordde Magda De Dijver zonder een zweem van twijfel in haar stem. 'Ik wil een advocaat. Nu onmiddellijk. Ik meen dat we in België leven en dat het niet gebruikelijk is dat iemand zijn onschuld moet bewijzen. Ik dacht dat het omgekeerd was. Hans komt mee naar huis. Met mij mee. Vandaag. Dit is een pijnlijke vergissing. Een schandelijk misverstand.'

'Hij is een moordenaar', zei Pierre nogal bot.

'Dat interesseert me niet. We leven al vijftien jaar samen. Gelukkig samen', klonk het giftig.

Magda De Dijver rommelde in haar handtas. Het werd stil.

'Mevrouw? Wanneer heeft hij u voor het eerst verkracht?'

Eerst leek het of ze volkomen kalm bleef, en er kwam een eigenaardige, lege uitdrukking op haar gezicht, alsof de betekenis van de woorden niet tot haar doordrong. Overstelpt door een zondvloed van gedachten, waarnaar de ondervragers het raden hadden. Plots begon ze nerveus aan haar handtas te frunniken en ze begon te hijgen en haar gezichtsspieren verslapten, waardoor ze er veel ouder uitzag. Ze kreunde zacht. Deleu keek naar Bosmans, die stoïcijns voor zich uit bleef kijken. Deleu probeerde nonchalant op de rand van het bureau te gaan zitten, terwijl een golf van medelijden over hem heen kwam. Zijn pose samen met Bosmans' woorden 'Mevrouw, het spijt me maar de bewijslast is overweldigend. Hij is geïdentificeerd door een slachtoffer en in uw woning werd het slipje aangetroffen van Martine Van Hees, de jonge vrouw die vorige week verkracht en vermoord werd', gaven haar de doodsteek. De twee groeven die van haar neusvleugels naar haar mondhoeken liepen, werden dieper en haar kin begon te trillen.

'Dat kan niet! Hans heeft me nooit bedrogen!' gilde Magda De Dijver. 'Kom me nu niet vertellen dat hij me ook nog bedroog.' Haar stem brak en de laatste woorden stierven in haar keel.

Bosmans en Deleu keken elkaar aan. De woorden klonken als in een nachtmerrie, een vrouw die zonder blikken of blozen accepteert dat haar man een moordenaar is en zelfs bereid is hem een alibi te verschaffen, maar vervolgens hysterisch wordt als ze beseft dat hij haar bedrogen heeft.

Magda De Dijver begon met haar voeten te trappen, alsof al de opgekropte spanningen tegelijkertijd een uitweg zochten. Ze kromp, zwaar ademend, in elkaar en sloeg wartaal uit en het leek alsof ze op het punt stond flauw te vallen. Schele Pierre sloeg zijn arm om haar heen en probeerde haar te kalmeren, terwijl Bosmans naar zijn gsm greep om de dokter op te bellen.

Het duurde twintig minuten voor dokter De Smet arriveerde. Voor Deleu en Bosmans leken het de twintig langste minuten van hun leven. De vrouw, onder de kalmeringsmiddelen, was ondertussen afgevoerd en Bosmans stond naar het raam te staren. Het was gaan regenen en de dikke druppels tekenden grillige banen in de bestofte ruiten.

'Wat doen we met de kinderen?' vroeg Schele Pierre bezorgd, terwijl hij zijn hemdsmouw oprolde en over de rode striemen op zijn arm wreef.

'Grootouders?' zei Bosmans op vragende toon.

'Van Diests ouders liggen ook in de lappenmand', zei Pierre. 'Het was haar schoonvader die haar opgebeld heeft nadat het nieuws op tv was. Haar ouders hebben we niet kunnen bereiken.'

'Hoe oud zijn ze?' vroeg Bosmans.

'Wie?'

'De kinderen', klonk het geïrriteerd.

'Zeven en vier.'

'Bel Vereecken. Ze moeten niet ondervraagd worden. Voorlopig niet. Zorg dat ze professioneel opgevangen worden.'

Terwijl Schele Pierre zijn gsm uit zijn broekzak haalde, kwam de inderhaast opgetrommelde Evelyne Pardieu het kantoor binnen. Bosmans begroette haar en gaf haar een omstandige samenvatting van de recente gebeurtenissen.

'Waar is hij nu?' vroeg Pardieu.

'In cel 5. Isolement.'

Pardieu knikte goedkeurend.

'Hoe pakken we het aan?' vroeg Deleu.

Evelyne Pardieu kreeg een bezorgde trek om de mond. Ze streek langs haar geëpileerde wenkbrauwen en ging zitten. Deleu keek haar aan en beeldde zich in hoe ze nu voorzichtig, bijna eerbiedig, van haar kop zou nippen, maar de obligate rozenbottelthee was dit keer niet ter sprake gekomen. De zenuwen stonden strakgespannen.

'Hij zal niet bekennen', zei Pardieu en het klonk zelfverzekerd.

Bosmans en Deleu keken haar vragend aan. Bosmans nam als eerste het woord.

'De bewijslast is overweldigend, Evelyne.'

'Dat doet er niet toe. Serieverkrachters bekennen nooit.'

Bosmans, die het spookbeeld van de processen Dutroux en Pandy zag opdoemen, grommelde iets onverstaanbaars. Hij was zich ervan bewust dat als de beschuldigde, ongeacht de bewijslast, bleef zwijgen het een zware dobber zou worden. Een zaak die jaren kon aanslepen. Het gegrom had weinig te maken met zijn trots als magistraat, maar alles met zijn angst dat ze ondanks de vernietigende bewijslast misschien toch niet de juiste persoon opgepakt hadden. En met de mogelijkheid dat er misschien medeplichtigen in het spel waren, die op vrije voeten zouden blijven als Van Diest niet bekende. En dan zou het bang afwachten worden. Wachten op nog meer onschuldige slachtoffers. En hopen dat het moorden ophield.

'Verklaar je nader, Evelyne.'

'Hij zal vervroegd vrijkomen', zei Evelyne Pardieu en geheel tegen haar gebruikelijke wetenschappelijk gefundeerde en academische manier van doen in, keek ze Bosmans aan met twijfel en angst in de ogen. 'Wat kunnen jullie eigenlijk bewijzen?'

'We wachten op de DNA-analyse van het sperma en voorlopig moeten we het stellen met dat slipje met een schaamhaar van Martine Van Hees. Gevonden in zijn garage tijdens de huiszoeking.'

'En een positieve identificatie', voegde Deleu er haastig aan toe.

Pardieu bleef hen vorsend aankijken.

'Stel dat Martine Van Hees tijdens haar vlucht van de trap gevallen is. Of zelfs dat hij haar geduwd heeft', zei Pardieu. 'Wat zal hij daarvoor krijgen? Dat is onvrijwillige doodslag.'

'De sigarettenpeuken. De vingersporen op Mendoncks deurkruk', zei Bosmans.

'Zijn niet van Hans Van Diest', vulde Schele Pierre, met in zijn kielzog Walter Vereecken, die zijn rolstoel langs de deur manoeuvreerde, aan.

'Godverdoemme!'

Bosmans snoof, en omdat hij niet voorbereid was op deze onverwachte tegenvaller, begon hij nerveus met de knoop in zijn das te spelen. Hij verlegde het zwaartepunt van de discussie.

'Waarom Evelyne? Waarom bekennen *ze* nooit?'

'Het bepalen van het motief is het moeilijkste', zei Pardieu in gedachten verzonken. 'En zonder motief wordt het hoe dan ook, ondanks de bewijslast, moeilijk om hen snel veroordeeld te krijgen.'

Bosmans knipperde ongeduldig met de ogen.

'Motief... motief. Het motief is verkrachting. Seks.'

'Daar is het hem nu juist om te doen. Van alle misdadigers zijn verkrachters en pedofielen die zich aan kinderen hebben vergrepen precies degenen die nooit zullen bekennen.'

'Waarom?'

Pardieu zuchtte, maar dan wel koket, met haar tot een koker gevormde hand voor haar mond.

'Moordenaars zullen je vaak in detail vertellen hoe ze het gedaan hebben. Weet je. Dieven, bankrovers, witteboordencriminelen, oplichters enzovoort. Zelfs moordenaars dus. Ze zijn helemaal niet terughoudend. Tenzij ze iemand beschermen. Eigenlijk zijn de meesten onder hen er zelfs trots op hoe ze het voor mekaar gekregen hebben. Het tegendeel vinden we echter bij verkrachters, die zelden zullen toegeven dat ze iemand verkracht hebben. Laat staan waarom ze het gedaan hebben. En als ze dan al iets bekennen, komen ze meestal terecht in een instelling waar ze een rehabilitatieprogramma moeten volgen waar ze eigenlijk leren wat ze verondersteld worden te zeggen en dat is dat ze een slachtoffer van de maatschappij zijn.'

De toehoorders keken haar verbaasd aan maar Evelyne Pardieu, overtuigd van haar gelijk, had geen aansporing nodig. Ze keek Bosmans onbevangen aan, snoof en duwde haar bril wat vaster op haar neus, keek om zich heen alsof ze op zoek was naar het vertrouwde gezicht van Nadia Mendonck.

'We leven nog steeds in een machomaatschappij, mijnheer de onderzoeksrechter. En ik vrees dat daar de eerste twintig jaar weinig verandering in zal komen. Vrouwen zijn te aantrekkelijk, te uitdagend. En dat terwijl ze niet beschikbaar zijn en dus was het haar fout enzovoort enzoverder. Da's het enige waar die mannen over praten. Berouw tonen ze zelden. Alleen zelfbeklag. Ze was precies wat ik zocht. Ze keek zó vriendelijk naar mij. Zo uitnodigend. En ze genoot ervan.'

'Waarom bekennen ze hun daden nooit? onderbrak Bosmans het stilaan naar feminisme neigende discours. Vereecken zag Pardieu poedelnaakt, in bed rollebollend met haar lesbische vriendin. Hij probeerde de gedachte uit zijn hoofd te bannen.

'Om niet veroordeeld te worden', klonk het bot. 'Zoals iedere crimineel zwijgt vóór zijn proces. Omdat hij daar baat bij heeft. Simpel.' Iedereen zweeg. 'Alleen zwijgen verkrachters en kindermishandelaars ook na hun proces. Desnoods nemen ze de waarheid mee in hun graf.'

'Waarom?'

'Omdat de meeste gevangenen mannen zijn. En omdat onder mannen in een mannenmaatschappij verkrachters waarschijnlijk de meest gehate individuen zijn omdat ze een bedreiging zijn voor hun rechtmatig verworven vrouwen. Lees: eigendom.'

Het bleef doodstil.

'Sorry', zei Evelyne Pardieu en ze veegde haar brillenglazen schoon. 'Ik liet me even gaan, geloof ik.' Ze glimlachte en rechtte haar rug. Ook bij Bosmans kon er een milde glimlach af toen hij bedacht dat haar bril misschien wel beslagen was door haar vurige betoog.

'Nee, bedankt Evelyne. Je hebt gelijk. Maar in ons geval speelt dat minder, denk ik. Hans Van Diest, onze verdachte, heeft immers een blanco strafblad.'

'Daar wilde ik net toe komen, mijnheer de onderzoeksrechter', zei Pardieu vals. 'U hebt me immers ontboden om te overleggen over de te volgen strategie.'

Bosmans knikte.

'Verkrachting is een extreem individualistische en egoïstische daad. Die man is alleen met zichzelf begaan. Niet met zijn gezin. Hij zal waarschijnlijk zijn vrouw de schuld geven en overlopen van zelfmedelijden. Denk daaraan. Bedreig hem niet met de gevangenis en de mogelijke verschrikkingen die hem daar wachten. Hij zal dichtklappen. Probeer hem in een rehabilitatieprogramma te krijgen.'

De toehoorders waren met verstomming geslagen.

'Ik weet dat dit contradictorisch is met mijn eerdere betoog. Maar het is de enige manier. De zachte aanpak is de enige die misschien zal renderen. Voor moord krijgt u hem, ondanks het materiële bewijsmateriaal, nooit veroordeeld. Nooit achter de tralies, bedoel ik. Enfin, dat is mijn bescheiden mening.'

'En de abortus', kwam Bosmans tussenbeide. 'En uw profielschets?'

'Ah, uw theorie. De enscenering van de abortus. Dat heeft hij niet gedaan. Als u op mijn profielschets wil vertrouwen tenminste. Hij is volgens mij geen seriemoordenaar. Het is een eenzaat. Een ontredderde eenzaat. Hij is veel te laks. En te primitief.'

10

De kamer was klein, kaal en donker. Er waren geen ramen, alleen een grote spiegel aan de wand en ondanks het schaarse meubilair – drie stoelen, een ladekast en een krachtige halogeenlamp, die als een vliegende schotel boven de eenvoudige houten tafel zweefde – was ze uiterst functioneel. In het plafond was een batterij ultragevoelige microfoons gemonteerd en drie ingebouwde videocamera's registreerden elke beweging want het was essentieel de lichaamstaal van de ondervraagde te kunnen observeren om ze daarna te kunnen analyseren. Het was de speciaal ingerichte verhoorruimte voor zware criminelen waar de Mechelse recherche terecht trots op was, en de natuurlijke biotoop van Kurt Verrijt, gepatenteerd ondervrager, over wiens schouder Deleu meekeek door de spiegelwand. Hans Van Diest zat kaarsrecht op zijn stoel.

Hij draaide zijn hoofd naar de spiegel alsof hij instinctief aanvoelde wat er gaande was. Zijn ogen waren koud en uitdrukkingsloos zoals de ogen van een slang. Hij was breedgeschouderd en gespierd en had een benig gezicht met een vierkante kin en krachtige kaken. Met zijn blonde kortgeknipte haar kon hij zo figureren in een reclamespot voor de Marines of de Special Forces. Hij zag er ook opvallend fris uit voor het late uur – het was ondertussen bijna middernacht – en veel dreigender dan op de signalementsfoto, vond Deleu, die de adem inhield en die, hoewel de man hen onmogelijk kon horen, fluisterde.

'Dat ziet er geen hapklare brok uit.'

Verrijt, 'El psychopato', keek om en lachte zijn witte tanden bloot. Zijn peilloze blik leek op die van de verdachte. Verrijt, die al andere varkentjes gewassen had en er helemaal klaar voor was, begon tergend traag zijn mouwen op te rollen, maar terwijl hij zich vergenoegd in de handen wreef, vloog de deur open. Bosmans stoof naar binnen, buiten adem, en hij keek eerst door de spiegel naar Van Diest en dan naar Deleu en Verrijt. En een tweede keer naar Van Diest en weer naar Verrijt en Deleu en pas toen leek Bosmans te beseffen dat de ondervraagruimte op de verdachte na leeg was en dat Verrijt naast hem stond. Hij haalde opgelucht adem. Deleu keek hem vragend aan.

'Kurt? Wil je ons even excuseren?'

Verrijt, een professional in hart en nieren, liep zonder vragen te stellen naar buiten en trok de deur achter zich dicht. Bosmans, die de rechercheur met de ogen had gevolgd, draaide zich om met een zorgelijke blik. Deleu wees naar de verdachte, die nog steeds naar de spiegel staarde.

'Wat?'

'Hij is het minste van mijn zorgen. Een goudvis.'

Deleu keek zijn baas vragend aan.

'Onze echte tegenstander, een haai, heeft zijn tanden al laten zien', zei Bosmans cryptisch. Hij keek op zijn horloge. Deleu was het spoor bijster.

'Van Diest is de schoonzoon van Piet De Dijver', zuchtte Bosmans. 'Schoonpapa heeft hem eigenhandig aan een job geholpen op het ministerie van Justitie.'

'De Piet De Dijver?' zei Deleu met ontzag in de stem. Hij had de hoge magistraat een keer ontmoet. Een echte aristocraat en procureur-generaal bij het Hof van Cassatie in Brussel. Een machtig man met een ego waar je glas mee kon snijden. Een despoot die zijn discipelen met harde hand regeerde. Onschendbaar, onkreukbaar en met een ijzeren reputatie. 'Is Van Diest de schoonzoon van procureur-generaal De Dijver?'

'Ja. En hij heeft zich al laten gelden. Ik heb alles uit de kast moeten halen of dat varken was nu al vrij op borgtocht.' Bosmans keek op zijn horloge. 'We hebben nog elf uur en veertien minuten om hem te laten bekennen, want daarna...'

'...valt er een batterij dure advocaten ons op de nek', vulde Deleu toonloos aan. Bosmans nam hem bij de arm. 'Alles volgens het boekje. We kunnen ons geen fouten veroorloven. Ik vertegenwoordig de rechterlijke macht en jij de uitvoerende.'

'En Kurt Verrijt en...'

'Die spelen niet mee. Ik, jij en mijn griffier. Geen microfoons. Geen video. Laat hem naar een gewone kamer brengen, anders maken ze brandhout van ons.'

Ondanks de fonkeling in zijn ogen bleef het arrogante trekje onveranderd om Van Diests lippen zweven, alsof hij zich bewust was van zijn beschermde status. Hij kruiste de benen, streek bedachtzaam over zijn enkel, legde zijn hand op zijn dij en dronk behoedzaam van zijn beker mineraalwater. Toen Deleu hem aankeek en het plots tot hem doordrong dat dit monster wellicht Nadia had verkracht, trok er een rood waas voor zijn ogen. Hij voelde zo'n diepe, onblusbare haat dat hij overwoog om naar buiten te lopen en de ondervraging aan Kurt Verrijt over te laten. De stem van Bosmans weerhield hem van zijn voornemen.

'Ik ben onderzoeksrechter Jozef Bosmans. Aan mijn linkerzijde zit Dirk Deleu, rechercheur bij de lokale politie en aan mijn rechterzijde Jozef Trentels, mijn griffier. Wij voeren het onderzoek naar de moord op Martine Van Hees, de aanranding van Ingrid Van Neck en de poging tot moord op Nadia Mendonck. Misdaden gepleegd tussen vierentwintig en achtentwintig oktober tweeduizend en drie en waarvan u in verdenking gesteld bent. U bent Hans Van Diest?'

Er speelde een monkellachje om de mond van de verdachte en hij spreidde zijn benen.

'Ja. Dat ben ik. Maar u hebt de verkeerde opgepakt. Ik ken geen Martine Van Heès, geen Ingrid Van Neck en evenmin een Nadia Mendonck. Ik ben gelukkig getrouwd en heb een job en twee kinderen, die op hun papa wachten.' Van Diest onderstreepte deze laatste frase met gespreide handen, een gemeend blijk van onschuld.

Bosmans keek heel even opzij. Naar Deleu, die erbij zat als een wassen beeld. Hij had immers gerekend op ofwel slap geweeklaag ofwel een scheldtirade. De beleefde repliek had hem blijkbaar van zijn stuk gebracht. Het leek wel of de man over het weer praatte. Bosmans schraapte de keel.

'Dus u pleit onschuldig?'

'Juist. En dit incident kan kwalijke gevolgen hebben. Voor ons allemaal. Ik ben in de mate van het mogelijke bereid met justitie mee te werken, maar ik heb een gezin en een job in de waagschaal liggen.'

Hoewel er onverholen dreiging in die woorden zat, bleef Van Diests stemtimbre neutraal. Ja, zelfs aangenaam. Geen krampachtig open- en dichtgaande handen. Geen schuwe blikken. Geen arrogante toon. Evelyne Pardieus raadgevingen bleken waardeloos. Ofwel was deze man de goorste psychopaat die er op aarde ronddoolde, ofwel was hij echt onschuldig. Jos Bosmans twijfelde. Wachten op het resultaat van de DNA-analyse en zo een doorbraak forceren was onhaalbaar. Hem breken en doen bekennen zonder hem met materiële bewijzen te kunnen confronteren leek na deze veelbetekenende intro al evenmin haalbaar.

'Jou ken ik', zei Van Diest en hij wees glimlachend naar Deleu, die ongemakkellijk zijn schouders rechtte. Het haalde Bosmans uit zijn concentratie. 'Maar ik kan me niet meer precies herinneren van waar.' Van Diest maakte een nonchalant handgebaar en hij sprak nu slepend. 'Ach, het schiet me wel te binnen. Is het niet vandaag dan zeker morgen.'

'Misschien zijn er nog andere dingen die u zich niet herinnert', zei Deleu droog. 'Of dingen die u zich niet wenst te herinneren.'

De uitdrukking op het gezicht van Hans Van Diest was veranderd. Het was bijna niet merkbaar, maar een getraind ondervrager als Jos Bosmans kon je niets meer wijsmaken. Van Diest ging verzitten maar de nieuwe houding was minder comfortabel dan ervoor. Hij hing niet meer losjes achterover. Zijn schouders helden naar voren. Bosmans, die besloten had te gokken, achtte zijn moment aangebroken.

'Mijnheer Van Diest, de bewijslast is verpletterend.'

Van Diest, de gespeelde onschuld, ging weer verzitten en knipperde kort met de ogen.

'Ah?' Dit keer klonk het arrogant en hooghartig.

'U werd gefotografeerd op de plaats van de misdaad en u werd formeel herkend door de hospita van juffrouw Van Hees. In de vagina van de overledene werd sperma aangetroffen. Uw sperma. En de huidprelevementen onder haar nagels zijn ook van u. De DNA-analyse laat hieromtrent geen enkele twijfel bestaan.' Bosmans wees naar de pleister en ging onverstoorbaar door. 'U werd tevens formeel herkend door Ingrid Van Neck, de jongedame die u gisteravond probeerde aan te randen. En...' Bosmans laste een diplomatische pauze in. '...en juffrouw Mendoncks verklaring laat evenmin ruimte voor enige twijfel. U heeft haar aangevallen en van de trap geduwd. Ze heeft u, Hans Van Diest, ondubbelzinnig geïdentificeerd als haar aanrander.'

Dirk Deleu hapte naar adem maar kreeg geen kans om na te denken, want de uithaal kwam als de klauw van een roofdier.

'Ik ken geen Mendonck!' schreeuwde Van Diest en de metamorfose was totaal. Zijn lichaam schokte ongecoördineerd op en neer. Pure razernij in zijn ogen. 'En mijn advocaten maken gehakt van jullie!' Hij zonk neer in zijn stoel en zijn gespierde lijf leek een slappe pudding. 'Smeerlappen.'

Bosmans vloekte binnensmonds. Zijn blufpoker was waardeloos gebleken. Hij had verwacht dat Van Diest in zijn furie de verklaring van Mendonck zou aanvechten – het nieuws over de coma was breed uitgesmeerd in alle kranten – en zo zou verraden dat hij het slachtoffer wel degelijk kende.

'Ik zeg niks meer.'

'Zoals u wenst.' Bosmans stond op en trok Deleu met zich mee. Trentels keek over zijn bril en liep de twee stuntelig achterna.

Evelyne Pardieu, die alles had kunnen volgen via een microfoontje dat Bosmans onder zijn revers had bevestigd, keek bezorgd toen de drie het aangrenzende kamertje binnenliepen.

'De zachte aanpak zal niet meer werken', was het enige wat ze zei.

'Ik kreeg de kans niet om hem een aantal zachte "voorstellen" te doen', repliceerde Bosmans gepikeerd. Evelyne Pardieu keek hem aan met een mild mededogen. En hoewel ze leek te dromen, gingen haar pupillen in een snel tempo heen en weer.

'Jullie hebben ongewild een heel ander mechanisme getriggerd', zei ze gelaten. 'Een heel interessant mechanisme, overigens. Die laatste uithaal was een typische aanval van infantiel narcisme. Zijn ego werd gekrenkt. Je hebt hem van iets beschuldigd wat hij niet gedaan heeft en daardoor heb je hem geraakt tot in het diepst van zijn ziel. Ongeacht welke vreselijke misdaden hij gepleegd heeft. Dat doet er voor hem niet toe.' Pardieu tokkelde met haar knokkels op het bureau. 'We mogen er volgens mij met zekerheid van uitgaan dat hij Mendonck niet kent en ook nooit ontmoet heeft.'

Bosmans en Deleu keken elkaar met opgetrokken wenkbrauwen aan. Ze leken wel een Siamese tweeling, maar dan eentje die in cerebrale symbiose leeft.

Toen ze twee uur later in het gezelschap van Evelyne Pardieu de verhoorkamer betraden, zat Hans Van Diest nog steeds in dezelfde houding op zijn stoel. Hij keek dwars door hen heen en zag er doodongelukkig uit. Inderdaad, zoals een verwend kind dat voor een keer zijn zin niet gekregen had. Hij loerde naar Evelyne Pardieu, op zijn hoede, zoals een roofdier dat een jager in het oog krijgt en zijn kansen inschat.

'Dag Hans.'

Van Diest wist plots geen raad meer met zichzelf. Hij perste zijn lippen op elkaar. De amicale begroeting had hem verrast.

'Ik ben Evelyne Pardieu. Gerechtspsychologe. Ik wilde je een paar vragen stellen.'

Het klonk onverwacht joviaal. Pardieu speelde haar rol perfect, want Bosmans noch Deleu herkenden de koele tante die ze echt was. Ze keek Van Diest, die niet wist welke houding aan te nemen, vriendelijk aan.

'Ik hou ook van seks. Net als jij. Ik ben gescheiden omdat

mijn man vond dat ik onverzadigbaar was. Hij dacht alleen aan zichzelf. Hij gaf mij niet het soort genot waar ik om vroeg. Begrijp je?'

Van Diest keek haar heel even stom aan en knikte dan nonchalant ja. Het klonk ongeïnteresseerd maar zijn lichaamshouding verraadde zijn alertheid en zijn interesse. Hij likte langs zijn lippen en plots leek het alsof Bosmans, Deleu en Trentels lucht waren.

'Welk genot?' vroeg Van Diest gesmoord en zijn ogen glinsterden begerig.

'Hij vond die slijmpjes maar niks', antwoordde Pardieu en ze knipperde verlegen met haar wimpers en lonkte naar haar opponent, die warempel glimlachte. Bosmans begreep er geen barst van. Hij zette zich schrap voor een potje vuilbekkerij maar Evelyne Pardieu gooide het roer plots honderd tachtig graden om.

'Waarom heb je je vrouw niet gewoon verlaten, zoals ik met mijn man heb gedaan? Dat was toch veel gemakkelijker geweest. Zie je haar zo graag?'

Van Diest zei eerst niks. Dan knikte hij. Het ging moeizaam.

'Ja.'

'Zo graag dat je je seksleven ervoor opoffert. Ik wou dat ik ook zo onbaatzuchtig kon zijn.'

De verdachte leek een tikkeltje teleurgesteld. Zijn adamsappel ging moeizaam op en neer en de woorden kwamen haperend.

'Mijn kinderen.'

'Ik begrijp je, Hans. Ik begrijp je volkomen. Al kan ik niet voelen wat jij nu voelt. Ik heb geen kinderen.' Evelynes toon was smartelijk. Plots werd haar stem hard. 'Zij is de schuldige, Hans. Niet jij. Ik hoop dat je dat beseft. En dat je het nooit vergeet. Wat ze je ook willen aandoen.'

Van Diest keek haar nu bijna smekend aan, met grote ogen die overliepen van bewondering. Bijna in blinde aanbidding. Het leek of hij elk moment op zijn knieën zou vallen. Bosmans voelde zich onwennig en overbodig. Hij vervloekte zichzelf dat hij aanwezig was maar bleef gefascineerd zitten en loerde naar Deleu, die ook doodstil op zijn stoel zat en krampachtig zijn handen open- en dichtdeed.

'Waarom? Waarom heeft ze jou dit aangedaan, Hans?'

Het bleef stil.

'Omdat ze me niet meer nodig heeft. Omdat ze heeft wat ze wilde.'

'Toen ze zwanger was, was ze heel lief voor jou.'

Van Diest knikte en er speelde een verzaligd lachje om zijn mondhoeken.

'Ja. Heel lief.'

'Oraal?'

'Ja. Dat ook.'

'En dan heeft ze je weggegooid. Weggegooid als een versleten stuk speelgoed. Als vuil.'

'Ja! Dat heeft ze gedaan. Ja.'

'Ik kan ervoor zorgen dat je een nieuwe kans krijgt, Hans.'

'Mijn kinderen', klonk het zwak. 'Ik hou van mijn kinderen. Ze zijn het belangrijkste in mijn leven. Het enige... dat... ik... nog heb.' De wel erg suggestieve vraagstelling van Pardieu wierp zijn vruchten af, want Hans Van Diest begon te snikken. Zijn sterke vingers knepen in het tafelblad. Zijn hoofd hield hij schuin en ingetrokken tussen zijn schouderbladen. Hij was ten prooi aan een aanval van ongefilterd zelfmedelijden.

'En die vrouw, Martine Van Hees, die heeft net hetzelfde gedaan. Hoewel ze zwanger was en heel lief en ze seksuele avances maakte.'

'Ze heeft mijn hand aangeraakt', mompelde Hans Van Diest.

'Opzettelijk. In de trein was dat.'

Van Diest keek op en knikte ja met een hunkerende geile blik. Deleu kon zijn walging amper onderdrukken. Hij hoorde zichzelf ademen. En dan Bosmans. Trentels keek toe als een standbeeld. De scherpe griffier, een toonbeeld van plichtsbesef, maakte geen enkele aantekening.

'Ik heb mijn echtscheiding glansrijk gewonnen. De tijden zijn veranderd. Een rechter is ook maar een mens. Het huwelijk bestaat uit rechten en plichten, Hans. Begrijp je?' Evelyne Pardieus woorden klonken zacht, bijna moederlijk. Hans Van Diest hing aan haar lippen. Hij was verbaasd, zoals een kind van wie het zandkasteel ondergespoeld wordt door de aanrollende branding maar dat toch niet huilt omdat zijn mama hem een ijsje beloofd heeft. Preventief, om hem niet te ontstemmen.

Dirk Deleu liep zijn kantoor in. Doodvermoeid was hij en niet helemaal voldaan, want hoewel Van Diest de aanslagen op Martine Van Hees en Ingrid Van Neck had toegegeven, was hij halsstarrig blijven ontkennen dat hij ook maar iets te maken had met de 'zaak-Mendonck'. Evelyne had het onderwerp zelfs gevat ontweken want de hele ondervraging dreigde alsnog met een sisser af te lopen. Telkens als ze het thema wilde aansnijden, werd Van Diest weerspannig en opgewonden. Wat de materiële bewijslast betrof, werd er evenmin een spoor teruggevonden naar de aankoop van de ballonspuit, een toestel dat je in de apotheek vrij kon kopen, eventueel op bestelling. Er was een rondvraag geweest. Tussen de bestellingen werd geen Mendonck aangetroffen, noch een Van Diest. Tenzij de bestelling onder een valse naam was geplaatst, natuurlijk. De prijs schommelde, afhankelijk van het merk, tussen de twintig en de dertig euro. Op Nadia Mendoncks rekeningafschriften werd een dergelijke aankoop niet getraceerd. Op die van Van Diest evenmin. Deleu zuchtte. Natuurlijk. De dader had waarschijnlijk cash betaald. Als je zo een misdaad plant, dan ben je op alles voorbereid. Terwijl hij in gedachten verzonken zijn vingerkootjes liet kraken, vroeg hij zich af of Nadia in staat zou zijn geweest om zichzelf te aborteren. Hij huiverde bij de gedachte en probeerde zich in haar gemoedstoestand in te leven. Je bent zwanger van een man om wie je geeft maar die man is gehuwd en verkiest het bij zijn gezin te blijven.

'Gehuwd en laf', mompelde Deleu en terwijl hij op de klok keek – het was ondertussen na middernacht – viel zijn oog op de dikke grijze map op de hoek van het bureau. 'DNA-analyserapport Mendonck Nadia' stond erop geschreven. Het duurde even voor die woorden tot hem doordrongen en hoewel hij erop wachtte, toch kwam het als een schok. In het gerechtelijk lab waren overuren gepresteerd, zoveel was duidelijk. Hij sloeg de map open en begon nerveus in het rapport te bladeren. Dit kon de doorbraak betekenen, want misschien bevatte het belastend bewijsmateriaal dat Van Diest aan Mendonck zou linken.

Midden in de lectuur balde hij zijn vuist en liet ze dreunend op het bureaublad neerkomen. Een positieve identificatie van de twee spermastalen. Ze waren identiek. Dat betekende dat Nadia Mendonck en Martine Van Hees door dezelfde dader waren aangerand.

'Yesss!'

Zijn vingers lieten het papier ritselen. Sneller en sneller. Hij vond geen rapport van de DNA-analyse op de sigarettenpeuken die in Nadia's asbak werden gevonden, maar dat kon zijn enthousiasme niet temperen. Hij sprong op en holde met de map naar Bosmans' kantoor, die het officiële pv aan het lezen was. Plichtmatig en plechtstatig. Jos Bosmans zouden ze niet op een procedurefout betrappen. Verdiept in zijn lectuur, keek hij amper op toen Deleu binnenstoof. Maar toen die zijn verhaal uitgeschreeuwd had was Bosmans een en al oor. Ook bij de onderzoeksrechter leek de onverwachte meevaller maar druppelsgewijs door te sijpelen.

'Dus als het DNA-profiel van Van Diest identiek is aan deze twee stalen, is de zaak rond?' klonk het retorisch. Deleu knikte enthousiast ja. Bosmans fronste de wenkbrauwen.

'Dan staat ook Mendonck op zijn curriculum?'

'Ja.'

'Ik begrijp het niet.'

'Wat?'

'Evelynes theorie? Die houdt dan toch helemaal geen steek meer?'

'Infantiel narcisme', zei Deleu op een vragende toon.

Bosmans knikte bevestigend. Hij keek op zijn horloge.

'Het belangrijkste is dat hij die twee andere misdaden al bekend heeft. De rekening voor de derde presenteren we hem desnoods op de rechtbank. Ongeacht hoeveel advocaten hij op ons dak stuurt.'

Bosmans sloot heel even de ogen. Het was alsof er een zware last van hem afviel.

'Kom. We gaan naar huis. We kunnen niks anders meer doen dan wachten op de analyse van Van Diests DNA.'

Bosmans stond op en tikte Deleu tegen de borst. Het was er weer, dat gevoel van saamhorigheid. Bosmans voelde het ook. Hij grijnsde vermoeid en troonde Deleu mee naar buiten.

In de auto keek Deleu naar de laaghangende, voortjakkerende wolken. Het was desondanks windstil. 'Er zijn wel meer dingen tussen hemel en aarde die we niet begrijpen', mijmerde hij terwijl hij rechts afsloeg.

Deleu had nog een ommetje gemaakt langs Nadia's flat. Dat deed hij elke avond. In de hoop dat er ondanks alles licht zou branden.

Het licht brandde niet maar toch voelde hij zich vreemd uitgelaten, alsof er een zware last van hem was afgevallen. Hij wist geen raad met dat gevoel, dat het midden hield tussen angst en voldoening.

Hij was bang geweest. Heel bang. Het briefje van Nadia onder zijn ruitenwisser. Hij had het verbrand. Waarom eigenlijk? En de peuken van zijn Belga's in de asbak. Dirk Deleu huiverde en sloot de ogen. Hij herinnerde zich de avond van de feiten. Hij was wel degelijk in Nadia's flat geweest, nadat hij haar had opgewacht, gedurende meer dan twee uur. In de druilerige regen. Omstreeks halfelf moest ze thuisgekomen zijn, want hijzelf was om middernacht thuisgekomen. Met een klein hartje en volkomen gedesillusioneerd. Gelukkig was er niemand thuis geweest. Barbara was immers naar haar moeder gegaan voor een demonstratieavond van een of ander cosmeticabedrijf. Ze had Charlotte, die bij haar oma en opa zou blijven slapen, meegenomen. Hij herinnerde zich dat het lang na middernacht was toen ze thuisgekomen was. Hij was wakker maar had dat niet laten blijken, het dispuut met Nadia nog vers in zijn geheugen gebrand.

Deleu snoof. Ondanks alles had Nadia hem binnengelaten en hij herinnerde zich haar bizarre gelaatsuitdrukking toen hij haar voorstelde om hartsvrienden te blijven.

'Ik ben een vrouw', had ze gezegd. 'Dus ik kan nooit je vriend zijn. Het spijt me.' Daarna had ze zich omgedraaid en ze was weggelopen en tegen de koelkast gaan aanleunen. Ze stond daar onbeweeglijk. Gedurende een hele tijd. Toen schokten haar schouders. Bijna onmerkbaar. Maar Deleu had haar pijn gevoeld en hij was naar haar toe gelopen en had geprobeerd haar te omhelzen. 'Wees dan mijn vriendin. Nadia, ik kan niet verder zonder jou. Je bent een deel van mijn leven. Voor altijd.' Het bleek olie op het vuur. Nadia Mendonck was in tranen uitgebarsten. Een hysterische huilbui. Vreemd genoeg had hij genoten van haar zwakheid. Het was een bijna pervers gevoel geweest, dat hij toen gekoesterd had maar waarvan hij nu walgde. Nadia had zich hersteld en hij had onbeholpen een fles wijn ontkurkt en twee glazen uitgeschonken. Ze hadden zwijgend gedronken. Tegenover elkaar zittend, elkaars blik ontwijkend. Het laatste glas. Het definitieve afscheid. Hij had gerookt. Een Belga of drie. De peuken waren het tastbare bewijs. Er werd geen woord meer gesproken. Nadia was opgestaan en had de glazen omgespoeld. Dat was het sein geweest om te vertrekken. In stilte.

Deleu pijnigde zijn hersenen. Had hij iemand gezien toen hij naar buiten kwam? In een portiek misschien, verscholen in het halfduister. Nee, de straat was leeg toen hij wegging. Toen hij afdroop. Of was de moordenaar al binnen toen hij het appartement verliet? En had Nadia opengemaakt toen hij aanbelde? Omdat ze dacht dat hij het was, die terugkeerde. Zou ze hem nog ooit binnenlaten? Binnengelaten hebben?

'Nadia...'

Deleu kreunde en trok het handschoenenvak open. Hij moest iets om handen hebben en trok de lijst met Mendoncks telefoonverkeer tussen de autopapieren uit. Hij liet zijn ogen over de cijfers glijden. Het hielp om zijn emoties te bedwingen.

Hij had haar inderdaad opgebeld, die avond. Om acht uur drieënveertig. Deleu liet zijn vinger de gegevens afgaan. Het stond hier zwart op wit. Geen twijfel mogelijk. Schele Pierre had gelijk.

Waar was hij toen geweest? Thuis, ja. Maar waar? In bad? Waarschijnlijk wel. Deleu walgde van zichzelf toen hij eraan terugdacht hoe hij geduldig gewacht had totdat Barbara vertrokken was met Charlotte en hoe hij zich daarna grondig had gewassen voor naar Nadia's flat te rijden. Belust op seks.

Hij verfrommelde de lijst, gooide die in het handschoenenvak, startte zijn Golf en stoof de Ziekenliedenstraat uit. Op weg naar huis.

'Rob', mompelde Deleu. 'Nee, mijn jongen, die kan me niet helpen. Dat kan ik hem niet aandoen.'

Deleu herinnerde zich het laatste gesprek met zijn zoon. *Ik ben een goede vader voor hem geweest. Dat wel. Maar wat met ons Charlotte. Ze verdient hetzelfde. Ik ga beginnen met haar stevig te knuffelen.*

De gedachte gaf hem weer wat nieuwe moed. Tot het volgende verkeerslicht, waar Nadia Mendonck hem toelachte. De rubberen slang kronkelde langs haar naakte lichaam. Ze had gloeiende, rode ogen.

Nee. Dat zijn de ogen van de slang. Nadia heeft blauwe ogen. Lichtblauw.

Het verkeerslicht sprong op groen.

11

De volgende ochtend manoeuvreerde Deleu, die slecht had geslapen, op automatische piloot zijn Golf door het stapvoetse verkeer. Het motregende en de ochtendspits was op zijn hoogtepunt. Toen de bestuurder voor hem onbeheerst accelereerde, staarde Deleu voor zich uit, naar het vlakke eentonige asfalt, waarboven een wolkje uitlaatgas zweefde. Een claxonstoot liet hem opschrikken. Hij gaf gas, draaide de Merodestraat in en stak, met zijn knie onder het stuur gekneld, een Belga op. De derde al vanmorgen. Na de eerste diepe trek voelde hij zich duizelig. De sigaret smaakte niet. Hij draaide het raam open en gooide ze weg. Waarom was hij zo nerveus? Dat was al zo sinds hij wakker was geworden. Hij had er geen verklaring voor en al bedroog zijn instinct hem zelden, hij wilde er ook niet over nadenken.

Het eerste levend wezen dat hij zag toen hij het binnenplein aan de Edgar Tinellaan opdraaide, was Schele Pierre, die in zijn Mondeo lusteloos in een strip zat te bladeren. Het ging over een halfnaakte in leder gehulde deerne met enorme borsten, die met een kettingzaag een vervaarlijke spin met rode ogen en bovenmaatse slagtanden te lijf ging.

Toen hij de korte claxonstoot hoorde, keek Pierre verbaasd op en hij herkende Deleu. Hij moffelde de strip onder het dashboard, stapte uit en liep haastig naar de stationair draaiende Golf. Ondertussen keek hij een paar keer nerveus over zijn schouder naar de deur van het hoofdkantoor, die op een kier stond maar waar geen levende ziel te bespeuren viel. Wat hij niet zag, was dat op de eerste verdieping in het kantoor van Bosmans een gordijn openschoof en dat procureur Goethals een stugge hoofdbeweging maakte naar Pierre Ongenae, de vroegere baas van de Inspectie-Generaal die na de politiehervorming tot speciaal commissaris bij de GDA gebombardeerd was. Welke lading die titel precies dekte, kon geen mens met zekerheid zeggen, maar dat Ongenae nog steeds de schrik was van elke flik, daar kon niet de minste twijfel over bestaan.

Ongenae, die het motorgeronk gehoord had, staakte zijn gesprek met Bosmans midden in een zin, liep naar het raam, keek naar het binnenplein en kon het niet laten vergenoegd in zijn vlezige handen te wrijven en met zijn tongpunt zijn onderlip te bevochtigen. Dat deed hij altijd als de prooi in het vizier kwam. Tuk op de nakende confrontatie.

Bosmans keek het met lede ogen aan. De onderzoeksrechter, die meestal door gewoon maar binnen te lopen, een kamer met zijn présence kon vullen, zag er vermoeid en aangeslagen uit. Hij had zich geweerd als een duivel in een wijwatervat. Met doortastende maar weinig relevante argumenten. Dat het niet opportuun was om Dirk Deleu, een rechercheur met zulk een reputatie en staat van dienst, op deze manier aan te pakken. En dat hij eerst, als hoofd van het lopende gerechtelijk onderzoek, een gesprek onder vier ogen met hem wilde. Gewoon voor het fatsoen. Het had niet mogen baten. Bosmans balde machteloos de vuisten en het zweet brak hem uit.

Deleu stapte uit de wagen een keek zijn hijgende collega verbaasd aan.

'Wat scheelt er? Thuis buitengevlogen?'

Schele Pierre, een duistere glans in de ogen, beantwoordde de kwinkslag niet.

'Ongenae.'

'Wat?'

Pierre keek achterom. Hij zei niets.

'Wat?'

'Boven. Ze wachten op je', klonk het gejaagd.

'Wie?'

'Ongenae wil je vel. Ze zijn in de stront aan het roeren. Pas op je tellen. Ze hebben je bureau doorzocht. Heel vroeg vanmorgen al. Ze hebben al mijn materiaal geconfisqueerd. Alles.'

'Wat! Wie?'

Schele Pierre, die de bewegende gordijn opgemerkt had, draaide zich om en liep naar de overkant van het plein. Naar het forensisch lab.

Toen Deleu Bosmans' kantoor binnenliep en de verslagen uitdrukking op het gezicht van zijn vriend zag, wist hij meteen hoe laat het was. De aanwezigheid van de sensatiegeile Goethals en de sereen kijkende Ongenae was overbodig. Jos Bosmans, die eruitzag als een levend lijk, had iets moeten doen waar hij heel slecht in was. Hij had moeten capituleren. Zonder enige twijfel. Dirk Deleu hoorde zichzelf ademen.

'Inspecteur Deleu', zei Goethals met een stem waarin hij een zweem van gestrengheid wilde leggen. Maar wat de omhooggevallen fils à papa nog nooit eerder gelukt was, lukte ook dit keer niet want de tremolo was duidelijk hoorbaar. Een tweede kans kreeg hij niet meer. Toen hij de keel schraapte, sneed Bosmans hem de pas af.

'Dirk. Ga zitten.'

Deleu volgde het bevel op. Hij ging zitten. Als een willoze automaat. Hij had alleen nog oog voor Bosmans, wiens lippen bewogen.

'Je wordt officieel in beschuldiging gesteld van de onvrijwillige poging tot doodslag op je collega...'

'Over de aard van het misdrijf zullen we ons op een later tijdstip wel beraden', liet Ongenae zich gelden.

'...Nadia Mendonck', zei Bosmans nog bij wijze van protest, hoewel de woorden totaal zinloos klonken.

Deleu staarde naar het gekraste blad van Bosmans' bureau en naar de stapel papier, die dof glansde in het neonlicht. Hij hoorde zich zijn stoel naar achteren schuiven en, in een poging de situatie weer meester te worden, stond hij op. Om zich te ontworstelen aan de paniekaanval die hem dreigde te overspoelen. Hij keek van Bosmans naar Goethals en dan naar Ongenae. Niet bij machte de toch simpele informatie te verwerken. Hij kon maar aan één ding denken: als Ongenae in hoogsteigen persoon zich met hem ging bezighouden, dan was hij zo goed als dood. Dood en begraven. Deleu herinnerde zich hoe het 'varken' van Interne Zaken destijds Schele Pierre door de mangel had gehaald toen die tijdens een achtervolging een Marokkaanse jongen had neergeschoten.

'Wat? Jos?'

Jos Bosmans steunde zijn hoofd in zijn handpalmen, alsof het een ton woog.

'Inspecteur Deleu. U wordt officieel in beschuldiging gesteld van de aanslag op uw collega, Mendonck', zei Ongenae.

Deleu keek nog een keer traag naar de aanwezigen. Drie wassen beelden. Hij hapte naar adem en liet zijn blik op Bosmans rusten, die niet opkeek. Dit keer drong de boodschap ten volle door.

'Jullie menen het dus', klonk het rustig terwijl de woede door zijn lichaam raasde.

'U was bij haar, de avond van de feiten', zei Ongenae emotieloos. Zijn kleine oogjes schitterden.

'Dat is niet waar.'

'Er werden sporen van uw aanwezigheid gevonden en een getuige heeft u die ochtend herkend terwijl u de flat van uw ex-collega, Mendonck Nadia, aan het bespieden was.'

'Herkend? Sporen? Welke sporen?'

'Sigarettenpeuken in de asbak. Intensief telefoonverkeer tussen het slachtoffer en uzelf, een verdachte calamiteit waarvan we in uw dossier eigenaardig genoeg het opgevorderde bewijsmateriaal niet teruggevonden hebben.'

'Dat is absurd! En wie...' hijgde Deleu ongelovig. 'Wie heeft me in beschuldiging laten stellen? Wie heeft deze belachelijke vaudeville in gang gezet?'

Niemand antwoordde.

Deleu keek naar Goethals, knikte langzaam en zei maar één woord: 'De Dijver.' Hij draaide zich om en liep naar de deur.

'Inspecteur!' riep Ongenae.

'Ja?'

'Waar gaat u naartoe?'

'Sta ik onder arrest?'

'Nee. Nog... niet.'

'Dan ga ik naar huis. Heren, nog een goeie en vooral een vruchtbare dag.'

'Dirk, neem een advocaat', zei Bosmans zacht. 'Een hele goeie.'

De venijnige blik van Ongenae was overbodig want Bosmans merkte hem niet op. Hij staarde naar zijn handen en werd beheerst door één gedachte: Hoe kan ik mijn vriend helpen?

Toen Deleu met snelle passen naar buiten liep, botste hij bijna tegen Schele Pierre op, die om de hoek tegen de muur leunde.

'Blijf uit mijn buurt, Pierre.'

Pierre Vindevogel keek zijn collega met gemengde gevoelens na.

'Hij heeft geen advocaat nodig', zei Ongenae. 'Het politiekorps zorgt voor zijn mensen. Ik ben zijn vader, zijn rechter en zijn vriend.'

Jos Bosmans stond op. Zijn vermoeide ogen lichtten op en hij keek zijn belagers recht in het gezicht. Naar hun pafferige zelfvoldane smoelen. Plots won de woede het van het gezond verstand. Hij bonkte met beide vuisten op zijn bureau.

'Hij heeft het niet gedaan en dat weten jullie.'

De procureur met het babygladde gezicht, de stevige ronde wangen en het kleine geaffecteerde mondje schrok. Zijn hoge voorhoofd met het dunne haar dat naar één kant was gekamd, rimpelde en hij keek naar Ongenae, die zijn ogen tot spleten kneep maar zich beheerste. Ongenae negeerde Bosmans en draaide zijn logge lichaam naar Goethals, die stond te frunniken met zijn handen.

'Mijnheer de procureur?'

'Ja.'

'Ik vind dit uitermate gênant worden.'

Procureur Goethals snoof en keek snel naar Bosmans, die zijn blik strak op hem gericht hield. Hij nam zijn zakdoek, wendde de ogen af en snoot. Hij wenste dat hij ergens anders was. In de Country Club of zo. In de buurt van rosse Angelina. Met haar strakke kont en haar cowboylaarzen. Bosmans, verdomme. Bosmans, die hij stiekem bewonderde. Om zijn onverzettelijkheid. Maar die bewondering moest hij onderdrukken. Hij had die nooit laten blijken omdat hij wist dat dat simpele onderzoeksrechtertje het parket veel beter zou kunnen leiden dan hijzelf. Bosmans, die populair was door zijn schandelijke omgang met het politiegespuis. Die nooit op zijn kabinet was maar die in zijn vuil kantoor vol sigarettenrook, goedkope stress, scheldwoorden en andere grove taal autoriteit uitstraalde, als was hij een diamant in een stinkende riool. Autoriteit – iets waar hij naar verlangde maar dat hij niet bezat. Ja, bij Angelina, daar wel. Als hij haar bereed. Maar daar betaalde hij voor. Meer dan genoeg. Bosmans, verdomme. Bosmans, die genuanceerd kon zijn maar ook bikkelhard, als dat nodig was. Een gladiator in zijn zelfgekozen arena.

Goethals snoof nog een keer en keek naar Ongenae. Die grijnsde. De procureur stopte onbeholpen de zakdoek in zijn broekzak. Hij vermeed het om de fijne zweetdruppels van zijn voorhoofd te vegen.

'Wat? Mijnheer de commissaris.'

'Wat? Wat, Wat!'

'Wat vindt u hmm... uitermate gênant worden?'

'Het is toch hoogst ongebruikelijk dat een vertegenwoordiger van de rechterlijke macht een intern politieonderzoek probeert te obstrueren. Mijnheer de procureur, ik vind het uitermate verontrustend dat uw onderdaan zich op een dergelijke ridicule en onwaardige wijze laat manipuleren door een simpele meute "lokale" rechercheurs.'

'Eenvoudige', zei Bosmans. '"Simpel" is iets anders.'

Procureur Goethals, die de bui voelde hangen – hij had vanmorgen, na De Dijvers telefoontje, preventief al een extra hartpilletje genomen – mompelde sussend: 'Kom, kom, collega's. We hebben toch allemaal eenzelfde doel voor ogen. Laten we de neuzen in dezelfde richting houden.'

'Ik vrees dat we niet hetzelfde doel hebben', zei Bosmans. 'Jij hebt een dreigtelefoontje gekregen van Piet De Dijver en de zondebok was gauw gevonden. Dat is de richting die jouw neus aanwijst.'

'Mijnheer de onderzoeksrechter, dat is een zware aantijging', gooide Ongenae nog wat olie op het vuur. Hij beheerste zijn rol tot in de perfectie en had er ontzettend veel plezier in dat die twee ratten van de rechterlijke met elkaar in de clinch gingen.

Goethals wist het niet meer. Zijn stem sloeg over.

'Mijnheer de onderzoeksrechter – mijnheer Bosmans – ik eis respect. Het respect waar ik in naam van mijn ambt recht op heb', klonk het schril. 'Ik zal dit niet laten... kan dit niet zomaar laten voorbijgaan. Dat moet u toch begrijpen.' Het bleef een ogenblik stil. Bosmans bleef stug voor zich uit kijken. Hij zweeg. 'De sporen zijn incontournable en bovendien heeft de echtgenote van de verdachte onder ede verklaard dat haar man de avond van de feiten thuis was.'

'En die kan geen meineed plegen want een echtgenote van een serieverkrachter die tevens de dochter is van de PG bij het Hof van Cassatie, pleegt geen meineed.' Bosmans' stem zakte. Ze werd gevaarlijk lijzig: 'Piet De Dijver. Dat is uw wekelijkse bridgepartner. Of heb ik dat fout?'

Het gezicht van Goethals kleurde paars. Zijn lippen werden droog. Zijn mond ging open en weer dicht.

'Dit gaat te ver!'

Bosmans gaf geen krimp. Hij bleef onbewogen. Goethals wreef met zijn zakdoek zijn hals droog.

'Haar telefoon staat op de compteur', zei Bosmans. 'Ze heeft twee keer naar haar vader gebeld. En daarna is ze haar verklaring komen wijzigen. En twee uur later staat u hier.' Bosmans wees naar Ongenae: 'Met een bloedhond. Zelfs niet aan de ketting. Loslopend.'

Goethals keek verschrikt naar Ongenae en probeerde diens gemoedstoestand te peilen en een verdere escalatie van het conflict af te wenden. Maar de speciale commissaris bij de Federale Politie leek slechts binnenpretjes te hebben. Terecht. Hij kon die twee slapjanussen gemakkelijk te kakken zetten. Gewoon het onderzoek overdragen aan de Federale Politie. Bovendien schepte hij een diabolisch genoegen in deze confrontatie, die hoe langer hoe interessanter werd en hij keek Goethals, die nog steeds met zijn zakdoek in zijn hals wreef, spottend aan.

'Mijnheer de procureur?'

'Ja, mijnheer de commissaris?'

'U wrijft snot in uw hals.'

Goethals snufte en moffelde zijn zakdoek in zijn broekzak. Hij keek van Bosmans naar Ongenae en weer terug. Ze stonden als kemphanen tegenover elkaar.

'Allez, Jos, hoe lang kennen we mekaar nu al?' De klank werd milder. Goethals liep naar Bosmans toe. Ongenae walgde van dit slappe vertoon. Hij draaide zich om en maakte aanstalten om weg te gaan.

'Mijnheer de procureur, om belangenvermenging te voorkomen, eis ik dat deze onverkwikkelijke zaak wordt overgedragen aan de Federale Politiediensten, dan volgt het intern onderzoek en daarna krijgt de rechterlijke macht haar gram. Zo hebben we afgesproken. Dat krijg ik van u op papier?'

'Ja. Doe maar', klonk het slap. Goethals wilde vergoelijkend zijn arm om Bosmans schouder slaan, maar die liep naar buiten, achter Ongenae aan.

'Ongenae!'

Ongenae draaide zich om. Verrassend snel en lenig voor zo'n kolos.

'Ja.'

'Ik houd jullie in het oog. Denk eraan. Als je je boekje te buiten gaat, zal...'

'Zorg eerst maar voor jezelf, Bosmans', klonk het koel. 'Ik pak ook de opdrachtgevers aan. Ik heb uit betrouwbare bron vernomen dat ook jij met die vrouw nogal close was. Of ben ik met mijn veronderstelling in het ongerede?'

De twee mannen keken elkaar in het wit van de ogen. Bosmans voelde een diepe walging. Het archaïsche taalgebruik van zijn tegenstander versterkte dat gevoel nog. Ongenae lachte geluidloos. Spottend.

'Politieratten. Ze hebben medeplichtigen. Altijd. En als ze die niet hebben, vinden ze er wel uit. Je hebt er zelfs die dingen bekennen die ze helemaal niet gedaan hebben. De meesten verloochenen hun eigen moeder om met hun hals uit de strop te blijven.'

Barbara Wittewrongel, die thuis de yucca aan het gieten was, rolde verschrikt met de schouders toen de voordeur abrupt openzwaaide en ze haar man zag binnenkomen. De gieter in haar handen kletterde bijna tegen de grond.

'Dirk?'

Deleu antwoordde niet. Hij liep naar de sofa en ging zitten. Hij keek zijn vrouw aan. Onbewogen. Barbara voelde een angstscheut door haar hart gaan toen ze hem zo zag zitten, met holle ogen en hangende schouders. Hij zag er verslagen uit. En zo kwetsbaar en beschadigd. Ze zette haar gieter op het aanrecht, veegde haar handen droog aan haar werkschort en liep op haar man toe.

'Ben je ziek?'

Deleu schudde moedeloos zijn hoofd. Hij leek dwars door Barbara heen te kijken.

'Ik ben officieel in beschuldiging gesteld van de poging tot moord op Nadia Mendonck.'

Barbara greep naar haar borst, waar ze een doffe pijn voelde. Ze voelde het bonzen van haar hart en wist geen zinnig woord te verzinnen. Als dat zou kunnen, zou ze zich gewoon omdraaien en weglopen. Deleu legde zijn hand op haar pols. Teder en zacht. Het hielp. Ze ging zitten en keek hem verward aan.

'Ze beweren dat ik bij haar was, de avond van de feiten.'

Barbara keek alleen maar. Haar blik was ondoorgrondelijk. Haar gezicht vertoonde geen enkele emotie.

'Ik moet een advocaat nemen.'

Barbara knikte en richtte zich zwijgend op. Het enige waar ze aan kon denken, was aan de yucca. En of ze de plant genoeg water gegeven had. Ze begon door de woonkamer te ijsberen. Ze keek naar Deleu. En nog een keer. Toen schudde ze vol onbegrip met haar hoofd.

'Ze willen ons kapotmaken. Is het niet? Ze willen een mooi gezin vernietigen.'

Deleu, verrast door deze woorden, wist niet meteen wat te antwoorden.

'Waar is ons Charlotte?'

'Ze slaapt.'

Deleu stond op en liep naar boven. Barbara staarde naar zijn rug. Ze kon het nog steeds niet geloven. Na een korte aarzeling liep ze haar man achterna en hoewel gedempt door de hoogpolige traploper, klonken hun voetstappen synchroon.

In de kleine gezellige slaapkamer van Charlotte, staarde Deleu naar de muur. Naar het streepjesbehang waar knuffelbeertjes rondcirkelden in bontgekleurde luchtballonnen. Hij wilde naar het bedje lopen toen hij de hand van Barbara in zijn hals voelde. Hij draaide zich om en keek zijn vrouw aan. Hij slikte.

'De advocaat zal geld kosten, Barbara. Veel geld.'

'Maak je geen zorgen. Ik ga met mijn ouders praten.'

Deleu wilde reageren maar Barbara legde haar vinger op zijn lippen en ze zoende hem in de hals. Er ging een rilling van genot door zijn lichaam. Ongepast maar toch zalig. En geruststellend. Het besef dat hij er niet alleen voor stond. Dat er iemand was die hem liefhad. Zijn roes sloeg om in verbazing toen hij de woorden 'Ik zal desnoods getuigen dat je thuis was' hoorde.

Deleu maakte zich voorzichtig los uit de omhelzing en keek zijn vrouw vragend aan. Hij haalde de schouders op.

'Hoe bedoel je?'

'Ik zal getuigen dat ik bij je was de avond van de feiten. Als het nodig is. Het kan me niet schelen of dat meineed is of niet. En het maakt me ook niks uit als ze me opsluiten. Zolang het maar samen met jou is.'

Deleus gevoelens waren in de war. Hij keek van Barbara naar Charlotte en weer terug.

'Dirk?'

'Ja.'

'Ik heb ook een relatie gehad.'

Deleu antwoordde niet. Hij ging in hurkzit tegen de muur zitten. Zijn favoriete positie om na te denken. Maar dit keer lukte het niet. Zijn hoofd was leeg. De nieuwe informatie sijpelde amper door.

'Ik wil dat je het weet. We zullen zwaar beproefd worden. Ik wil niet dat we nog geheimen hebben voor elkaar.'

Deleu bleef zijn vrouw aankijken. Hij wist niet hoe te reageren. Een mix van emoties. Ongeloof voerde de boventoon. Hij richtte zich stijf op.

'Het was een vriend van de avondschool. Ik voelde me zo eenzaam, 's nachts als Charlotte in bed lag. En onze Rob was op kot.'

Deleu bleef haar uitnodigend aankijken.

'Het lukte niet. Met iemand anders klikt het niet. We konden zelfs geen ruzie maken. Ik voel me alleen goed als ik bij jou ben. Zelfs als ik me slecht voel.'

Deleu bleef sprakeloos. Hij sloot de ogen. Hij zweeg.

'Wil je weten wie het is... was?'

'Laat maar.' Deleu maakte een afwerend gebaar.

'En nu... Wat gaan ze nu doen? Gaan ze je nu opsluiten?'

Barbara liep naar Deleu toe en omhelsde hem. Haar warme lichaam. Haar kwetsbare stem. Het bonzen van haar hart. Het leek of er een energiestoot door zijn lichaam ging.

'Zover komt het niet', klonk het kordaat. 'Ik vecht terug.'

Barbara sloot de ogen en drukte zich zo stevig tegen haar man aan dat het bijna pijn deed, maar ze voelde geen pijn want het overweldigende gevoel van geestelijke verbondenheid dat haar overspoelde, verdoofde haar zenuwen.

Plots klonk er een schel gerinkel. Charlotte begon in haar lakens te woelen. Haar knuffeltje rolde van het hoofdkussen. Deleu verbrak de omhelzing.

'Verwacht jij iemand?'

'Nee.'

Deleu liep naar de trap, op de voet gevolgd door Barbara, die instinctief een pas terugzette toen de deur openzwaaide.

'Inspecteur Dirk Deleu?'

'Ja.'

'Federale Politie. U staat onder arrest.'

Terwijl Barbara in een reflex naar haar buik greep om de shock de baas te worden, liep ze gedesoriënteerd de trap weer op. '...huiszoeking doen...' meende ze nog te horen. Ze nam de slapende Charlotte uit haar bedje en vouwde beschermend haar handen om de blonde krullenbol.

Deleus mond ging open en dicht, maar er kwam geen klank. Hij stak werktuiglijk zijn armen uit. Toen Barbara uit de kamer kwam gelopen en hem van op de overloop doordringend aankeek, leek het alsof ze hem een zoen toeblies. Haar haren wuivend in de wind. Charlotte op haar arm. Het leek zo onwerkelijk. Als een prentkaart van omtrent de eeuwwisseling. Begon hij te flippen.

Deleu snoof. Daarna keek hij de bevelvoerende officier aan. Hij kende de man. Het was een vroegere adjudant van de Antwerpse BOB, die blijkbaar de politiehervorming had aangegrepen om een bureaujob te versieren en dichter bij huis, bij de GDA in Mechelen, te werken. De politieman meed Deleus blik, nam hem bij de arm en mompelde: 'Sorry, Deleu.'

Deleu stopte zijn handen in zijn broekzakken en liep met rechte rug en geheven hoofd naar de combi, oneindig dankbaar dat de vernedering van handboeien hem bespaard bleef.

Door de getraliede achterruit zag hij hoe speurders, onder de belangstelling van een trosje gepensioneerden, zijn appartement inliepen. Barbara keek toe. Uiterlijk emotieloos, maar ondanks alles trots. En nu waaiden haar haren wel in de wind. Dit keer was het geen verbeelding. Naar hem zwaaien, zoals op de oude prentbriefkaart, deed ze niet.

Barbara!

Ze had een relatie gehad. Vreemd genoeg vond hij dat eigenlijk prima. Nieuwe relatie is nieuwe zuurstof. Nadia had toch ook een relatie gehad? Ook al terwijl ze samen waren.

Barbara en Nadia. Twee mooie vrouwen. Prachtvrouwen. Ze waren elkaars tegenpool. Barbara, met haar zachte donkere ogen en haar golvende haar. Barbara, die leek op wat ze was. Betrouwbaar, als een vuurtoren in de branding. Sociaal en meevoelend. De mooiste van het hele dorp. De gedroomde schoondochter. Voorbestemd om de moeder te worden die ze was. Zacht. Dat was het overheersende woord. Zacht en zinnelijk – binnenin en aan de buitenkant. Lichaam en geest.

Daartegenover Nadia, met haar eindeloze benen en haar perfecte lichaam. Hard en vrijgevochten. Een stadskind.

Een kwajongen. Met een uitgesproken eigen mening over alles en nog wat. Een schrandere eerlijkheid en onbevangenheid in haar prachtige blauwe ogen, die elk ogenblik kon omslaan in passie en hartstocht. En ontembare wellust. Nadia, een vat vol tegenstellingen. Een brok pure energie. Met gevoel voor humor maar ook gevoelig. Gevoelig voor elke vorm van onrechtvaardigheid. Gevoelig ook als ze in je armen lag en je haar hart aansprak en haar toeliet zich vrouw te voelen. Maar trots en direct en te ronduit om je een gevoel van geborgenheid te geven. In tegenstelling tot Barbara, bij wie je iedere vorm van twijfel en verdriet kwijt kon. Barbara, die naar iedereen luisterde. Die je onzekerheid kon wegnemen. Had hij haar ooit om vergiffenis gevraagd? Had hij Nadia om vergiffenis gevraagd?

Toen de combi over een oneffenheid in het wegdek hobbelde, keerde Deleu met een schokje terug naar de harde realiteit.

Nadia kan niet meer luisteren. Weg energie, weg passie, weg humor, weg trots. Weg alles. Een plant, dat is ze nu. Een godverdomd perfect gevormd levend lijk.

Ze was er weer, de stekende pijn, die zich vastvrat in zijn borst. Hij balde de vuisten. De begeleidende agent... Danny, dat was zijn naam. Danny De Vylder. Deleu opende zijn mond. De Vylder wendde verlegen de blik af. De politiewagen draaide traag de hoek om. Zijn huis verdween uit het zicht. Dadelijk zou de aftiteling over het scherm rollen. Met de namen van de hoofdrolspelers en dan de technici.

Het doek valt. Het licht gaat aan.

De mensen staan op.

Het leven gaat door.

'Nee', kreunde Deleu. 'Nee, verdomme.'

12

Jos Bosmans legde de hoorn op de haak, zuchtte en keek om zich heen. Alsof hij iemand zocht bij wie hij zijn hart kon luchten. Maar Bosmans was zo alleen als hij zich voelde. Zijn kantoor was leeg. De gangen waren leeg. Alsof het leven stilgevallen was. Hij sloot zijn ogen en terwijl hij de feiten op een rij probeerde te krijgen, ervoer hij het vertrouwde gevoel van machteloosheid en verslagenheid dat hem telkens weer overweldigde wanneer hij door het systeem versmoord dreigde te worden. Hij verzette zich ertegen maar het kostte hem alsmaar meer energie.

Eerst was er het officieuze telefoontje van de procureur-generaal van Antwerpen geweest, die hem langs zijn neus weg had gevraagd of het gezien de omstandigheden niet aangewezen was om preventief de zaak in haar totaliteit aan een andere onderzoeksrechter toe te vertrouwen, met inbegrip van een nieuw team speurders. Bosmans had de PG vriendelijk afgescheept en had zich op de vlakte gehouden.

Verdomme. Hij had er geen gras over laten groeien, Goethals, of Ongenae... of De Dijver. Of wie weet wie nog allemaal. Ten overstaan van dergelijke machinaties stond hij als onderzoeksrechter volkomen machteloos, besefte hij. Toch had hij Goethals opgebeld. En toen hij vroeg naar het waarom, had die karakterloze slappeling zoals gewoonlijk eromheen gedraaid en had hij geprobeerd de verantwoordelijkheid in vage bewoordingen bij iemand anders te leggen. In het huidige team waren serieuze tekortkomingen en onregelmatigheden vastgesteld en bovendien was het team onthoofd. Toen Bosmans gevraagd had om dit toe te lichten, had de slijmbal verwezen naar Schele Pierre Vindevogel, die er blijkbaar twee dossiers op na hield. Een officieel en een officieus voor sporen die rechtstreeks naar collega Deleu leidden. Hij zou op non-actief gesteld worden.

'Godver... godverdomme!'

Bosmans wreef in zijn ogen en probeerde bij de zaak te blijven. Initieel had hij procureur Goethals laten razen. Dan had hij de zaak persoonlijk opgevat. En wat had dat team dan met zijn status als onderzoeksrechter te maken? Goethals had alweer eromheen gedraaid, maar toen Bosmans had aangedrongen, was de aap uit de mouw gekomen. Omdat de zaak als een entiteit behandeld diende te worden en ook omdat hij, Jos Bosmans, door de nieuwste ontwikkelingen in deze onverkwikkelijke zaak, in de onmogelijkheid verkeerde om het onderzoek onpartijdig te leiden gezien zijn vriendschappelijke band met de 'nieuwe' verdachte. Ten slotte, als kers op de taart, voegde hij er kruiperig aan toe dat hij Bosmans, zijn oude vriend, tegen zichzelf wilde beschermen. Toen Bosmans hem kalm en in duidelijke bewoordingen had uitgelegd dat hij niet akkoord ging, was Goethals in woede ontstoken en had hij woorden uitgeschreeuwd als 'positief injunctierecht' en 'fin de carrière' en meer van dat fraais. De man moest onder een enorme druk staan, want hoewel hij ambtshalve moest beseffen dat hij geen poot had om op te staan, bleef hij wanhopig razen en tieren. Het had Bosmans bang gemaakt. Niet het razen en tieren van zijn superieur op zich, maar wel het besef dat er stevige druk gezet werd van bovenaf. Dat kon alleen Piet De Dijver geweest zijn, de PG bij het Hof van Cassatie, een machtig man.

'Waarom?' mompelde Bosmans hardop. 'Welke baat heb je erbij? Je schoonzoon wordt sowieso veroordeeld. Voor de moord op Martine Van Hees en de poging tot aanranding van Ingrid Van Neck. Een beschuldiging meer of minder, wat maakt het uit? Eens een verkrachter, altijd een verkrachter. Een eeuwige smet op het blazoen van de De Dijvers. Daar is niks meer aan te veranderen. Bovendien heeft die fantastische schoonzoon van jou beide misdrijven bekend. Of toch niet?' Bosmans voelde het koude zweet in zijn nek toen hij dacht: Van Diest trekt zijn verklaring in en ze schuiven die eerste moord ook in Deleus schoenen.

Ingrid Van Neck, herinnerde hij zich, had niet eens een klacht ingediend.

Jos Bosmans wreef de kou uit zijn knoken. Na Goethals' telefoontje had hij een lange wandeling gemaakt. In zijn overhemd. Om na te denken. Daarna was hij in de auto gesprongen en in plaats van Barbara Wittewrongel op te bellen was hij bij Nadia Mendonck langs geweest. Ze kende de waarheid. Zij wel. Maar haar toestand was nog steeds ongewijzigd. En kritiek. Bosmans had haar wang gestreeld en hij had haar zijn diepste zielenroerselen toevertrouwd. Nu kon het. Nu wel. Meer dan een uur was hij bij haar blijven zitten. Daarna had hij naar Piet De Dijver gebeld. Om met hem te praten. Van man tot man. Vader tot vader. Niets ambtelijks. Tot zijn verbazing had de hoge magistraat, die hij nog nooit had ontmoet, ingestemd. Bosmans keek op zijn horloge.

'Nadia. Nadia toch.'

De ontknoping naderde. Onheilspellend snel. De waarheid ook. Dirk Deleu had zijn minnares willen vermoorden. Hij was bij haar geweest. Ze hadden gevochten. Nadia was gestruikeld en van de trap gevallen. Het klonk zo logisch. Zo banaal. Zo volkomen voorspelbaar. Hij was wel degelijk bij haar geweest op de avond van de feiten. Zijn sigarettenpeuken lagen in de asbak en hij had later het onderzoek proberen te manipuleren door de lijst met de geheime telefoongesprekken te laten verdwijnen. En hij had bezwarend bewijsmateriaal verbrand op het toilet.

Waarom heb je dat dan gedaan? En waarom heb je me niks verteld?

Bosmans speelde met de kopie van het verkoolde stuk papier dat Vanderkuylen hem had gegeven. Hij wilde het verpulveren en in de prullenmand gooien, maar zijn verstand weerhield hem ervan. Het bijzondere inspectieverslag lag voor hem op tafel. Het stonk. Alsof hij de woorden kon ruiken door het dunne karton. Dun maar overtuigend. Voldoende om zijn vriend voor vele jaren achter de tralies te krijgen.

Er is een spermastaal van Van Diest verdwenen uit het lab. Ook dat gaan ze in je schoenen proberen te schuiven. Maar die staal bewaarde Nadia thuis. Ze bewaarde duplicaten van alle bewijsstukken thuis. Het hele dossier. Hoe is het dan gegaan? Nadia heeft willen vluchten en ze is van de trap gevallen. Nee. Je hebt haar van de trap gegooid, nadat ze bewusteloos was. Nadat je haar geaborteerd had en het sperma van Van Diest had ingebracht. Dat heb je gevonden in de ijskast. Je hebt dat staal gebruikt om de schuld in de schoenen van Van Diest te kunnen schuiven.

Bosmans bonkte met zijn vuisten op zijn bureau.

'Nee. Godverdomme. Dat kan niet.'

De vloek zinderde tot in het arrestantenlokaaltje, een soort doorgangsruimte, geen echte spreekkamer. Dat had Bosmans niet over zijn hart kunnen verkrijgen. Toen ze Deleu vanmiddag binnenbrachten, had Bosmans hem willen zien. Maar dat was verboden. Deleu mocht met niemand contact hebben. Maar Bosmans had gedaan wat hij kon en had de arresterende officier zelfs het bevel gegeven de deur op een kier te laten staan. Een kier van hoop. Een illusie van vrijheid. Tenminste als je de twee potige waakhonden van de Federale Politie wegdacht, die elk aan een kant van de deur postgevat hadden.

Dirk Deleu hoorde de verre vloek niet. Wat hij wel hoorde, was het geluid van een ratelende schrijfmachine, alsof het een naderende tank was. Hij staarde wezenloos voor zich uit. Een toets haperde. Waarschijnlijk altijd dezelfde. Jos Bosmans was die toets. Maar ook hij kon het agressieve geratel niet stoppen. De deur was ondertussen dicht en op slot.

Korte scherpe efficiënte woorden. Vernietigende woorden. Ze prikten als naalden in zijn vel. Iemand, zijn ondervrager, die hem quasi zonder met de ogen te knipperen al uren had ondervraagd, was nu op eigen initiatief een geprepareerde bekentenis aan het intikken. Al wat hij moest doen was zijn handtekening plaatsen. Dan was het voorbij. Dan kon hij eindelijk rust vinden. Beloofden ze. Misschien wilden ze hem een inspuiting geven en hem naast Nadia leggen. Dan konden ze samen slapen. Voorgoed.

'Nee.'

Deleu hoestte en tastte in zijn broekzak, maar die was leeg. Natuurlijk. Dat was immers de standaardprocedure die iedere verdachte moest ondergaan. Schrijnend was het. Terwijl zijn lome ogen op de hoek van het bureau zijn verfrommelde pakje Belga vonden, ervoer hij na de angst en de woede voor het eerst de vernedering. Hij nam het pakje, zijn vingers klam van het zweet, en herinnerde zich de ongezouten beschuldiging. Drie Belga-peuken in Mendoncks asbak. Peuken met zijn speeksel erop. Zijn DNA-profiel zat al in hun databanken. Dat hadden ze achter zijn rug al laten uittesten. Een supersonische DNA-analyse. Dit keer kon het wel.

Hij leunde naar voren en prutste een kromme sigaret uit het pakje. Pas toen de sigaret tussen zijn lippen stak, herinnerde hij zich dat hij geen aansteker had. Ook die was weg.

Niet geconfisqueerd als bewijsmateriaal maar wel afgenomen voor de duur van de opsluiting. Duur. Opsluiting. Vreselijke woorden.

Plots floepte een vlammetje aan, dat het trillende uiteinde van de Belga verteerde. Deleu zoog de rook in zijn longen en keek dankbaar in het effen, uitdrukkingsloze gezicht van zijn ondervrager.

De man, Peter Vremde, runner-up bij de GDA en de chouchou van speciaal commissaris Ongenae, leek er plots zo anders uit te zien. Bijna vaderlijk. Er speelde zelfs een zachte glimlach om zijn dunne bloedeloze lippen toen hij de uitgetypte verklaring op de tafel legde en zelf ook een sigaret opstak.

Toen Deleu niet reageerde, schoof Vremde de verklaring met een nonchalante polsbeweging dichterbij. Hij fixeerde Deleu, die de verklaring las en wiens mimiek langzaam van ongeloof naar woede evolueerde. Deleu vloog overeind en gooide het rapport op het bureau. Hij stond sprakeloos.

'Bent u van nature altijd zo opvliegend, inspecteur Deleu?' klonk het koel.

Deleu ging zitten. Met het besef dat hij er moederziel alleen voor stond, daalde een vreemde onverschilligheid over hem neer.

'Soms. Zoals iedereen.'

Vremde duwde minutieus zijn sigaret met kingsize filter uit, haalde een nieuwe uit een verguld etui, stak ze aan met zijn Dunhill-aansteker en zoog de rook diep in zijn longen. Genietend.

'Ze heeft u finaal afgewezen, die bewuste avond. En u hebt uw verstand verloren. Daar zijn we het toch over eens?'

Deleu antwoordde niet. Hij staarde naar de gemanicuurde nagels van zijn tegenstrever, die ritmisch op het bureaublad tikten. Hij voelde een diepe walging.

'Zo is het toch min of meer gegaan?'

'Nee. Zo is het niet gegaan.'

'Ook niet min of meer?' klonk het. Vragend. Nukkig. Zoals een nieuwsgierig kind zou doen. Na een korte pauze kwam het onvermijdelijke 'hmm...', gevolgd door het neutrale maar arrogante: 'Hoe dan wel, collega?'

'We hadden woorden.'

'En seks.'

'Nee.'

'Lig jij onderaan als jullie seks hebben, inspecteur? Vind je het leuk als de vrouwen op je gezicht zitten?'

'Er was geen seks.' Hoewel Deleu zich beheerste, toch kon hij de spanning in zijn stem niet verbergen. Zijn tegenstrever, die het had gemerkt, besloot om de druk op te voeren.

'Er werden pluisjes van jouw trui op haar tapijt gevonden. Rare plaats. Vind je niet?'

'Van Diest. Het was Van Diest!'

'Van Diest. Hmm... interessant. Dragen jullie dezelfde trui? Zijn jullie van die kleffe boezemvrienden? Nee, dat geloof ik niet. Jij bent een womanizer. Is het niet, Deleu? Zo'n ouwe flyer.'

'Er was geen seks', herhaalde Deleu.

'Hmm... de bewijzen spreken nochtans een andere taal. Klare taal, overigens.' Vremde keek zijn slachtoffer vorsend aan. 'Neemt u elke dag een bad, inspecteur?'

'Ja, natuurlijk. Waarom?'

'Uw echtgenote...' Vremde liet zijn vingers door de papieren ritselen. 'Hmm... Barbara Wittewrongel. Hmm... Barbara Wittewrongel-Deleu beweert van niet.' De nagel kraste over het papier. 'Niet altijd. Alleen als het heel warm is, lees ik hier.' Vremde keek op. Zijn blik ondoorgrondelijk. 'Waarom liegt u toch altijd, inspecteur?'

'Ik lieg niet.'

'Dan liegt uw vrouw?'

'Jullie moeten mijn vrouw met rust laten!'

'Hmm... toch een beetje agressief. Af en toe. Meer af dan toe zelfs.' Vremde lachte smakelijk om zijn eigen zouteloze grap, maar in een fractie van een seconde werd zijn blik weer dreigend: 'Waarom?'

Deleu, die de draad kwijt was, keek de man met het bleke, uitdrukkingsloze gelaat verward aan. Hij slikte en realiseerde zich dat hij zijn emoties onder controle moest houden. Nu meer dan ooit tevoren. Deze aasgier zou hem genadeloos aan flarden scheuren.

'Waarom, inspecteur? Is ze een beschermde diersoort of zo?'

'Barbara heeft hier niks mee te maken.'

'Hmm... Ze was nochtans heel nerveus tijdens de huiszoeking. Bijna zo nerveus als de baby. Had ze dan helemaal geen weet van uw dubbelleven?'

Er volgde een onheilspellende stilte. Vremde drukte de zoveelste sigaret uit. Hij bestudeerde zijn vingernagels en toen hij de gele nicotinevlek opmerkte, vertrok hij zijn mond, helemaal in zichzelf gekeerd. Alsof Deleu niet bestond.

'Waarom ben je dan toch niet bij Mendonck ingetrokken? Jonger, knapper, heter. Een echt stuk. Zelfs nu nog. Vind je niet?'

'Omdat...'

'Ze het uitgemaakt heeft.'

'Omdat ik van mijn vrouw houd. En omdat ik besloten heb mijn leven met Barbara te delen. En wilt u nu eindelijk ter zake komen?'

'Ongeduldig. Opvliegend en ongeduldig. Een explosieve cocktail. Hmm... ter zake. Bestaat dat programma nog? Ik kijk weinig tv. Geen tijd. Te veel schurken bij de politie.'

Vremde vouwde nonchalant het rapport open en liet zijn kin in zijn handpalm rusten.

'Hmm... Die geschifte knaap. Van Diest. Waarom heeft hij het gedaan, denkt u? Uw professionele opinie als topspeurder?'

'Omdat hij labiel is en volkomen onvoorspelbaar.'

'En dat bent u niet?'

Deleu beet zijn tanden op elkaar.

'Ik heb al andere klokken horen luiden. Dat u regelmatig een psycholoog bezocht en dergelijke. Maar dat kan ik niet hard maken. Wel, nu nog niet. Maar we werken eraan. Begrijpt u nu waarom ik weinig tv kijk? Maar, mij hoor je niet klagen. Ieder huisje zijn kruisje. Van Diest heeft wel een ijzersterk alibi, weet u?'

'Dat is fake!'

Vremde antwoordde niet. Hij zette met een beheerst gebaar een streepje op zijn blad, dat hij zorgvuldig afschermde en weer in zijn schoot legde. Onder de tafel. Op zijn graatmagere over elkaar geslagen dijen.

'Wat ben je aan het noteren?'

'Ik ben niet aan het noteren. Ik scoor. Je hebt al drie punten voor opvliegendheid, twee voor koppigheid en...' Hij liet zijn wijsvinger als een kind langs het blad huppelen en keek dan bedeesd glimlachend op: '...al heel veel voor liegen. Hmm... fake dus?'

'Wat?'

'Lijdt u ook aan geheugenverlies, inspecteur?'

'Nee. Kom ter zake, man!'

Vremde zette nog een streepje en stak doodkalm een nieuwe sigaret op.

'U beweert dat zijn alibi fake is!' Plots was zijn stem onheilspellend scherp.

'Omdat dat doorgestoken kaart is. Zijn schoonvader is

procureur-generaal bij het Hof van Cassatie, de hoogste gerechtelijke instantie in België.'

'En dan? Is dat een schande misschien? Of insinueert u bepaalde "dingen". Bepaalde ondoordachte en gevaarlijke dingen. Mijn schoonvader is gewoon vrachtwagenchauffeur. En die van u? Wat deed uw schoonvader, inspecteur?'

'Dat doet er niet toe.'

'Inderdaad. U hebt gelijk. Wat hij wel doet, is u aan de galg praten. Maar daar zal hij zo zijn redenen wel voor hebben. Denkt u niet? Maar laten we terugkeren naar de avond van de feiten. Waar en wanneer hebt u die ballonspuit gekocht?'

'Die heb ik niet gekocht.'

'En waarom hebt u ze cash betaald?'

'Waarom?'

'Tja. Waarom? Omdat het dan naar voorbedachten rade begint te ruiken, natuurlijk. Hebt u EHBO-cursussen gevolgd, inspecteur?'

'Nee', zei Deleu, die het bloed naar zijn slapen voelde stijgen. Hij besloot zich te beperken tot korte antwoorden.

'En u hebt kinderen.' Het klonk afkeurend. 'Geloofde u nu echt dat ze u zou gehoorzamen en die vrucht zelf zou afdrijven? God, inspecteur. Het moederinstinct is sterk, manlief. Dat moest u toch weten. Als vader, bedoel ik.'

Deleu zweeg.

'Had u gedronken? Die avond, bedoel ik?'

'Nee.'

'Echt niet?'

'Misschien een paar glazen wijn.'

Vremde zette een streepje.

'Een leugen?' vroeg Deleu spottend. Als hij hier niet werkelijk zat, zou hij gedacht hebben dat dit groteske vertoon in een slecht gemaakte soap thuishoorde.

'Yep. Bij haar thuis?'

'Yep.'

De simpele repliek leek Vremde uit zijn lood te slaan. Hij keek Deleu met samengeknepen ogen aan en nipte van zijn thee. Hij glimlachte.

'Zin voor humor. Wie had dat gedacht. U zult het nodig hebben, collega. Maar u drinkt wel regelmatig een glaasje?'

'Nee.'

'Hmmm...' Dit keer zette Vremde geen streepje. Hij bladerde aandachtig in zijn notities, duwde de zoveelste sigaret uit in de asbak en keek verstrooid op. 'De heer Wittewrongel. Dat is toch uw schoonvader, is het niet?'

'Ja. Waarom?'

'Daarom!' Vremde liet een hinnikend gelach horen. Hij stikte er bijna in. 'Ik heb je. Een-een.' Plots werd zijn blik weer ijskoud. Deleu huiverde ervan.

'De heer Wittewrongel, alweer hij, beweert dat u zich ooit liet behandelen voor uw drankverslaving. Ach, schoonouders.' Vremde wapperde met zijn hand en onderstreepte het gebaar met een ostentatieve zucht. 'Voorlopig blijft ook dat bij een bewering. We trekken het uiteraard na. Dat is een integere politieman aan zichzelf verplicht. Vindt u niet?'

Deleu antwoordde niet.

'Maar ik zal bij de feiten blijven.'

De vingers haalden behoedzaam een fotokopie uit de map en schoven die naar Deleu, die naar adem hapte toen hij het handschrift en de breuklijn van een verkoolde rand herkende. Het briefje van Nadia dat hij in het toilet had verbrand. Zochten die ratten dan zelfs tot diep in de riolen?

'Wat stond hier op?'

Deleu haalde de schouders op.

'Tiens. Uw vrouw maakte net hetzelfde gebaar. Maar

minder onverschillig. U bent gehaaider. Bij haar zag ik meteen dat ze loog. Ogen zijn de spiegels van de ziel. Wist u dat, inspecteur? Maar u bent niet geïntereseerd in poëzie?' Vremde borg de kopie op. 'Enfin. Wordt ook vervolgd. Maar het lijkt in elk geval op een afwijzing. Heeft ze dat 's ochtends tussen uw ruitenwisser geschoven omdat ze uw gestalk niet meer aankon? En oei, vindt die gouwe ouwe Barbara dat toch wel zeker.' Vremde perste met een sissend geluid lucht tussen zijn tanden. 'Ramponiro. Nieuwe start begint met een ferme crash. Waarom hebt u het proberen te verbranden, inspecteur? Uw echtgenote had het sowieso al gezien.'

Deleu, die niet meer wist wat onder of boven was, zweeg. Vremde ging verzitten en snoof.

'Waarom bent u haar eigenlijk beginnen te stalken, inspecteur?'

'Ik stalkte haar niet. Ik heb haar maar een keer ontmoet na de definitieve... breuk.'

'Breuk. Het is slechts bij een ordinaire coma gebleven. Gelukkig heeft ze niks gebroken. Al is ook dat bijna onwaarschijnlijk. Kon u het toch niet over uw hart verkrijgen en hebt u haar naar beneden gedragen? Inspecteur? Hebt u haar boven de klappen tegen haar kop gegeven en haar dan naar beneden gedragen? Inspecteur? Nee dus. En u hebt haar slechts één keer ontmoet. De avond van de feiten. In haar flat. Juist! Heb ik dat juist, inspecteur!'

'Nee. En let op of u krijgt een streepje voor agressie, collega Vremde.'

'Hou je stomme kop, Deleu!' Vremde drukte op de intercom. 'Breng hem maar binnen.' Het klonk schril en boosaardig, alsof onder het laatste laagje vernis de rottigheid tevoorschijn kwam.

'Wie, inspecteur Vremde?' klonk het aarzelend.

'De getuige à charge. Puistenkop!'

Terwijl hij met zijn knokkels op het bureaublad tokkelde, vond Vremde zijn kalmte terug. Deleu, van de ene in de andere verbazing vallend, deed geen moeite meer om de gedachtekronkels van zijn kwelduivel te volgen. Hij keek afwachtend naar de deur, die openzwaaide. Een struise man van om en bij de veertig kwam het kantoortje binnen. Hij keek Deleu en Vremde nors aan. Er ging een vlaag van herkenning door Deleu heen. Al kon hij de man niet thuisbrengen.

'En wie gaat dat betalen?' zeurde de kerel terwijl hij een giftige blik wierp op zijn begeleider, een magere agent met een pokdalig gezicht en benen die op de stelten van een ooievaar leken. 'Ik moet hiervoor drie uur mijn café toedoen. Voor niks.' De agent haalde de schouders op en keek vragend naar Vremde, die de nieuwkomer glimlachend toeknikte.

'Maakt u zich geen zorgen, mijnheer Depuydt. U wordt ruimschoots vergoed voor bewezen diensten.' Hij wenkte de man, die was gaan zitten en fluisterde iets in diens oor. Toen de man grijnzend knikte, merkte Deleu de kale vlek op zijn kortgeschoren schedel en met een schok besefte hij wie de man was. Dit was de kroegbaas van het café, recht tegenover Nadia's flat. Het café van waaruit hij haar flat in het oog had gehouden.

'Wilt u zich voorstellen?' vroeg Vremde vriendelijk.

'Ikke?'

'Ja, u. Aan deze heer hier.'

De waard keek Deleu onderzoekend aan.

'José. Ik ben José Depuydt. Cafébaas van Den IJzeren Arm aan de Korenmarkt.'

'In Mechelen?'

'Neeje. In Zichem-Zussen-Bolder.'

'In Mechelen dus', klonk het gevaarlijk beschaafd.

'Ja. In Mechelen.'

'Dank u. En herkent u deze man? Gaat het om dezelfde man als die op de foto waarvan u een positieve identificatie gaf?'

'Ja. Dat is hem. Dezelfde. Die gast zat in mijn café. 's Morgens heel vroeg.'

'Bedankt, mijnheer Depuydt. U hoort nog van ons.'

De kroegbaas, die nieuwsgierig bleef zitten en Deleu aanstaarde, werd door de jonge agent, wellicht nog nieuwsgieriger want zijn ogen puilden uit, prompt overeind geholpen en naar buiten geleid. Het bleef geruime tijd stil in het kleine bedompte kantoor, dat blauw zag van de sigarettenrook. Vremde noteerde ijverig. Hij stak nog een sigaret op en keek Deleu aan op een manier alsof hij hem voor het eerst in zijn leven ontmoette. Hij glimlachte.

'Wat is de wereld toch klein, niet?'

'Hebt u geen streepje bij de rubriek Leugens vergeten te zetten, collega?'

'Dat is grammaticaal onjuist, ex-collega. "Bent u" moet het zijn. Ik heb speciaal een cursus grammatica gaan volgen. Ik wil tot elke prijs procedurefouten vermijden.' Vremde glimlachte. 'Want u bent nogal close met "bepaalde" magistraten, heb ik vernomen.'

'Ik ben...'

Vremde keek Deleu niet-begrijpend aan.

'Ik "ben" een cursus grammatica gaan volgen', zei Deleu met een uitgestreken gezicht. Vremde keek op zijn horloge, stond plots op en liep naar de deur.

'Waar gaat u naartoe?'

'Mijn minnares de kop inslaan', klonk het laconiek.

Exact tweeënnegentig minuten later – het was ondertussen na middernacht – kwam Vremde bedaard het kantoor weer binnengewandeld. Hij ging zitten, boerde en sloeg geagiteerd zijn hand voor zijn mond.

'Oeps. Sorry.'

Deleu, die wanhopig naar een uitweg had zitten zoeken, voelde de honger knagen. Hij zweeg. Vremde keek hem uitnodigend aan en pulkte met zijn nagel tussen zijn tanden. Een voor een kregen ze een beurt. Deleu, te veel gevoelsmens voor dit soort krachtmetingen, werd er onnozel van. Hij voelde de woede door zijn lichaam razen en probeerde zich te beheersen maar het lukte niet.

'Welk spelletje speelt u eigenlijk, mijnheer Vremde?'

'Ik speel geen spelletjes, inspecteur.' De stem werd plots dreigend. 'Hebt u al een advocaat?'

'Ik heb geen advocaat nodig. Ik ben onschuldig. En dat weet u! Dat weet iedereen. En hou nu op met dat gelul, man. Waar wil je naartoe?'

Deleu nam de verklaring, die hij nog een keer grondig herlezen had, van de tafel, scheurde die in vier gelijke delen en stopte ze, voor Vremde kon reageren, in de map, die weer op de hoek van het bureau lag. Vremde bleef hem stom aankijken, alsof hij op een veilige afstand naar de roofdieren in de dierentuin keek. Hij schoof zijn stoel vooruit en stak een sigaret op. In zijn gebaren en zijn stem zat onverholen dreiging en haat.

'Waar ik naartoe wil, rechercheur Deleu, is naar huis. En waar jij naartoe gaat, is naar de gevangenis. Waar ik naartoe wil, is bewijzen dat jij je collega en minnares, Nadia Mendonck, hebt willen vermoorden. Waar ik naartoe wil en naartoe ga, laat daar geen twijfel over bestaan, is naar een solide en goed gedocumenteerd dossier om je veroordeeld te krijgen voor doodslag en poging tot doodslag met voorbedachten rade. Moord dus. Ja. U moet niet zo onschuldig kijken, inspecteur. Een foetus is ook een mens, hoor. U hoort het goed. Doodslag en poging tot doodslag. Met voorbedachten rade. Allebei.' Vremde pauzeerde en duwde theatraal zijn sigaret uit. 'Ik zal je vertellen hoe het gegaan is. Deleu gaat naar Mendonck, fris gewassen nog wel, dixit zijn bedrogen ega, en dus klaar voor een zoveelste potje Fa-frisse buitenechtelijke seks. Mendonck laat hem binnen. Zij het met tegenzin, want ze blijft die mooie praatjes over de grote verzoening en de loze beloften en het onze "goede" vader uiteraard niet eeuwig slikken. En o wee. Het wordt nog erger. Want ze wil zelfs helemaal geen seks meer. Gedaan met rampetampen. Eigenlijk wil ze zelfs niet eens meer naar je goedkope praatjes luisteren. Dus wat doet deze bewonderenswaardig kordate vrouw? Ze wijst D. Deleu de deur. En dan. Bang.' Vremde beukte zijn vuist in zijn handpalm. 'Ruzie in het tweede huishouden. Er vallen harde woorden. En dan klappen. Ze vechten. Ze rollen over het tapijt. Deleu bonkt Mendonck met haar hoofd tegen een tafelpoot. Mendonck verliest het bewustzijn. En daar ligt ze dan. De bitch. En samen met haar... daar ligt alles. Huwelijk, carrière... alles. Want als ze ooit wakker wordt, nagelt ze je aan het kruis. En nu? Wat nu gedaan? Deleu slaat in paniek. Hij zuipt een paar glazen wijn en denkt na. De paniek maakt plaats voor euforie. Welk nut heeft ze überhaupt nog? Ze wil geen seks meer. Dus is ze nutteloos. En dan de baby... die is van hem. Dat heeft DNA-onderzoek uitgewezen. Ook al zo'n pain in the ass. Voor zo'n ding moet je alimentatie ophoesten. En wat als ze met mevrouw Deleu praat? Oei. Hop. Eruit. Deleu op straat. Ook dat nog. Twee keer alimentatie betalen. Hmm....'

Deleu kon zijn oren niet geloven. Vremde stak een sigaret op en hield zijn pakje kameraadschappelijk onder

Deleus neus, maar die reageerde niet. Vremde smakte genoeglijk terwijl hij de rook naar binnen zoog. Het enige wat Deleu kon denken, was: ik wou dat je longkanker kreeg.

'Hm... En dan. Deleu slaat tilt. Ook niet de eerste keer overigens, heb ik vernomen. Deleu luistert aan haar borst. Ze ademt nog. Ze leeft. Die teef leeft nog. Here Jezus, hoe kom ik ooit nog heelhuids uit dit avontuur. Uit deze nachtmerrie. Oh God. Dorst. Ik trek de ijskast open en daar staat ze. Daar ligt de oplossing voor het grijpen. Een proefbuis met een label eraan en gevuld met sperma. Natuurlijk. Ik weet het. De serieverkrachter. Die heeft het gedaan. Maar dan...' Vremde pauzeerde en dronk van zijn thee. Hij keek Deleu pal in de ogen. 'En nu komt het, mijn vriend. De pointe. De onwaarschijnlijke wending die een scherpzinnige thriller onderscheidt van de grauwe middelmaat. De verrassende plotwending. Deleu wil zijn hachje redden. Hij loopt naar beneden, dit keer wel zeker van zijn stuk. Hij haalt de ballonspuit – gekocht en cash betaald voor als het uit de hand zou lopen – drijft zelf de baby af en spoelt hem door. Je hebt overigens ook ervaring met foetussen, heb ik horen zeggen. Hij versmoort de bewusteloze Mendonck. Nu kan ze haar mond niet meer opendoen. Nooit meer. Dan brengt hij het sperma van Van Diest in haar vagina. Hij spuit het, om het met de woorden van de lokale politie te zeggen, in haar kut en verwijdert zorgvuldig alle sporen. En klaar is Kees. Hij loopt naar buiten maar bedenkt zich en keert terug. Is ze wel dood? Oh God!' Vremde sloeg theatraal zijn hand voor zijn mond en glimlachte. Deleu reageerde niet. Niet meer. 'Wat als ze niet dood is? Hij gooit de bewusteloze Mendonck van de trap. Misschien wel twee keer. Shit! De foetus. Waarom heb ik die doorgespoeld. Stomme oen. Ik had die serieverkrachter zelfs niet nodig. Te laat. Hij voelt aan Mendoncks borst. In zijn haast voelt hij geen hartslag meer. Case closed. Denkt hij. Maar oei. Dan komt de ontnuchtering. What a shame. De bitch leeft nog. Gelukkig is ze in coma. Oef. Alles weer onder controle. Maar dan komt er een kink in de kabel. Ondanks al zijn vertragingsmanoeuvres wordt de serieverkrachter opgepakt. Veel te snel. En hij heeft verdomme een alibi. En wat doe je dan het best? Juist. De zaak naar je toe trekken. Dan kun je naar hartelust knoeien. Bewijsmateriaal manipuleren en vernietigen. Gauw nog eens gaan kijken als de Technische al bezig is. En sporen uitwissen en vervalsen. En last but not least: alles goed in de gaten houden. En ook dat is geen verzinsel want je... hmm... "vriend" van het gerechtelijk apparaat, Bosmans, heeft verklaard dat je nogal gretig was om de zaak over te nemen. En dat je er als de kippen bij was om je te gaan bemoeien met de afstapping. Maar je hebt hem gezegd dat je er niet binnen geweest bent. Waarom?' Vremde schraapte de keel en legde zijn vinger tegen zijn lippen. 'Eén zaak, daar ben ik nog niet uit. Een twijfelgeval. Vond je dat spermastaal van Van Diest echt in Mendoncks ijskast of heb je dat in het lab ontvreemd?' Daar ben ik nog niet uit. Het is nochtans een niet zo onbelangrijk detail. Voor de bepaling van de strafmaat. Snap je?' Dat laatste woord siste hij in Deleus oor, als een slang. Hij rolde traag zijn stoel achteruit en verstrengelde zijn vingers. Hij keek Deleu aan.

'Is het zo niet gegaan? Collega Deleu?'

'Nee.'

'Hoe dan wel?'

'Er is maar één mens op aarde die daarop kan antwoorden.'

'Wie?'

'De dader. Oen!'

'En wie mag dat dan wel zijn?'

'Van Diest.'

'Hebt u na al die jaren wroeten in de smeerlapperij zelf een gespleten persoonlijkheid ontwikkeld, inspecteur Deleu? Jekyll and Hyde? Brrrhhh... bent u bereid u te onderwerpen aan psychologische testsessies?'

'Dat zal ik met mijn advocaat bespreken.'

Vremde gaf een nerveus hoestlachje ten beste. Hij nam Deleu, die zijn afgrijzen amper kon bedwingen, bij de schouder. Het zou niet ophouden. Nooit meer. De koude rillingen liepen langs Deleus rug.

'Hmm... Ik kan je helpen, inspecteur', klonk het zoeterig. Erger nog. Het klonk oprecht. Deleu keek in de grijze ogen die hem ondoorgrondelijk aanstaarden.

Wat bezielt deze man? Vanwaar komt zijn gedrevenheid? Waarom haat hij me zo? En nog belangrijker, wie staat er aan mijn kant?

Deleu zag ze een voor een de revue passeren. Schele Pierre. Hij had die cafébaas gemobiliseerd. Vanderkuylen. Die had dat verbrande briefje van Nadia opgevist in het toilet. En aan iemand doorgegegeven. Waarschijnlijk aan Bosmans. En Bosmans zelf. Wat was er met Bosmans aan de hand? Je zag of hoorde hem niet. Deleu herinnerde zich hoe effectief ze in het verleden hadden samengewerkt. Hoe ze elkaar volkomen hadden aangevuld. De vrienden die ze waren. Bosmans had de visie en de vista. De macht en de contacten. Hijzelf de intuïtie. En het geduld. Heel deze vaudeville. Doorgestoken kaart. Opgezet door een hoge magistraat.

Waar ben je nu, Jos Bosmans?

De dunne lippen van Vremde bewogen. De woorden klonken ijl, als in een droom. Deleus hoofd was leeg, vacuüm gezogen door de beschuldigende woordenstroom van zijn opponent, die hem geraakt had tot in het diepst van zijn ziel.

'Weet je dat in ons juridisch systeem mensen, onschuldige mensen, soms vrijgelaten worden omdat ze al langer gevangen hebben gezeten dan de tijd waartoe ze veroordeeld zijn?'

Dirk Deleu, onderuitgezakt op zijn stoel, leek na te denken over de mogelijke implicaties van die opmerking, maar dat deed hij niet. Hij had geen besef meer van de teneur en de draagwijdte van de woorden van Vremde. Het werd hem allemaal te veel. Hij kon zich nog slechts concentreren op primaire behoeften en gevoelens. Het hongergevoel had plaatsgemaakt voor een doffe, knagende pijn. Hij probeerde zich op te richten en ineens leek het alsof er iets knapte in zijn borst.

Mijn hart, dacht hij. Ik ga dood. Hij steunde zwaar met zijn ellebogen op het bureaublad en snakte naar adem en het duurde een hele tijd voor het langzaam tot hem doordrong wat er aan de hand was. Hij huilde met schokkende, verkrampte uithalen. Fysiek was dat een uiterst pijnlijke gewaarwording, maar nog veel pijnlijker was de meewarige blik van Vremde. En zijn glinsterende sensatiegeile ogen. Deleu balde de vuisten.

'Laat je gaan, Deleu. Het lucht op, geloof me.'

'Ik beken niks. Niks wat ik niet gedaan heb. Vergeet het. Smeerlap.'

Vremde keek nonchalant op zijn polshorloge. Een tikkeltje ontgoocheld. Hij raapte zijn papieren bij elkaar en stond op. De meelevende toon werd prompt ingeruild voor een stem die overliep van bijtend cynisme.

'Goed. Prima. Dan blijf je in quarantaine. Denk er maar eens goed over na. Slaap er maar eens een nachtje over. Ik geef je nog een laatste kans. Ik ben geen beest. Ik zie je morgenvroeg. Zeven uur scherp. Ik hou van hard labeur.'

Hij stond stijf rechtop, Vremde, schoof zijn lederen aktetas onder zijn arm en liep weg alsof hij nonchalant naar de bushalte wandelde. Hij keerde zich nog even om. Het stemtimbre was zacht. Een perverse mix van sensualiteit en sentimentaliteit.

'Je moet het niet persoonlijk opvatten. Ik doe gewoon mijn job, Dirk. Geef het op, jongen. Het lucht op. Geloof me. Welterusten.'

13

De volgende ochtend werd Dirk Deleu, die in afzondering was geplaatst, wakker door het geknars van een stalen celdeur. Terwijl hij zich van de harde brits hees, vroeg hij zich af of hij eigenlijk wel geslapen had. Waarschijnlijk wel. Het bloed bonsde in zijn slapen. Maximaal een uur, misschien twee, dacht hij, nog steeds verteerd door de innerlijke twijfel, die de hele nacht aan hem had gevreten. De pijn die aan de spieren van zijn maag knaagde en aan zijn hart; ze was zo intens dat hij besefte dat ze niets anders was dan een berg zinloze opgekropte frustraties. Hij strekte zijn benen, vroeg zich af waar Barbara nu zou zijn en wat ze deed, en hij liep houterig naar het venster, waar hij naar buiten staarde naar de grijze wolken die vredig voorbijschoven. Hij wurmde zijn hand tussen het traliewerk en probeerde met het topje van zijn wijsvinger het glas aan te raken. Het lukte maar de vlek die hij probeerde weg te vegen, zat aan de buitenkant. Hij wilde dat hij zoals een kind zijn emoties de vrije loop kon laten, en het was de inspanning om dat niet te doen, de inspanning om het niet uit te schreeuwen, die hem inwendig verteerde.

Help me, Barbara. Jij bent alles wat ik nog heb.

Terwijl hij zich verzette tegen de vlaag van wanhoop en melancholie die hem in haar greep dreigde te krijgen, hoorde hij een metalige stem. Een bekende stem.

‘Ah. Ook al vroeg uit de veren, zie ik. Mooi zo. Kunnen we er gelijk tegenaan. ’t Wordt een mooie dag. Buiten, bedoel ik.’

Deleu draaide zich loom om en keek in de wakkere ogen van Peter Vremde. Ze zogen Deleu naar zich toe. Gretig, zoals een spons water opzuigt. Hij zag er net zo uit als de dag tevoren. Onberispelijk gekleed in zijn saaie grijze kostuum met krijtstreep waarvan de nauwe broekspijpen eindigden in glimmende zwarte schoenen, opgeblonken met militaire precisie. Alleen zijn das leek anders. Nog een tint donkerder dan de dag ervoor. Deleu keek weer door het glas, waar een eenzame zonnestraal de dakgoot in vuur en vlam zette. Hij kneep zijn ogen dicht en zuchtte.

‘Geniet maar even van het prachtige uitzicht, inspecteur. We hebben tijd, vandaag. Ik heb een hele dag voor je uitgetrokken.’ Het klonk kruiperig. En toen cynisch: ‘De problemen die je nu meent te hebben, worden hopelijk ooit geen dierbare herinneringen. In de isoleercel.’ Vremde lachte smakelijk en wenkte de bewaker, die de deur met een klap liet dichtvallen. Deleu greep zich vast aan de tralies. De zonnestraal stierf. Alsof de zon werd uitgezet.

Het ontbijt dat, alsof het om een levensgevaarlijke psychopaat ging, letterlijk door de stalen schuif werd geperst, zag er allesbehalve smakelijk uit. Twee keiharde broodjes en wat pruimengelei in een stalen potje zonder rand. Deleu dacht aan juffrouw Wiesmans en haar overheerlijk geurende koffie terwijl hij van het lauwe gekleurde water nipte. De kop had geen oor en was van hard plastic. Terwijl hij dacht: Waarom geen beker van piepschuim? en zwijgend een stuk brood in de jam sopte, verlangde hij opeens heftig naar een lekkere hete douche. Om al de vuiligheid van zich af te spoelen. Vanbinnen en vanbuiten. Of een heerlijk bad gevuld met etherische oliën om lekker in weg te glijden.

Dirk en Nadia. Samen in bad, de rand vol druipende kaarsen. Dolverliefd. Hyperromantisch. Deleu kreunde, vervuld van schaamte.

'Barbara. Nee...'

Het gekreun werd overstemd door het gekraak van de deur. Of hij klaar was? En of hij nog naar de plee moest? Om zijn behoefte te doen. Deleu schudde nee en liet zich door twee potige bewakers gewillig meevoeren door de donkere hoge gang van Leuven Centraal, de gevangenis waar hij gisteren nog in het holst van de nacht met de 'dievenwagen' naartoe gebracht was.

Ik moet vechten. Ik heb een gezin. Ze hebben me nodig. Ik ben een mens.

Dirk Deleu balde de vuisten. Vastbesloten zich tot het uiterste te verzetten.

Op hetzelfde ogenblik stond Jos Bosmans moederziel alleen in de stijlvolle bibliotheek van Piet De Dijver, met wie hij een afspraak had weten te versieren. Hij was zich ervan bewust dat De Dijver hem opzettelijk liet wachten – misschien stond hij wel ergens te gluren. Bosmans probeerde die gevoelens te negeren en bestudeerde met de armen op de rug de massieve boekenkast van gepatineerd eiken die een hele muur in beslag nam. Peperduur maatwerk, zodanig perfect passend dat er aan beide zijden zelfs geen speld tussen te steken viel. Zoals het dossier tegen Dirk Deleu. De kast reikte tot aan het hoge plafond, waar Bosmans de kunstige fresco's en de overdadige lambriseringen bewonderde. Met de handen op de rug liet hij zijn blik over de inhoud van het imposante meubel dwalen. Bijna uitsluitend wetboeken. Een paar atlassen. En warempel een verdwaald kookboek. Had De Dijver dan toch menselijke trekjes? Jos Bosmans draaide zich om toen hij een gekraak hoorde en hij keek gespannen naar de dubbele toegangsdeur, maar er kwam niemand binnen. De vonkenregen in de haard deed hem beseffen dat het geluid niet veroorzaakt werd door de deur, maar door een brandend houtblok dat in elkaar geklapt was en naar beneden was gegleden. Hij liep naar de haard, waar hij in de flakkerende vlammen staarde en zich afvroeg wat hij hier eigenlijk te zoeken had. Het verbaasde hem zelfs dat De Dijver, die de afspraak gisteren eerst had afgebeld, alsnog op zijn informele vraag was ingegaan en hij wist dat hij op zijn hoede moest zijn, want ze zouden zonder enige twijfel proberen om hem een hak te zetten en hem van de zaak te halen. Zo ging het altijd. Dan hadden ze vrij spel.

Bosmans nam een groot houtblok uit de rieten mand en wierp het in de haard. Waarom hij dat deed, wist hij niet. Misschien om zichzelf een illusie van gelijkwaardigheid te geven. Om aan zichzelf te bewijzen dat hij de teugels nog steeds stevig in handen had. Of om zijn geldingsdrang te bevredigen.

Hij gromde iets en was boos op zichzelf. Hij had immers geen strategie. Toen hij zich wilde omdraaien, merkte hij haar op. Eerst wiekten twee harige poten uit de spleet van het houtblok. Dan kwam de weerzinwekkende kop tevoorschijn, gevolgd door het dikke achterlijf, dat met enige moeite uit de spleet gewerkt werd. De grote kruisspin liep snel naar links, waar ze met haar poten naar de smeulende afgrond reikte. Dan naar rechts, trager, alsof ze al besefte dat ontsnappen hoe dan ook onmogelijk was. Bosmans keek eerst gefascineerd toe. Toen rommelde hij in de mand, duwde een paar houtblokken opzij en vond een verdroogde twijg. Die hield hij voor de poten van de spin en hij bood haar een veilig heenkomen aan. Maar het dier hief dreigend zijn voorpoten en liep snel de andere kant op, alsof het niet wilde of niet kon geloven in de goede bedoelingen van dat zoogdier.

Terwijl de hitte zijn hand begon te schroeien, probeerde Bosmans keer op keer om het diertje op andere gedachten te brengen en precies op het moment dat hij erin geslaagd was de spin op de twijg te laten kruipen, ging de dubbele deur open. Toen Bosmans zich met een ruk omdraaide, werd de molenwiekende spin verteerd door de gloeiende as.

Piet De Dijver stond in de deuropening. Hij was klein en zwaarlijvig met een bol en glad gezicht als een ballon. Eigenlijk, vond Bosmans, die de hoge magistraat voor het eerst ontmoette, zag het mannetje er onnozel en dwaas uit voor iemand van zijn aanzien. Die mening herzag hij prompt toen hij in De Dijvers ogen keek. Koude, tartende ogen die Bosmans van top tot teen opnamen. Zonder te knipperen.

'Onderzoeksrechter Jozef Bosmans, neem ik aan', zei het mannetje terwijl hij met energieke passen op Bosmans toeliep en zijn hand uitstak. Bosmans drukte de kleine stevige hand. 'De Dijver. Piet. PG bij het Hof van Cassatie. Ga zitten, collega.'

Bosmans zakte onderuit in een van de massieve lederen fauteuils. De Dijver ging recht tegenover hem zitten en kruiste de benen, waardoor zijn rechtervoet geen contact meer had met de grond. Bosmans onderdrukte de neiging om te lachen en voor hij zijn mond kon opentrekken, nam De Dijver het woord.

'Ik betreur ten zeerste de gang van zaken in dit onderzoek, dat moet me toch even van het hart. Naar mijn bescheiden mening heeft de Mechelse lokale recherche, het door u gevorderde team, een onwaarschijnlijk gebrek aan inzet aan de dag gelegd. Onwaarschijnlijk en onverantwoord en waarvan, zoals we nu merken, onschuldige mensen het slachtoffer dreigen te worden.'

'Onschuldige mensen', was het enige wat Bosmans uitbracht.

'U moet het niet als persoonlijke kritiek opvatten, collega. Desalniettemin vind ik het onbegrijpelijk dat in deze tijden een rechercheur, die duidelijk niet zuiver op de graat is, door zijn collega's een hand boven het hoofd werd gehouden en zo lang op vrije voeten kon blijven, en dat hij bovendien de leiding kreeg toegewezen in dit delicate dossier. Uw dossier, heb ik vernomen.'

Bosmans wist niet goed wat te denken. Plots pakte De Dijver de afstandsbediening en hij zette de tv aan, waar het ochtendnieuws ten einde liep. Bosmans keek hem verbaasd aan. De Dijver zette het volume lager.

'Sorry, collega. Maar mijn tijd is beperkt en ik wil de dag goed geïnformeerd beginnen. Vertel eens, waarmee kan ik je van dienst zijn? Wil je iets drinken?'

'Nee, dank u.'

'Wat ligt er op je lever?'

'Inspecteur Deleu heeft die misdaad niet gepleegd. Hij is een onschuldig slachtoffer van de omstandigheden', begon Bosmans voorzichtig.

De Dijver begon te draaien in zijn stoel. Hij keek nadenkend naar de muur links van hem. Er zat een gespannen trek om zijn kleine mond. Hij knipperde snel met de ogen en keek Bosmans aan.

'Wat verlang je eigenlijk van mij?'

'Gerechtigheid.'

De Dijver schudde zijn hoofd en opende uitnodigend zijn korte armpjes.

'Het is uw onderzoek. Maar laat maar komen.'

'Ik wil dat u ophoudt met uw manipulaties.' Het werd doodstil. Het grote woord was eruit. 'Of ik stap desnoods naar de pers.'

De Dijver werd niet boos. Hij vertrok zelfs geen spier, alsof Bosmans' dreigende woorden niet tot hem doorgedrongen waren. Hij bleef roerloos zitten. Op het tv-scherm stierf de laatste reclamespot weg. De Dijver staarde naar het flikkerende scherm en wachtte totdat het immer opgewekte gezicht van weerman Frank Deboosere verscheen, die goedgehumeurd aan zijn dagelijks weerpraatje begon. Plots spreidde De Dijver zijn handen.

'U hebt om een afspraak gevraagd. Dus neem ik aan dat u, alhoewel ik, laten we zeggen, onrechtstreeks betrokken partij ben, me hmm... eerst, onder vier ogen, vertrouwd wilt maken met de stand van zaken.'

Ook in de kleffe verhoorkamer van de Leuvense gevangenis klonk het oude vertrouwde 'Hmm...' voor de zoveelste keer. Deleu walgde ervan maar liet dat niet blijken.

Vremde, die alle aantijgingen van de vorige dag nog eens netjes, zij het anders geformuleerd, op een rij had gezet, roerde zelfgenoegzaam in zijn koffie.

'De ballonspuit? Wat heb je ermee gedaan? Na gebruik, bedoel ik. Heb je ze eerst schoongespoeld en dan weggegooid? Dirk? Of heb je ze op een veilige plek in bewaring gehouden. Zodat je er later nog eens kunt naar kijken. Of eraan ruiken.'

Deleu antwoordde niet. Hij had een bittere smaak in zijn mond. En ook de stekende hoofdpijn, een rechtstreeks gevolg van te weinig slaap en diepgewortelde stress, wilde van geen wijken weten.

'Hmm... je bent gefilmd, weet je?'

De nonchalant uitgesproken woorden haalden Deleu, die besloten had zich niet meer te laten opjutten, uit zijn onverschilligheid.

'Jaja. Door de bewakingscamera van Dexia. In het agentschap niet ver uit de buurt van Mendoncks flat. Wist je dat niet? Wist je niet dat die dingen hyperbeveiligd zijn? Je hebt tweehonderd euro afgehaald. Wilde je met haar op restaurant? Of naar de cinema? Een thriller...' – Vremde liet de r overdreven rollen – '...meepikken? Of moest je gewoon je cash aanvullen? Om een ballonspuit te gaan kopen.'

'Ik neem aan dat jullie met mijn signalementsfoto alle apotheken in België bezocht hebben', siste Deleu, die het bloed naar zijn hoofd voelde stijgen.

'Tuurlijk. Waarom?'

'Waarom vertel je me niet dat ze me in geen enkele van die zaken herkend hebben?'

'Omdat je ze op de rommelmarkt hebt gekocht.'

Het bleef doodstil totdat Vremde zijn lippen krampachtig samenkneep en begon te gniffelen.

'Sorry. Grapje.' Hij veegde met zijn zakdoek in zijn ogen.

'En Nadia Mendonck hebben ze ook niet herkend.'

'Hm..' Het gegniffel stierf langzaam weg. 'Hm... Nee. Inderdaad. Correct. En Van Diest ook niet. Droeg je een pruik, Dirk? Is het dat wat je met me wil zeggen. Een pruik, zodat je op een vrouw leek. Zou je graag een vrouw zijn?' Vremde wreef nog een keer in zijn ogen, maar het gegniffel bleef dit keer gelukkig uit. 'Nee, je wilt geen vrouw zijn. Vrouwen, die gebruik jij. Je bent een macho. Een topspeurder. Ik durf erom te wedden dat jij je magnum achter je broeksband steekt. Is het niet?' Vremde liet zijn stem zakken, bootste met zijn rechterhand een pistool na en gaf een barslechte Eastwood-imitatie ten beste. 'Make my day, punk.' Hij keek naar Deleu, die hem misprijzend aankeek, maar zweeg. 'Of toch niet? Wat ben je dan wel? Een nieuwe man? Zo eentje die de afwas doet en de kinderen op tijd in bad en dan in bed stopt omdat vrouwlief niet te moe zou zijn voor een lekker potje neuken.'

'Jij bent niet getrouwd. Is het niet, Peter?'

'Nee. Waarom?'

'Omdat je dan niet zulke onzin zou uitkramen', klonk het kurkdroog. 'Al vind ik het wel eigenaardig dat er geen valse plooien in je hemdsmouwen zitten. Doet ze nog altijd je was? En je strijk? Je mama?'

Peter Vremde snoof en stak glimlachend zijn derde sigaret op.

'Was je jaloers op je collega?' De luchtige toon was verdwenen. 'Dirk? Was je jaloers?'

'Jaloers?'

'Ja. Jaloers. Haar eerste grote zaak. Van haar alleen. Nadia Mendonck, de rijzende ster aan het Mechelse politiefirmament. Wie heeft je ingelicht? Die Schele, die me een jaar geleden ongelukkigerwijs door de vingers geglipt is? Heeft hij je opgehitst?' Vremde schokte obsceen met zijn heupen en dronk toen traag van zijn koffie, onderwijl Deleu fixerend, die de grootste moeite had om zijn kalmte te bewaren.

'Mendonck, de nieuwe topper en Deleu in de lappenmand. Oud vuil. Pijnlijk toch. Snap je? Voor een man met zo'n reputatie. Snap je waar ik naartoe wil, Dirk? Deleu op een zijspoor gezet. Financieel afhankelijk van een labiele vrouw en haar schoonouders, een drankprobleem en noem maar op. Hoe diep kan een mens zakken. En dan is daar plots Nadia Mendonck. De nieuwe topspeurder. Of is het topspeurster? Dat moet ik eens opzoeken. Voor de procedurefouten, snap je?'

'Een grammaticale fout is nooit een procedurefout', mompelde Deleu om maar iets te zeggen. Vremde hoorde het niet eens. Hij liet het niet aan zijn hart komen.

'Nadia Mendonck – jong, knap, ongebonden, financieel gezond, vrij, overal geliefd en daarbovenop nog een leuk stel tieten en een lekkere poes. Allemaal dingen waar jij wanhopig naar verlangt. Is het niet, Dirk?' Vremde bladerde in zijn papieren. Zijn lange slanke wijsvinger, voor Deleu leek hij op een giftand, gleed traag over het papier. 'Hmm... asociaal, een eenzaat, zwak, hmm... wat hebben we hier nog meer, hmm...' Vremde keek op toen hij Deleus duistere oogopslag voelde. 'Komt niet van mij, Dirk. Komt van je collega's', klonk het verongelijkt, zoals een betrapt kind zich zou verweren tegen de ouderlijke macht. Vremde concentreerde zich weer op zijn dossier.

'Was je aura aan het tanen, Dirk, dat je de Hollywoodsuperheld moest uithangen?'

Deleu keek zijn tegenstander vragend aan. Voorbereid op het ergste. En terecht.

'Hmm... Je bent niet mee. Niet goed geslapen? Ik ook niet, hoor. Enfin, niet veel. Ik heb namelijk vannacht de rapporten omtrent jouw laatste "zaak" eens doorgebladerd – of is het gedoorbladerd? Enfin, gelezen. Snap je? Je lijkt wel een martelaar. Jezus Christus himself, die twee naakte vrouwen redt van een gewisse dood maar hierdoor zelf aan het kruis belandt. Wel niet genageld, maar toch. Wow! Klinkt heroïsch... Vind je niet. En wat een mise-en-scène. Wat een avontuur. Spijtig genoeg kent niemand nog de ware toedracht want...' Vremde concentreerde zich weer op zijn papieren en tikte ritmisch met zijn wijsvinger op het blad dat voor hem lag. 'Want Jozef Hermans, die vreselijke psychopaat is hmm... doodgegaan. Twee keer in zijn rotkop geschoten door... Hmm... je maatje nog wel. Judge Roy Bean. Jozef Bosmans.'

Deleu greep de bleke wijsvinger en kneep erin.

'Smeerlap! Wat insinueer je!'

Vremde keek traag naar zijn wijsvinger en dan naar Deleu.

'Niets. Ik puzzel. En ik constateer. En concludeer. Dat je een verwende egotripper bent. En dat je Mendonck nodig had. Op alle vlakken.' Vremde probeerde zijn vinger los te wrikken maar Deleu liet niet los. Zijn ogen bliksemden. Vremdes toon werd lijzig. 'En toen je haar niet kon hebben, niet kon gebruiken, heb je haar vernietigd en haar baby ook. Die heb je ook vernietigd. Is het niet? Psssjjjttttt...' Met zijn vrije hand bootste Vremde het doorspoelen van een toilet na.

Deleu liet de wijsvinger los maar greep Vremde bij de pols. Hij trok de speciale agent van de GDA dichterbij, grabbelde naar de knoop van zijn das. Hun neuzen bijna tegen elkaar. Vremde bleef doodkalm. Pure geilheid in de ogen.

'Wil je mij ook vernietigen, Dirk? Doe maar. Laat je maar eens lekker gaan. Wil je me wurgen? Slaan? Of lekker pakken.'

Deleu loste zijn greep en ging rustig zitten. Hij keek zijn belager met nietszeggende ogen aan.

'Je bent het niet waard. Ik heb een gezin.'

Vremdes beide vuisten dreunden op het bureaublad. Het kopje koffie trilde en viel om. Met een razende zwaai veegde hij de papieren van het bureau en hij wees naar Deleu met een beschuldigende vinger die trilde van ingehouden woede.

'Bij Mendonck had je ook een gezin. Maar die was het wel waard. Zeg me verdomme de waarheid, schoft. Je bent bij haar geweest. Voor seks. Die kreeg je niet. Niet meer. Erger nog. Je kreeg niks meer. Zelfs geen klank. Alleen nog beeld. Ze wilde van je af...' Vremde articuleerde elk woord. 'Af... Dat heeft ze zelfs schriftelijk bevestigd.' Hij bukte zich en begon verwoed tussen de papieren op de grond te rommelen. Hij gooide de kopie van het halfverbrande briefje op tafel. 'Hier! En jij. Jij vriend Deleu. Jij wilde het niet aanvaarden. Je hebt haar gedwongen zich te aborteren als ze het niet goed wilde maken. Maar dat weigerde ze. Je bent haar aangevlogen. En je hebt haar bewusteloos geslagen. En dan wilde je je vel redden. Je hebt die vervelende vrucht zelf afgedreven. Met de spuit die je vooraf preventief gekocht had voor als het ooit zover zou komen. En dan. Dan ben je in paniek geraakt. En je hebt de schuld in de schoenen van Van Diest willen schuiven. En toen je eenmaal dat besluit had genomen, moest je zeker zijn dat ze het niet zou kunnen navertellen en dus heb je haar eerst proberen te wurgen en dan de trap afgegooid. En dan heb je netjes alle sporen uitgewist en het dossier naar je toe getrokken om eventuele flaters er alsnog uit te halen.'

'En waarom heb ik mijn verdomde sigarettenpeuken dan in de asbak laten liggen?' schreeuwde Deleu, die op zijn beurt opgesprongen was, zodat Vremde niet meer beschuldigend boven hem uittorende. 'Want dat is het enige wat je echt hebt. Idioot! Al de rest zijn wilde veronderstellingen. In opdracht van een bende hooggeplaatste magistraten. Wat geeft Ongenae je als beloning? Een bot! Waarom? Zeg het me. Waarom heb ik dat bewijsmateriaal niet vernietigd!'

'Omdat je dom bent en regelmatig flipt!'

'Nee! Omdat ik onschuldig ben.'

Deleu zakte in elkaar als een pudding. Zijn ineengevouwen handen trilden in zijn schoot. Niet van angst maar van frustratie. Vremde snoof en steunde op de hoek van het bureau. Hij probeerde zijn zelfbeheersing terug te vinden.

'Maar je geeft dus wel toe dat je daar geweest bent, die nacht.'

Vremde ging traag zitten en stak een sigaret op. Hij blies de rook naar het plafond.

'Je bent een harde, Deleu. Dat moet ik je nageven. Maar ik ook. Ik geef niet op. Nooit. En ik had je gewaarschuwd dat dit je laatste kans was op strafvermindering. En die kans is nu voorbij.'

Vremde begon traag zijn spullen op te rapen.

'Oké', zei Deleu zacht. 'Ik ben daar geweest die nacht.'

Vremde stond op en staarde Deleu, die snuivend lucht binnenzoog, aan. Ongelovig. Waarom hij dat gezegd had, wist hij niet. Wellicht om lucht te krijgen. Om weer te kunnen ademen. Om te overleven. Nu kon hij niet meer terug. Dat besef dreigde hem te verstikken. Maar hij herstelde zich. Dat hij bij haar geweest was, dat konden ze toch bewijzen. Het maakte niets meer uit. Hij keek naar de verbaasde Vremde. Hij wikte zijn woorden.

'Als je me dat gewoon gevraagd had, zonder al die valse beschuldigingen, dan had ik dat meteen gezegd. Van in het begin.'

Vremde sperde zijn ogen open. Hij schuimbekte.

'Smeerlap!'

'We hebben gedronken, gepraat en samen gehuild. Da's alles.'

Barbara Wittewrongel parkeerde haar autootje op de beklinkerde oprit van de villa van haar ouders. Ze stopte Charlotte onder en nam de Maxi-Cosi uit de auto. Voordat ze kon aanbellen, opende haar moeder de deur. Haar gezicht op onweer.

'Ma? Wat scheelt er?'

Veerle Wittewrongel keek haar dochter aan. Ze zei geen woord.

'Ma?'

'Je vader. Roger. Hij heeft weer kuren.'

'Hoe bedoel je?' vroeg Barbara terwijl haar moeder de Maxi-Cosi uit haar handen nam, haar moedeloos bij de schouder nam en naar de woonkamer leidde, waar Roger Wittewrongel nurks aan een sigaar zat te lurken.

'Roger!'

'Wat!'

'Doe die sigaar uit.'

Wittewrongel, Deleus schoonvader, twijfelde tussen protesteren en gehoorzamen, maar toen zijn echtgenote ostentatief de Maxi-Cosi naast hem zette, duwde hij boos de dure Romeo y Julieta uit in de asbak, iets wat hij als echte sigarenroker normaal nooit zou doen. Een lekkere sigaar laat je rustig uitdoven. De aanblik van zijn kleinkind temperde zijn strijdlust.

'Dag pa.'

'Dag.'

Het bleef ijzig stil in de stijlvolle woonkamer. Barbara keek verveeld van het met kristallen beeldjes overladen dressoir naar haar moeder en toen weer terug.

'Ik weet waarvoor je hier bent', zei haar vader en hij lardeerde zijn uitspraak met een wegwerpgebaar. 'En het antwoord is nee.'

'Roger! Vrek!'

'Nee, Veerle. Nee is nee. Het gaat niet om het geld. Begrepen. Ik zal die som op het spaarboekje van ons Charlotte en onze Rob storten. Zo goed?'

Wittewrongel stond op en liep naar zijn antieke bureau, waar hij zich vastgreep aan de rug van zijn bureaustoel. Er rolde een rilling van woede over zijn schouders. Barbara stond er sprakeloos van. Haar moeder ook. Dat hij Dirk zo sterk kon haten. Hoe was het in godsnaam mogelijk? Ze keek naar haar moeder, die krampachtig haar vingers verstrengelde en elk ogenblik in tranen leek te zullen uitbarsten. Plots nam Barbara de Maxi-Cosi van de canapé en liep zonder een woord te zeggen naar de deur.

'Wacht!'

Haar vader draaide zich om terwijl haar moeder handenwringend toekeek. Vader had het laatste woord. Zo was het altijd geweest en zo zou het altijd blijven. Ze wachtte niet op zijn volgende uithaal.

'Als je denkt dat ik ga smeken dan heb je het verkeerd voor! Dat spelletje kun je met mijn moeder spelen, maar niet met mij!'

'Verdomme. Barbara. Zwijg.'

'Nee. Ik zwijg niet. Heb ik je ooit wat gevraagd?'

Wittewrongel zweeg.

'Je bent mijn vader niet meer!'

Roger Wittewrongel kromp ineen. Barbara liep furieus naar de gang. Veerle keek verwijtend naar haar man, die zodanig met zichzelf in de weer was dat hij het niet eens merkte. Ze liep haar dochter achterna en nam haar bij de arm.

'Wacht, schat. Wacht.' Haar moeder hield haar staande. Ze drukte Barbara tegen zich aan. Barbara rilde. 'Kom. Alsjeblieft, Barbara. Hij meent het niet. En jij ook niet. Hij is over zijn toeren. Geef hem een kans. Alsjeblief. Doe het voor mij.'

Barbara liep schoorvoetend terug de woonkamer in.

'Sorry, pa. Ik heb het zo niet bedoeld.'

Roger Wittewrongel liep naar de sofa, viste zijn havanna uit de asbak en stak ze aan. Hij zoog de rook diep in zijn longen en duwde de dure Cubaanse sigaar weer uit. De punt versplinterde.

'Het wordt tijd dat je die niksnut van een man van jou finaal de deur wijst.' De woorden bleven een paar seconden nazinderen. 'Om je eigen bestwil. Hij zal je blijven bedriegen. Je hele leven lang. Hij zit waar hij thuishoort.'

Barbara hapte naar adem om iets te kunnen zeggen, maar de woorden kwamen niet. De tranen ook niet. Ze duwde haar moeder opzij, liep naar buiten en vertrok met gierende banden, achternagestaard door haar moeder, wier droeve blik het leed van de hele aardbol leek te torsen.

Jos Bosmans stapte in zijn Mercedes. Hij voelde zich belabberd. Een slecht voorgevoel. Een gekriebel in zijn maag. Stress. Geen honger. Zijn kleinzielige smeekbede had zijn zwakheid aangetoond, niet zijn kracht. Hij had gehoopt dat De Dijver op de een of de andere manier in zijn kaarten zou hebben laten kijken, maar dat was niet gebeurd. Integendeel. De man had hem stoïcijns aangekeken en geluisterd naar zijn weinig gefundeerde argumenten. Hij had zelfs niet de moeite genomen om tegen te argumenteren. Op geen enkel moment was er sprake geweest van een dialoog. Toen Bosmans het had over ethiek en eergevoel onder magistraten, had de man heel even verbolgen zijn wenkbrauwen opgetrokken.

Bosmans vloekte en hij slikte de zure oprisping door en klikte zijn gsm in de houder. Drie berichten op de voicemail. Alledrie van Barbara Wittewrongel. Verbaasd belde hij Barbara's nummer. Het eerste wat hij hoorde, toen er na twee pogingen eindelijk opgenomen werd, was een ingehouden gesnuif.

'Bosmans.'

'Jos, Barbara hier. Heb je nog nieuws van Dirk?'

'Nee.'

'Oké. Bedankt.'

Het werd stil aan de andere kant.

'Barbara?'

'Ja?'

'Gaat het?'

Weer kwam er geen antwoord.

'Barbara? Wat scheelt er?'

'Mijn vader...'

'Wat is er met je vader?'

'Niks. Hij wil Dirks borg niet betalen.'

Jos Bosmans krabde in zijn schaarse haren. Hij onderdrukte een diepe zucht.

'Heb je tijd? Nu?' vroeg Bosmans.

'Ja.'

'Goed, kom naar de Kleine Keizer. Ik ben er over tien minuten.'

'Goed.'

'Barbara? Barbara?'

De verbinding was verbroken.

Onderweg probeerde hij de bezorgdheid om Deleus vrouw van zich af te zetten door zich weer op het gesprek met De Dijver te concentreren. Hij overdacht nog maar een keer de gang van zaken en hij prevelde een verwensing. Hoe had hij zich zo kunnen laten inpakken? Zijn pleidooi voor rechtvaardigheid had hoegenaamd niets opgeleverd. Integendeel. Hij had zich eens temeer laten leiden door zijn aangeboren rechtvaardigheidsgevoel en zich als een onschuldig wicht in de luren laten leggen, en het was helemaal niet denkbeeldig dat De Dijver de informatie die hem zo gul en naïef in de schoot was geworpen, tegen Deleu zou gebruiken.

Toen Bosmans hem botweg vroeg of het de bedoeling was de schuld van de drie misdaden in Deleus schoenen te schuiven, had De Dijver hem eerst verbaasd, toen verontwaardigd en ten slotte hautain aangekeken. De gespeelde onschuld. Daarop had hij Bosmans volkomen genegeerd en hem vriendelijk maar beslist de deur gewezen. Dat was het ergste. Een vinnige reprimande was minder vernederend geweest.

Toen de onderzoeksrechter zijn Mercedes schuin tegenover de Kleine Keizer in een te krappe parkeerplaats wurmde, stond Barbara al op hem te wachten bij de deur. De zon scheen pal in haar gezicht en belichtte rimpels van zorgen en verdriet.

Na de eerder formele begroeting werd er geen woord

meer gesproken. Ze gingen naar binnen en bestelden thee.

'Hoe gaat het met Maud?'

'Goed.'

'Doe haar de groeten.'

'Dat doe ik.'

Het klonk flauw en beleefd, alsof ze twee oude schoolkameraden waren, die elkaar na vele jaren toevallig ontmoetten. Zoals bij vrienden die elkaar uit het oog verloren hebben en krampachtig proberen om een vlotte babbel in elkaar te boksen. Bijna had Bosmans gevraagd hoe het met Dirk ging. Barbara nipte van haar thee. Ze zag er oud uit en verslagen. Ze keek opzij naar een jongen en een meisje die een luchtig praatje maakten over God-weet-wat. De transparante nonchalance van hun gesprek, het onopvallende geluk van die twee mensen, hun zorgeloosheid, het maakte haar bijna misselijk. Ze keek Bosmans aan. Er kwam een diepe rimpel in haar voorhoofd.

'Sorry, Jos. Maar ik weet echt niet meer waar naartoe.'

Bosmans legde zijn hand op die van Barbara en tuurde naar het grijze wolkendek, waarachter de zon zich alweer had verscholen.

'Ik zal het voorschot voor de advocaat betalen.' De woorden waren eruit voor hij het besefte. 'Ik... euh... wij hebben nog wel wat spaarcenten. Maar jij moet de aanbetaling doen want anders krijgen we sowieso problemen.'

'Ik zal je nooit kunnen terugbetalen.'

Bosmans sloot de ogen en schudde traag met zijn hoofd.

'Hij is onschuldig, Jos.'

'Dat weet ik. Ken je een goede advocaat?'

'Ik had er al een gecontacteerd. Iemand met wie Dirk professioneel al mee te maken gehad heeft.'

'Wie?'

'Dat moet je met mijn advocaat bespreken.'

Roger Wittewrongel stond aan de grond genageld.

Na een kalme maar slapeloze nacht was zijn vrouw nu al de hele ochtend met reiskoffers in de weer. Eerst had hij het hele gebeuren met een korreltje zout genomen maar nu werden zijn handen klam. Hij zette ze in zijn zij en keek verbaasd toe. Veerle zeulde de zware reiskoffer door de voordeur en gooide hem in de kofferbak. Her en der werden al enkele gordijnen opzij geduwd. Wittewrongel krabde nerveus aan zijn borst en snoof.

'Allez, Veerle. Kom binnen. En hou nu op met die vaudeville. De buren...'

'De buren kunnen de pot op. En hou jij maar op met die komedie. Als je echt een infarct krijgt dan zullen de buren wel naar de honderd bellen.' Bij die laatste woorden glimlachte ze en ze zwaaide in de richting van de chique villa aan de overkant van de straat, waar het gordijn prompt dichtschoof.

'Veerle... ik...'

Veerle Wittewrongel plantte op haar beurt haar handen in haar zij. Maar op een heel andere manier. De elegante vrouw met de aristocratische trekjes leek plots veranderd in een venijnige marktkraamster.

'Wat... jij...'

Wittewrongel liep de gang in en zodra hij zich beschut wist voor de nieuwsgierige en neerbuigende blikken van de buitenwereld, voelde hij de woede weer opborrelen.

'Zie jij dat dan niet in! Zie jij dan niet dat die vent niet deugt. Godverdomme toch.'

'Dag Roger. Het ga je goed.'

Veerle Wittewrongel klapte het kofferdeksel van haar Audi dicht en kroop achter het stuur. Ze startte de wagen en accelereerde. Wittewrongel sprong vooruit en ging voor de bumper van de wagen staan. De herhaalde claxonstoten haalden de hele buurt – de Ridder Dessainlaan werd voornamelijk bewoond door welgestelde middenstanders in ruste – uit haar middagdutje. De ruit gleed omlaag.

'Roger. Uit de weg.'

'Maar wat... Wat ga je doen? Waar ga je naartoe?'

'Roger!' De toon werd dwingender. 'Uit de weg, zeg ik!'

Roger Wittewrongel spreidde krampachtig de handen. Zijn borst ging op en neer, alsof hij zojuist de vierhonderd meter gelopen had.

'Wat ga je doen?'

'Eerst deze stomme auto verkopen. En dan mijn schoonzoon helpen. En dan trek ik bij mijn dochter in. Voorlopig.'

'Kom binnen, Veerle. Alsjeblieft. We praten erover.'

'Ga je de borg betalen of niet!'

De nerveuze motor brulde. Wittewrongel mompelde iets.

'Wat!'

'Jaaa... Ja, zeg ik.'

14

Deleu, tot drie uur 's nachts ondervraagd door Peter Vremde, zat suf voor zich uit te staren toen de deur van het kleine lokaal met een smak werd dichtgetrokken. Hij was uitgeput. Compleet leeg. Maar min of meer in het reine met zichzelf, want buiten het feit dat hij had toegegeven dat hij bij Mendonck was geweest op de avond van de feiten, had hij geen verdere bekentenissen afgelegd. Hij had zelfs uiteindelijk geweigerd om nog een woord te zeggen want naarmate de uren verstreken waren, had hij beseft dat het enige harde bewijsmateriaal dat ze tegen hem hadden de sigarettenpeuken waren. Vremde had het ten slotte opgegeven. Zo leek het althans.

Wat nu? vroeg Deleu zich af. Doorverwezen naar de rechterlijke macht. Het was in elk geval beter dan in de klauwen van Vremde en consorten te zitten. Nu kon hij zich laten bijstaan door een advocaat.

Deleu geeuwde.

Het kon hem eigenlijk niet meer schelen wat de volgende episode zou zijn in deze ongeloofwaardige soap waarin hij nillens willens de hoofdrol speelde. Relativeren, daar kwam het nu op aan. Het kon immers alleen maar beter worden. Hij geeuwde nog een keer en sloeg, hoewel hij moederziel alleen in het kamertje zat, zijn hand voor zijn mond. Toen de deur openzwaaide, bleef zijn mond wijd openstaan.

Er was eerst en vooral de aanblik van Barbara, die van opluchting de ogen sloot, maar wat hem echt met verstomming sloeg was het kleine mannetje naast haar. De Tumiattachécase, bijna zo groot als hijzelf, stijf onder de arm geklemd, alsof daar de toegangscodes tot het Pentagon in opgeborgen zaten. De veel te korte beentjes. De puntige zilveren sik en de spiedende onbetrouwbare ogen, die snel van links naar rechts flitsten. Meester Jozef Sonck himself. Advocaat van de duivel.

Deleu wreef zich in de ogen, alsof hij niet wilde of kon geloven wat hij zag. Barbara was met vijf passen bij hem. Ze omhelsde hem en in die omhelzing zat zoveel mededogen en warmte dat Deleu, die twijfelde tussen woede en overgave en geen raad wist met zichzelf, ervan huiverde. Hij zoende Barbara op de wang en streelde door haar haren. Een warm gevoel overstroomde zijn zinnen.

Sonck, die het innige tafereel neutraal onderging, frutselde wat verveeld aan zijn sik. Deleu zoende Barbara's oor.

'Wat komt die hier doen?'

'Je verdedigen natuurlijk.'

Deleu worstelde zich los uit de omklemming en keek zijn vrouw met ongelovige ogen aan. Wat hij eigenlijk al lang wist maar weigerde te aanvaarden, werd nu plots een tastbare realiteit. Hij snoof.

'Die wil ik niet.'

Barbara Wittewrongel hapte naar adem. Stomverbaasd.

'Hoe bedoel je?'

'Dat is verdomme zelf een gangster.'

Deleu deed geen moeite om zijn stem te temperen. Hij sprong op en wees naar Sonck. Toen hun blikken elkaar kruisten, hing er een zinderende spanning in de lucht. Dirk Deleu herinnerde zich hun ontmoetingen in het verleden. Sonck, die lepe smeerlap. De slinkse wijze waarop hij een aantal cruciale dossiers had weten te vertragen. De frustratie. Het kwam allemaal weer bovendrijven. De ellenlange procedureslagen. De onschuldige slachtoffers die er ontegensprekelijk gevallen moesten zijn, omdat een moordenaar ten onrechte op vrije voeten liep. Deleu probeerde zich een van de slachtoffers voor de geest te halen. Het lukte hem niet. Maar ze bestonden. Dat was zeker. Of ze hadden bestaan.

'Hij is de allerbeste, Dirk. En alleen het allerbeste is goed genoeg voor jou. Voor ons.' Hoewel Barbara haar stem verhief, klonk er twijfel in haar woorden. En wanhoop. Sonck, die zich niet liet pramen en zich al omgedraaid had, liep naar de deur. Kalm maar met kordate, kleine pasjes. De stem van Barbara stopte hem.

'Meester Sonck?'

'Ja?'

'Blijf. Alsjeblieft. Mijn man is zwaar aangepakt geweest.'

'Dat weet ik, mevrouw. Maar de klant is koning.'

'Ik ben de klant. Ga zitten, meester Sonck. Alsjeblieft.'

Dirk Deleu onderging het gebeuren en bleef stijf staan, maar toen Barbara hem bij de arm nam, ging hij gedwee weer zitten. Het duurde een hele tijd voordat iemand het woord nam. Het was Jozef Sonck die de stilte verbrak.

'Inspecteur Deleu, ik weet dat we niet altijd de beste vrienden geweest zijn. Maar het feit dat ik mijn cliënten altijd verdedigd heb tot op het bot, betekent niet dat ik jou onrecht heb aangedaan.'

Deleu zweeg. Hij kneep nerveus zijn handen open en dicht. Barbara, gefrustreerd en geplaagd door tegenstrijdige gevoelens, hield zich op de vlakte en ze ontweek de blik van haar man toen die steels opzij keek. Als ze zich nu zou mengen in de discussie, zouden er brokken van komen. Dat wist ze zeker. Ze had zich de ziel uit het lijf gelopen.

Had gebedeld en gesmeekt om hem het beste te geven wat er op de markt te krijgen was.

'Ik heb het niet gedaan, Sonck. Ik ben geen gangster.' Deleu articuleerde elk woord.

'Dat doet er niet toe. Dat hoef ik zelfs niet te weten.'

'Daar gaat het hem nu juist om', schreeuwde Deleu met gebalde vuisten. Barbara was verschrikt opgesprongen bij die uitbarsting van blinde haat.

Sonck leek het sportief op te nemen. Hij was duidelijk meer gewend. Ook dat maakte Barbara bang.

'Ga zitten, Deleu. Als je het niet gedaan hebt, des te beter.'

Sonck legde zijn attachécase op de tafel en knipte ze open. Hij haalde er een map uit.

'Ik heb alleen een advocaat nodig om de borgstelling te betalen. Dat kan een pro Deo evengoed', bleef Deleu tegensputteren.

Barbara, die zich alweer persoonlijk aangevallen voelde, zette zich schrap. Ze wilde repliceren maar Sonck sneed haar de pas af.

'Je gaat naar assisen, Deleu.' Het klonk zelfverzekerd en koel maar toch ook een tikkeltje geïrriteerd. 'En daar zul je me nodig hebben. Ik ben de beste. Of toch een van de besten. En wat je ook van me mag denken, voor mijn cliënt is niks me te veel. Dat zul je toch moeten beamen. Die moet en zal ik vrijpleiten. Ten koste van wat dan ook. Ik maak zelden een deal met het Openbaar Ministerie. Al was het maar voor mijn reputatie en het bijbehorende financiële gewin. Ik ben geen doetje, inspecteur. Dat weet ik. Maar ik ben het enige wat je hebt. En... Ik ben onpartijdig. En van dat soort ben ik misschien wel de enige die je nog in dit smerige dossier zal tegenkomen.'

Deleu keek Sonck langdurig aan maar zweeg.

'Ze gaan je kraken, Deleu. Ze gaan alle schuld in jouw schoenen proberen te schuiven.'

'Dat hebben ze geprobeerd. Tevergeefs', zei Deleu en terwijl hij een hoge borst opzette, besefte hij het zinloze van zijn woorden.

'Ze hebben de tuchtprocedure opgeschort, inspecteur.'

'Opgeschort?'

'Ze hebben slechts zestien van de toegestane vierentwintig uur benut. Ze hebben zich dus bedacht. Ze hebben hun strategie gewijzigd.'

Deleu zweeg. Gewoon omdat dat momenteel het beste alternatief leek, want Sonck leek verdomd zeker van zijn stuk.

'Ik heb het dossier ingekeken. Het ligt er vingerdik op. Ze willen je voor alledrie de misdrijven pakken. Of beter, laten pakken. Door hun collega's van de rechterlijke. Er komt een gerechtelijk onderzoek, Deleu.'

'Er komt geen proces, Sonck.'

'Na het stopzetten van de tuchtprocedure ben je gearresteerd op bevel van procureur Goethals en op vordering van onderzoeksrechter Jozef Bosmans ben je administratief aangehouden. En je bent voor de raadkamer gedagvaard.'

'Ja.'

'Waar de rechter onder het mom van je uitstekende staat van dienst en een gebrek aan bewijsmateriaal mild is geweest en beslist heeft om een borgsom toe te staan.'

'Ja. Einde van het verhaal.'

'Nee, inspecteur. Begin van het verhaal. Ik had nog wat van hem te goed. Begrijp je? Normaal gezien is een borgsom in een zaak als deze onbespreekbaar.'

Jozef Sonck zuchtte en aaide zijn sik. De naïviteit van die doorgewinterde flikken. Het zou hem altijd een raadsel blijven. Hij haalde een officieel uitziend document uit zijn aktetas en vouwde het zorgvuldig open. Deleu keek er naar en dan naar Barbara.

'Een dagvaarding', mompelde Barbara.

'Morgenvroeg moet je een tweede keer voor de raadkamer verschijnen', viel meester Sonck in. 'Ze laten er geen gras over groeien. Vind je niet? Ze hebben achtentwintig dagen de tijd.'

Deleu slikte. In totale verwarring. Zelfs de arrogantie in Soncks stem ontging hem.

'Simpel, inspecteur Deleu, die rechter heeft al een reprimande gekregen. Nu, Deleu, nu gaan ze je pakken. In de raadkamer. Als je geen ervaren advocaat hebt, gaan ze je daar zodanig vastpinnen op details dat je op het assisenproces geen schijn van kans meer maakt. Het doet er dan niet toe wie je advocaat is. Als we een gefundeerd dossier willen opbouwen, moeten we er nu aan beginnen. Vandaag. Morgen is het te laat. Begrijp je nu waarom die borgsom zo belangrijk was? Anders kon ik niet eens met je praten.'

'Je kon toch naar het commissariaat komen?' probeerde Barbara.

'Daar laten ze me er niet in, mevrouw. Dat zijn de regels.'

'In de gevangenis dan', deed Barbara nog een zwakke poging.

Sonck snoof minachtend.

'Daar hebben de muren oren, mevrouw. Ik kan je man alleen in mijn kabinet ontvangen als hij vrij is op borg.'

Dirk Deleu zweeg. Hij wist dat Sonck gelijk had. De pientere varkensoogjes, die hem leken te scannen. De magere witte handen. De nerveuze zenuwtic onder het linkeroog. Alles aan deze man deed hem walgen. Werkelijk alles. Eenzaam voelde hij zich. En bang. Doodsbang. Hij huiverde bij de gedachte dat hij zijn lot, 'hun' lot in handen zou moeten leggen van deze man, maar tegelijkertijd besefte hij dat hem geen andere keuze restte.

'Dirk? Het spijt me als ik fouten gemaakt heb, ik heb gedaan wat ik kon.'

Barbara's woorden kwamen onverwachts en ze klonken dermate wanhopig dat Deleu zijn emoties moest bedwingen. Medelijden. Geen zelfmedelijden. Hij greep Barbara's hand en hield ze stevig in de zijne.

'Steek van wal, meester Sonck.'

Sonck stak zijn spierwitte hand uit. Deleu aarzelde maar drukte ze uiteindelijk toch.

'Het is een eer voor mij dat ik je mag verdedigen, Deleu.'

Deleu kneep eerst de ogen tot spleten maar knikte ten slotte. Sonck trok zijn hand snel terug.

'Bon.' De ervaren assisenpleiter zette bedachtzaam zijn vingers tegen elkaar en duwde totdat het vel van zijn vingertoppen wit kleurde. 'Eerst en vooral, de bekentenis dat je die bewuste avond op Mendoncks flat geweest bent, die trek je morgen in. Op alle andere vragen antwoord je dat je eerst wilt overleggen met je advocaat.'

Om halfdrie 's middags was zijn tweede verschijning voor de raadkamer geschiedenis en kwam Deleu van de trappen van het gerechtshof. Hij knipperde met de ogen en keek opzij, maar hij had geen oog voor het prachtige panorama dat de binnenplaats hem bood. Zijn hoofd draaide snel van links naar rechts. Jos Bosmans was er niet. Enkele nieuwsgierige persfotografen, God mocht weten door wie ze getipt waren, snelden de trappen op.

'Inspecteur... inspecteur Deleu, staat u onder arrest?' hijgde een vadsige journalist met een ongezonde huidskleur, terwijl hij zich tussen Deleu en een van de begeleidende agenten probeerde te wurmen om een glimp op te vangen van de polsen van Deleu om te zien of die al dan niet geboeid waren. De agent zette zich schrap en toen de kerel bleef aandringen, gaf hij hem een forse elleboogstoot in de lever. De journalist vouwde dubbel en hapte naar adem. Zijn camera kletterde tegen de straatstenen. Barbara huiverde.

'Mevrouw Deleu, moet uw man in voorlopige hechtenis blijven?'

Barbara, die geen duimbreed van de zijde van haar man geweken was, kreeg een steelmicrofoon onder de neus geduwd. Ze maakte een afwerend gebaar en zweeg, slikte een prop in de keel weg toen ze zag hoe haar man met gebogen rug in de klaarstaande taxi stapte.

'Meester Sonck? Komt er een assisenzaak?'

'Geen commentaar. Dat moet u aan het parket vragen.'

Sonck, die in zijn zwarte maatpak, met zijn korte beentjes en zijn grijze sik op een waggelende pinguïn leek, dook bijna gelijktijdig met Barbara de taxi in.

Tijdens de rit door de binnenstad overdacht Deleu de hoorzitting. Die was vrij kort geweest. Na amper een halfuur was het afgelopen. Hij had dan ook op bijna alle vtagen geantwoord met een monotoon 'Dat moet u aan mijn raadsman vragen'. Uitstel van executie besefte hij nu, want het was overduidelijk geweest dat ze zijn vel wilden. En waar was Bosmans? De hoorzitting vond plaats in het Mechelse gerechtshof. Daar had Bosmans toch jurisdictie. Maar niet in dit dossier. Niet meer. En dan de massale persbelangstelling. Funest voor onderzoeksrechters. Dus was het normaal dat hij niet aanwezig was. Waar ben je, Jos? Barbara voelde de onrust van haar man en kneep in zijn hand.

'Ik haal je hier uit.'

Deleu antwoordde niet. Hij tikte Sonck, die naast de chauffeur zat, op de schouder.

'Waar gaan we naartoe?'

'Disneyland.'

Het werd stil. Totdat Sonck met korte kreetjes begon te giechelen. Deleu kon of wilde eerst zijn ogen en oren niet geloven, maar toen hij in het vertrokken gezicht van Barbara keek, die krampachtig probeerde om niet te lachen, barstten ze uit in een onbedaarlijke lachbui. Alle opgehoopte spanningen, die al die tijd naar een uitweg hadden gezocht, explodeerden. En al wist hij niet waarover het ging, zelfs de taxichauffeur had het moeilijk om het niet uit te schateren. Sonck had zichzelf als eerste weer onder controle.

'Sorry... mevrouw Deleu.'

Barbara bleef nog secondelang nahikken. Toen ebde de euforie weg en werd haar de uitdrukking op haar gezicht weer serieus. Plots hing er weer die vreemde, dreigende sfeer in de bedompte lucht van de taxi.

'Waar gaan we naartoe?'

'Vertrouw nooit een advocaat. Tenzij hij je zegt dat hij liegt. Naar mijn kabinet.'

Tijdens de rit werd er geen woord meer gesproken. Deleu staarde naar de lucht, die grijs was. Er was geen straaltje zon. Het enige wat opviel in het zachtgolvende landschap was een kerk, waar hemel en aarde elkaar leken te raken. De torenspits prikte uitdagend in de buik van de lage grijze wolken. Of was hij weerloos en werd hij door de vraatzuchtige wolken verzwolgen? Beide opties waren valabel. Deleu keek onopvallend nog een keer naar Barbara. Ze keek in gedachten verzonken aan de andere kant uit het raam. Hun gefluister was plots gestokt, alsof ze twee oude schoolvrienden waren, wier gemeenschappelijke gespreksonderwerpen uitgeput waren. Dat was ooit anders geweest, herinnerde hij zich. Toen wist hij al wat ze ging zeggen nog voordat de woorden kwamen.

Ze had een vriend gehad. Welke vriend mocht dat dan wel geweest zijn? En waar had ze hem ontmoet? In de avondschool. Welke avondschool? En wie had als eerste het ijs gebroken? Ze zou het hem niet vertellen en hij zou er ook niet naar vragen. Maar waarom gedroeg ze zich dan zo vreemd? Zo anders. Net nu hij haar het meest nodig had. Hij greep haar hand. Zoekend. Kwetsbaar.

Het glas whisky, pure Schotse single malt, had Deleu deugd gedaan. Hij staarde naar het hypergestileerde meubilair in Soncks kantoor. In bijna alles was aluminium verwerkt. Erg modern en trendy. Zo zie je maar dat niets is wat het lijkt, dacht Deleu, die een stijlvol maar oerconservatief kantoor in gedachten had gehad.

'Heb je een idee hoe het pleidooi van de openbare aanklager er zal uitzien?'

Deleu keek Sonck aan. De vraag verraste hem. Hij keek mijmerend voor zich uit. Opeens stond hij op en hij ijsbeerde door de kamer.

'Deleu is geobsedeerd door Mendonck. Maar Mendonck wijst hem af. Deleu, die voelt dat het dit keer menens is en beseft dat hij in een wurggreep zit, neemt eindelijk een beslissing. Hij koopt een ballonspuit en dwingt Mendonck om de baby af te drijven.' Deleu keek eerst naar Sonck, die geamuseerd toekeek, en toen naar Barbara, die hem star observeerde. 'Mendonck weigert en Deleu, die beseft dat hij zich vastgereden heeft in drijfzand, dat hem onherroepelijk naar beneden zuigt, slaat tilt. Hij slaat Mendonck bewusteloos en drijft zelf de vrucht af. Nu wordt hij pas echt bang. Als ze ooit bij bewustzijn komt, zal ze hem en zijn gezin aan het kruis nagelen. Hij vindt het sperma en ensceneert een verkrachting. En om elk risico uit te sluiten gooit hij de bewusteloze Mendonck van de trap. Hij trekt het onderzoek naar zich toe en manipuleert het bewijsmateriaal. Zoals overduidelijk zal blijken.'

Deleu zweeg en ging zitten. Hij sloot de ogen. Sonck richtte zich op en ondanks zijn kleine gestalte maakte dat indruk.

'Mijnheer de aanklager. Uw theorie is interessant. Maar hoe bewijst u dat juffrouw Mendonck de baby niet eigenhandig heeft afgedreven?'

Sonck wachtte niet op Deleus repliek. Hij liet zijn stem zakken.

'Omdat haar kleerkast vol zwangerschapskledij hing, edelachtbare, en omdat er geen indicaties waren die in de richting van een geplande abortus wezen. Bovendien hebben we nergens de aankoop van een ballonspuit geregistreerd.'

'En dan nog?'

'Indien ze de abortus zorgvuldig had gepland, dan had de recherche die aankoop ongetwijfeld getraceerd. Alle zaken die dit tuig verkopen...' Sonck pauzeerde. Deleu keek naar zijn gestrekte wijsvinger en hij stelde zich de ballonspuit voor, die daar in al haar gruwelijkheid uitgestald zou liggen. Pal voor de ogen van de jury. '...werden bezocht. Met een signalementsfoto van Mendonck.'

'Excuseer, confrater, maar wat niet bewezen is, bestaat niet. En bovendien geldt dat argument evenzeer voor mijn cliënt.'

'Er werden sigarettenpeuken gevonden in de asbak van Nadia Mendoncks flat. Uw cliënt, die geen alibi heeft, lag op de loer. Wachtend op zijn kans. Depuydt, de waard van café Den IJzeren Arm, heeft hem een paar keer over de vloer gehad. Hij ging steeds weer bij het raam zitten, vanwaar hij de flat van Mendonck in het oog kon houden. Er werden vezels van de trui van uw cliënt gevonden op het tapijt van

Mendonck. Een briefje waarin ze hem smeekte om haar met rust te laten, werd door de beklaagde verbrand. De lijst met hun wederzijdse telefoonverkeer werd weggemoffeld. Heren, dames van de jury, laat u niet misleiden door het onschuldige en kwetsbare uiterlijk van deze man en vergeet zijn indrukwekkende staat van dienst. Deze man is schuldig. Schuldig aan doodslag en poging tot doodslag. Met voorbedachten rade. En volgens artikel driehonderd vierennegentig van het Belgisch Strafwetboek heet zoiets... moord. Hij is een gevaar voor de maatschappij en het is uw plicht ervoor te zorgen dat hij veroordeeld wordt.'

Deleu keek Sonck aan en zuchtte. De assisenpleiter lachte breed en staakte zijn rollenspel.

'Waardeloos. Het pleidooi van mijn eerbiedwaardige confrater is waardeloos. En weet je ook waarom?'

Deleu was de draad kwijt. Hij keek naar Barbara. Ze haalde met een afwezige blik de schouders op en staarde voor zich uit, overstelpt door een scala aan gedachten die hij onmogelijk kon raden. Het leek alsof ze elk moment in tranen zou uitbarsten. Niet om zichzelf maar om hem en om het geluk dat ze samen hadden gekend. Tenminste, dat dacht hij. Deleu, overmand door zijn emoties, zette de melancholische gedachten van zich af en concentreerde zijn aandacht op Sonck.

'Wie echt onschuldig is, ziet zichzelf immers niet als een verdachte. Nee, inspecteur. Ze gaan voor de fysieke bewijzen. Ze zetten alles erop om te bewijzen dat je daar was, die avond. Dus daar moeten we ons op focussen. En wat zijn de fysieke bewijstukken?'

'De sigarettenpeuken, de vezel van mijn trui op het tapijt. De telefoontjes', klonk het monotoon.

'Nee, de telefoontjes zijn waardeloos. Jullie zijn immers collega's. De vezel is ook waardeloos. Die kan er drie maanden geleden achtergelaten zijn. Het is een publiek geheim dat jullie een relatie hadden. Waar het hun echt om te doen is, is bewijzen dat je die avond bij haar was.'

'De sigarettenpeuken.'

'Juist.'

'En dan?'

'En dus gaan we bewijzen dat Mendonck een slons is, die niet de gewoonte had de asbak elke dag leeg te maken. We gaan haar familie aan de tand voelen. We gaan parallellen trekken tussen haar en haar verpauperde tante, door wie ze is opgevoed en die naar ik heb vernomen weggekwijnd is in een sociale woning. We gaan ook haar huisdokter op de slachtbank leggen en suggereren dat ze die abortus wel degelijk overwogen heeft. We gaan uitzoeken wie de ballonspuit aangekocht heeft. Met andere woorden, we gaan ze bestrijden met hun eigen wapens.' Sonck temporiseerde even, alsof hij zich beraadde over zijn volgende woorden en hoewel hij ze met een flauwe glimlach probeerde te verzachten, klonken ze keihard.

'Wanneer en waar heb je die ballonspuit gekocht?'

Deleu keek zijn raadsman stomverbaasd aan. Niet bij machte te reageren.

'We moeten dat spoor vakkundig wissen. Of wil je dat "zij" het "vinden"?'

'Ik ben ...'

Er werd op de deur geklopt.

'Binnen', zei Sonck geïrriteerd.

De stoere assistent schraapte de keel.

'Meester Sonck, kunt u even meekomen?'

'Meekomen', klonk het hautain.

'De documenten voor de borgsom moeten gezegeld worden.'

Sonck liep zwijgend naar de deur. Deleu keek zijn vrouw

aan. Geen van beiden wist raad met zijn gevoelens. De omhelzing was innig maar krampachtig en vol twijfel. Barbara maakte zich als eerste los.

'Moet je een slons zijn om van seks te houden?'

'Huh?'

'Laat maar, Dirk.'

Dirk Deleu zweeg maar hij had het moeilijk. Met onrechtvaardigheid had hij het altijd al moeilijk gehad. Barbara voelde zijn innerlijke strijd en ze verwenste zichzelf om de domme provocatie. Ze wilde haar hand op zijn rug leggen. Zijn dij strelen.

'Ze kan zich niet eens verdedigen.'

Barbara keek haar man met grote, nietszeggende ogen aan. Ze leek op slag tien jaar ouder. Ze zette een stap terug. Instinctief.

'Je houdt van haar. Nog altijd.'

15

Jos Bosmans scheerde als een laagvlieger over de derde rijbaan, op weg van Mechelen naar Brussel. Hopelijk was er geen file onderweg. Hij tokkelde nerveus met zijn vingers op het stuurwiel, razend benieuwd naar de stand van zaken. Barbara had hem gebeld, na de hoorzitting, waarvan hij vakkundig geweerd was. Op zijn vraag aan het parket of het opportuun was dat hij de in Mechelen geagendeerde hoorzitting zou bijwonen, had hij nog steeds geen afdoend antwoord gekregen. Hij besefte dat hij hoe dan ook machteloos was. Een vage uitleg, om het even welke uitleg zou voor hen immers volstaan om hem te weren. Als het tot een assisenzaak kwam, wat er ongetwijfeld zat aan te komen, zou de zaak immers doorverwezen worden naar het Antwerpse assisenhof, waar hijzelf sowieso buitenspel zou staan maar waar de PG van het Hof van Cassatie uiteraard wel aan zet was. En Piet De Dijver was een roofdier, een wolf in schaapskleren wiens natuurlijke habitat het uitgestrekte en voor gewone stervelingen volstrekt ondoordringbare woud van de Belgische politiek was. Bosmans had niet aangedrongen en was niet naar de hoorzitting gegaan. Het was nog steeds zijn onderzoek. Dat was de enige zekerheid. Daar moest hij zorgvuldig over waken. En geen fouten maken. Geen emotionele band met Deleu tonen. Althans niet in het openbaar. Dan zouden ze hem partijdigheid aanwrijven.

Zijn zoemende gsm rukte hem uit zijn overpeinzingen.

'Bosmans.'

'Procureur Goethals hier. Je moet je melden op mijn kabinet.'

'Wanneer? Ik ben...'

'Onmiddellijk!'

Bosmans balde de vuisten.

'Ik zit op de autosnelweg. Ik ben op weg naar Brussel. Moet ik rechtsomkeert maken misschien!'

'Mijnheer de onderzoeksrechter, ik verwacht je binnen een halfuur. Op mijn kabinet.'

Klik.

Bosmans borg woedend de gsm in de standaard. Met zijn verstand op nul nam hij de afrit Zemst en racete richting Mechelen.

Met een kordate stap liep hij de trappen van het Mechelse gerechtshof op. Zijn Mercedes had hij pal voor de deur geparkeerd, met een handgeschreven briefje achter de voorruit: *Zet me op de bon en je mag morgen naar een andere job uitkijken.*

De frustratie droop van de hanenpoten.

Het kabinet van de procureur bevond zich in een van de zijbeuken van het gerechtshof, vroeger het paleis van Margaretha van Oostenrijk. Op de tweede verdieping, de hemel, want in dezelfde ruimte had de landvoogdes van de Nederlanden destijds haar persoonlijke vertrekken gehad omdat ze, gelegen pal boven de keuken, de warmste waren van haar hele paleis. Toen Bosmans de brede marmeren trappen had beklommen, was zijn woede gedeeltelijk bekoeld. Hij besefte dat hij op zijn hoede moest zijn.

Hij klopte op de deur, waar in een vergulde lijst de naam 'R. Goethals – Procureur Zijner Majesteit', hing en twijfelde of hij zijn hoed zou afnemen of niet. Hij deed het niet maar toen een droog 'Binnen' weerklonk, veegde hij wel zijn bezwete handen af aan de voering van zijn loden.

Jos Bosmans betrad het heiligdom van de magistratuur.

Het eerste wat hij zag was procureur Goethals, die nonchalant in een clubfauteuil hing. Dusdanig relaxed dat Bosmans' gevaarantennes rechtop gingen staan.

Goethals was in gesprek met een lange slanke man. Hij had een aristocratisch uiterlijk en een getaande huid en hij zag er waarschijnlijk jonger uit dan hij in werkelijkheid was, wat nog werd geaccentueerd door de achteloze elegantie van zijn kleding.

'Ah, collega Bosmans. Avanti', zei Goethals neerbuigend en hij keek zijn bezoeker, die boven hem uittorende, aan.

'Heren.'

Bosmans liep tot voor het bureau en knikte naar de bronzen aristocraat, die hij nog nooit ontmoet had maar die ongetwijfeld een hoge pief was. Daarvoor hoefde je Goethals maar te observeren, die de man aankeek als een Engelse bulldog die kwijlend van verlangen opkijkt naar zijn baasje. De man schonk geen aandacht aan de procureur. Hij keek Bosmans koud aan met een misnoegde uitdrukking op zijn gezicht alsof hij naar iets smerigs keek, en toonde amper interesse. Een man die gewend was om zijn zin te krijgen.

'Ga zitten.'

Bosmans gaf gevolg aan de uitnodiging, die als een bevel klonk, maar hij vertikte het zijn hoed af te nemen en zijn jas uit te doen. Hij liet zijn ogen over het antieke meubilair dwalen. Peperduur en smaakvol. Ook het bureau was kraaknet. Er lag geen enkel los velletje papier. De drie paperclips die tegen een stijlvolle magneethouder kleefden, vormden een perfecte gelijkzijdige driehoek. Goethals leek zo een van die dwangmatige mensen die niet kunnen slapen zonder de zekerheid dat alles netjes opgeborgen is.

Bosmans' blik bleef rusten op een supergesofisticeerde

video-installatie en een breedbeeld-tv. Zaken die niet in het negentiende-eeuwse decor thuishoorden.

'Mag ik je voorstellen aan Piet De Dijver, procureur-generaal bij het Hof van Cassatie.'

Bosmans voelde het bonzen van zijn hart. Het leek te pompen tot in zijn tenen. De man zei niets. Hij liet alleen en verveeld kuchje horen en nipte van zijn bel cognac. Het eerste wat Bosmans te binnen schoot was vragen om een legitimatie, maar hij deed het niet. Ze hadden hem te pakken. Zonder twijfel.

Kalm blijven. Kalm blijven, Jos Bosmans.

Goethals overhandigde Bosmans een officieel uitziend document dat was opgesmukt met kleurige zegels. Het was een bevelschrift tot injunctie, las Bosmans maar de woorden, ze schenen niet tot hem door te dringen. Zijn blik bleef rusten op de handtekening van de minister van Justitie. Hij legde het blad op tafel en zweeg. Goethals wees naar het blad.

'Gewoon ondertekenen. Wil je een pen?'

'Ik heb een pen.'

Er hing een onwezenlijke stilte, die gebroken werd door de tik van het cognacglas op het bureaublad. De Dijver schraapte de keel, streelde met de punt van zijn vinger langs het glas, waarin de goudgele cognac gezapig rondwalste. Hij trok bewonderdend zijn wenkbrauwen op toen hij zag hoe de exquise cognac aan het glas bleef plakken. Goethals zwol van trots en hij was duidelijk, op kruiperige wijze, geflatteerd. De fles Courvoisier XO, die hij zich – weliswaar peperduur – tijdens een werkbezoek in Reims aangeschaft had, deed het hem weer.

'Een van mijn weinige onhebbelijkheden', zei De Dijver en hij keek Goethals streng aan. 'Tijdens de diensturen, dan toch.'

De procureur bestierf het nu bijna. Zijn gelaat weerspiegelde een nooit vertoonde onderdanige serviliteit. Het leek alsof Bosmans er niet was. Alsof hij niet bestond.

'Maar voor het overige ben ik een integer mens. Denk ik. Hoop ik. En ik verwacht van mijn magistraten hetzelfde.'

Goethals leek klaar te komen. Bosmans zweeg als vermoord. Zijn hersenen maakten overuren. Wat gebeurde er? Wat was dit? Wat was er aan de hand? Een bevelschrift tot positieve injunctie. Dat betekende dat hij door de minister van Justitie van het onderzoek was gehaald. Hij wees naar het document.

Het antwoord op zijn vragen volgde vrij snel, want De Dijver maakte een korte polsbeweging, waarop de procureur als een slaafje een van de laden van zijn bureau opentrok. Hij haalde er een afstandsbediening uit.

De breedbeeld-tv sprong aan. De video zoemde. Na de sneeuw was er een zacht geruis. Toen Jos Bosmans in de spiegel keek, zette hij zijn hoed af, alsof die een ton woog. Hij snakte naar adem. Daar zat hij. Haarscherp in beeld gebracht. Het kleine bolronde mannetje, de nep-De Dijver, keek naar het scherm en opende zijn handen. In slowmotion. Perfect getimed want op de achtergrond maakte Frank De Boosere een bijna identieke onhandige beweging met zijn handen. Hij schraapte de keel. Er kwamen ondeugende kuiltjes in zijn wangen. 'En dan nu de weersvoorspelling voor vandaag, zevenentwintig november. Het...' De andere woorden hoorde Bosmans niet meer. Hij keek naar Piet De Dijver, de echte dit keer, die met een breed gebaar de handen spreidde, en weer terug naar het scherm waar de bolle man zijn mond opentrok.

U hebt om een afspraak gevraagd. Dus neem ik aan dat u, alhoewel ik, laten we zeggen, onrechtstreeks betrokken partij ben, me hmm... eerst, onder vier ogen, vertrouwd wilt maken met de stand van zaken.

Bosmans snakte naar adem toen de waarheid eindelijk in haar volle gruwelijkheid tot hem doordrong. De weerman. Dat hadden ze zo geregeld, om de datum en het uur vast te leggen. De hele enscenering. De nep-De Dijver... die zat ongetwijfeld al lang in het buitenland. Of onder een dikke laag beton. Bosmans hapte nog een keer naar adem en toen hij zijn mond opentrok om te protesteren, leek het of het plafond begon te tollen. Het kwam angstaanjagend snel dichterbij.

'Dirk, het spijt me...' stamelde hij en hij greep naar zijn borst, die brandde.

Barbara hoorde een gefluister. Het kwam uit Robs kamer. De deur stond op een kier. Ze bleef staan, sloot de ogen en duwde haar schouders tegen de muur.

'Ik ben onschuldig, jongen. Ik heb het niet gedaan.'

Gedurende een hele tijd was er niets te horen. Barbara hield de adem in. Het bed kraakte zachtjes.

'Ik geloof je, pa.'

Barbara legde haar wijsvinger tegen haar lippen. Een volkomen onnodig gebaar, alsof ze zichzelf het zwijgen wilde opleggen. Ze wist wat er gaande was. Dirk en Rob, ze omhelsden elkaar.

'Je gelooft me?'

De stilte duurde een eeuwigheid. Rob hoestte nerveus.

'Waarom komt er dan een rechtszaak?'

'Omdat ik in beschuldiging ben gesteld.'

'Maar als je het niet gedaan hebt, dan kunnen ze je toch niks doen?'

'Eigenlijk ben ik blij dat er een rechtszaak komt. Dan kan ik mijn naam zuiveren. Onze naam, jongen.'

'Ja, pa. Doe dat dan maar.'

'Hoe gaat het in Leuven?'

'Goed', bootste Deleu een kinderstemmetje na. Rob, toen hij een jaar of zeven was. Zijn jongen lachte. Het was een volwassen lach. Het bed kraakte weer. Dwingender dit keer. Barbara repte zich naar de keuken, waar ze haastig in een tijdschrift begon te bladeren toen ze in de woonkamer de sloffende voetstappen van haar man hoorde.

'Eindelijk thuis.'

'Ja. Eindelijk.'

Er viel een ongemakkelijke stilte. En zoals zo vaak als ze samen thuis waren, werd hun gesprek beheerst door de woorden die niet uitgesproken werden.

Deleu schopte zijn schoenen uit en schoof zijn voeten in de geruite slippers. Ze voelden vreemd aan. Zoals alles vreemd aanvoelde. Alsof het van voorbijgaande aard was. Alsof het niet echt gebeurde. Hij keek naar de elegante v in Barbara's rug. Ze droeg een zwart jurkje. Het accentueerde haar aantrekkelijke silhouet. Ze stond op en streek haar jurk glad. Dadelijk zou ze het avondmaal bereiden. Ze was de enige zekerheid, als een stuk drijfhout in een oneindige zee. Deleu schuifelde naar haar toe en legde zijn wang tegen haar naakte rug. Ze huiverde. Hij omhelsde haar.

'Sorry.'

'Waarvoor?'

'Voor alles.'

Barbara keek haar man langdurig in de ogen.

'Het komt weer goed, Dirk. Nu komt alles weer goed. Het moet.'

Deleu verbrak de omhelzing. Nu zou het komen. Nu zou ze zeggen dat ze voor elkaar geboren waren. En dat ze nog steeds van hem hield. Hij wachtte op die woorden. Maar ze kwamen niet.

'Je vader. Hoe gaan we hem ooit terugbetalen?'

'Dat zijn zorgen voor morgen.'

Barbara trok een schort aan en begon wortelen te schrapen. Dirk Deleu draaide zich om. Hij trok een lade open en rommelde doelloos in het keukengerei, op zoek naar een zinvolle bijdrage. Hij vond er geen. Hij stopte een stuk wortel in zijn mond.

'We zijn weer een gezin, Dirk. We horen bij elkaar. In goede en in slechte tijden. Ik hou van jou, Dirk.'

'Ik hou ook van jou.'

Deleu hoorde zichzelf praten. Hij wist geen vervolg te bedenken. Het koude zweet brak hem uit. Twee smoorverliefde tieners die elkaar honderdduizend keer hun liefde verklaren om dan tot het besef te komen dat er verder niets meer te vertellen valt.

'Wil je 't niet weten?'

'Wat?'

'Of ik bij haar geweest ben of niet.'

Charlotte, die in haar wieg lag te woelen, begon heftig te trappelen. Ze voelde instinctief de spanning aan. Barbara zou naar haar toe lopen. Dat deed ze altijd. Zonder na te denken. Alsof de wereld plots bleef stilstaan als Charlotte zich roerde. Maar dit keer verroerde Barbara zich niet.

'Ga jij maar.'

Deleu keek haar verbaasd aan.

'Waar ben je bang voor, Dirk?'

Deleu zei niets. Hij keek om. Naar de spiegel boven de haard. En hij zag Nadia. En hij voelde de warmte van haar lichaam. Witte schuimkoppen in de branding. De zoute smaak van haar bezwete huid. De ontembare passie. Een overweldigende gewaarwording. Alsof je plots een Formule 1-bolide bestuurt nadat je je hele hele leven met je autootje in de file hebt gestaan. Dag in dag uit. De slangen die uit Nadia's lichaam kronkelden, ze lieten hem beseffen dat er ook onheilspellende kanten aan het avontuur vastzaten. Een autootje laat zich sjokkend meevoeren in de stroom. Het puft en het kraakt maar komt altijd weer op zijn bestemming. Thuis. Maar als er iets fout gaat met een Formule 1-bolide, dan voltrekt de ramp zich bliksemsnel. En toch had hij Nadia nodig. Hij had haar nodig zoals de soep die Barbara aan het bereiden was. Zoals eten en drinken tegelijkertijd.

Deleu draaide zich om en klampte zich vast aan het aanrecht. Het werd hem allemaal te veel. Hij begon te hijgen en het leek alsof hij elke seconde het bewustzijn kon verliezen.

'Barbara...'

'Dirk... wat scheelt er?'

'Voel me niet goed. Ik ga wat liggen. Boven.'

Barbara's hart kromp ineen. De krakende treden. Dadelijk zou hij de trap oplopen en in bed gaan liggen. Starend naar het plafond. In het niets. Met lege ogen. Met een getormenteerde grimas om de lippen.

Ze hoorde inderdaad krakende treden en het slaan van de slaapkamerdeur en ze keek naar Charlotte en een diep ondoorgrondelijk schuldgevoel welde in haar op. De weekends aan zee in Blankenberge. De jaarlijkse trip naar de Cevennes. Hun oude caravan, die Dirk – ooit – eens zou gaan opkalefateren. Het was allemaal weg. Weggespoeld, zoals een zandkasteel. Zonder dat er nog ooit over gesproken werd. Herinneringen. Die ze niet kon delen. Niet met Charlotte.

Dag ma. Pa. Ik zie jullie volgende week.

Niet met Rob.

Ze liet de baby protesteren en wilde haar man achternagaan. Hij moest kleur bekennen. Nu! De telefoon rinkelde. Ze had geen zin om op te nemen maar deed het toch.

'Met Barbara Wittewrongel.'

'Barbara. Maud hier.'

'Maud.'

Het bleef stil aan de andere kant van de lijn maar de spanning was voelbaar. Maud kuchte nerveus.

'Het is onze Jos. Hij ligt in Gasthuisberg.'

'Wat! Wat is er gebeurd?'

'Een hartaanval.' Maud snoof, maar het was niet vast te stellen of het van woede of van verdriet was.

'God. Nee.'

Barbara vond geen woorden. Ze keek in paniek naar de gang.

'Dirk... Dirk!'

Op de gang van de spoedafdeling stond Schele Pierre tegen de muur aangeleund. Hij leek op een standbeeld. Deleu klampte hem aan.

'Waar is hij?'

'Je mag er niet bij.'

'Is het zo erg?'

'Hij is erdoor gesparteld. Naar het schijnt.'

Deleu keek zijn collega en vriend vragend aan. Verwijtend ook.

'Naar het schijnt?'

'Hij heeft een hartaanval gehad, Deleu. Hij is buiten levensgevaar. Meer weet ik ook niet. Sorry.'

'Ik wil hem zien.'

Schele Pierre legde zijn hand tegen Deleus borst.

'Het heeft geen zin. Ik heb alles geprobeerd. Bevel van Goethals. Geen flikken toegelaten.'

Deleu kon zijn oren niet geloven. Hij schuddebolde en draaide zich om naar Barbara. Haar blik gleed afwezig door de witgekalkte gang. Deleu slikte en wist wat er door haar hoofd ging. Toen ze de parking op snelden, was hun conversatie plots stilgevallen. Dirk Deleu wist precies wat zijn vrouw nu dacht.

Ligt 'zij' hier ook ergens?

Magda De Dijver staarde in de vlammen en ondanks de gezellige warmte van de haard voelde ze een rilling over haar rug lopen. Net zoals Bosmans toen die de massieve eiken deur hoorde opengaan.

Haar vader liep naar haar toe. Dadelijk zou hij zijn armen uitsteken en haar optillen, zoals vroeger toen ze klein was. De illusie duurde welgeteld vijf seconden. Piet De Dijver gaf zijn dochter een profijtelijke zoen op de wang en liep naar zijn bureau. Hij begon een stapeltje post in te kijken en te sorteren.

'Papa?'

'Ja.'

Magda liep naar het bombastische art-decobureau en steunde haar handen op de gesculpteerde rand.

'Waaarom heb je me laten ontbieden?'

De Dijver keek haar streng aan.

'Ont-bieden?'

'Ja!' klonk het rebellerend.

Het werd muisstil in de kamer. Piet De Dijver rechtte zijn rug en ging toen achteroverhangen in zijn club. Mager maar imposant. Hij keek nadenkend naar de weerspiegeling van de vlammen in de antieke staande spiegel en het leek alsof zijn dochter er niet was. Hij zette zijn vingertoppen met een minutieuze precisie tegen elkaar. Een voor een.

'Heb je dorst?'

'Nee.'

'Ik wel.'

De Dijver trok een ladekast open en schonk zich een dubbele Chivas Regal in. On the rocks. Hij draaide met het glas en bewonderde de diepbruine kleur. De ijsblokjes rinkelden. Na een fikse teug ging hij weer achter zijn bureau zitten.

'Je drinkt niet?'

Magda De Dijver kreeg het op de zenuwen.

'Pa. Kom alsjeblieft ter zake. Ik moet de kinderen afhalen.'

'Deed "hij" dat niet?'

Het grote woord was eruit.

'Nee. Hij deed dat niet.'

'Waarom niet? Was je bang?'

'Waarvoor?'

'Dat hij ze iets zou doen.'

Magda De Dijver zweeg en probeerde haar woede in te tomen en haar frustratie te verbijten. Ze wilde de discussie niet op de spits drijven door dingen te zeggen die ze niet meende. Ze wist waarvoor haar vader haar ontboden had. Ze wist waar hij naartoe wilde. Hij deed het met opzet.

Hans. Hij zou gaan beslissen over het lot van Hans. Of beter: hij had een beslissing genomen. Zijn beslissing. Zo was het altijd geweest en zo zou het altijd blijven. Behalve die ene keer. Die keer dat ze zijn bevelen genegeerd had en het veilige nest ontvlucht was. Naar Hans Van Diest, haar knappe vrijer. Ze was bij hem ingetrokken. Ze waren in stilte gehuwd. Van toen af was het misgegaan tussen haar en haar vader. Van communicatie was toen geen sprake meer geweest. Vader verschool zich achter zijn drukke agenda. Alsof zijn dochter niet meer bestond. Dat was het ergste. Ze vernam alleen het hoogstnoodzakelijke via haar moeder, die bang was en er slechts op uit was om de kerk in het midden te laten.

Als ze dan toch al eens samen waren, negeerde hij haar en als ze een gewoon gesprek wilde voeren, patroniseerde hij haar. Voortdurend refereerde hij in bedekte termen aan haar fatale misstap. En dus gebruikte ze de enige techniek die ze kende: met scherp schieten en kijken welke lijken aan de oppervlakte kwamen drijven. Haar huwelijk met

Hans, dat had vader haar nooit vergeven. En erger nog. Hij had gelijk gekregen.

'Piet De Dijver krijgt altijd gelijk', mompelde Magda. Ze was er mentaal op voorbereid een moraliserende preek of zelfs een scheldtirade te moeten incasseren, zodat zijn vraag haar volkomen verraste.

'Hou je van hem?'

Magda De Dijver keek haar vader verward aan. Die steunde zijn voorhoofd in zijn handpalmen. Een teken van zwakte? Hij zag er moe uit. Ingevallen wangen en blauwe kringen onder de ogen. Hij snoof. Er viel een stilte.

'Papa?'

De Dijver slikte.

'Ik hou van jou, Magda.'

Magda's keel werd dichtgeknepen.

'Ik... ook.'

'Niettegenstaande mijn reputatie, heb ik het spel tot nu toe altijd eerlijk gespeeld. Begrijp je dat?'

'Ja.'

'Ik vraag het je een laatste keer. Wil je nog met die man samenleven?'

Er viel een stilte, waarin Magda nadacht over wat ze zou antwoorden en de mogelijke implicaties van dat antwoord. Niet alleen voor Hans en haarzelf, maar ook voor haar kinderen.

'Ja. Ik hou van Hans. En de kinderen aanbidden hem.'

'Je weet dat hij schuldig is.'

'Ja.'

De Dijver schudde vol onbegrip zijn hoofd en het kostte hem de grootste moeite om zijn emoties te bedwingen. Hij keek op. Zijn kille grijze ogen – die imponeerden en taxeerden, die manipuleerden terwijl ze spraken – stonden dit keer triest. Ze zochten de ogen van zijn dochter.

'Heeft hij je ooit verkracht?'

'Nee. Nee, papa.'

'Het spijt me.' De Dijver snoof. Hij richtte zich stijf op en streek het uitgedunde haar langs zijn slapen glad.

Weer die taxerende blik. Magda De Dijver sloeg de ogen neer. Haar handen beefden.

'Je moet me geloven.'

'Ik geloof je.'

De Dijver nam nog een slok.

'Hij heeft een moord gepleegd, Magda. En ik wil dat hij daarvoor boet. Begrijp je dat, kind?'

'Ja, papa.'

De Dijver streek nog een keer met zijn vingers over zijn slapen.

'En ik wil dat onze naam gezuiverd wordt van elke blaam. Je hebt een stommiteit begaan. Maar ik vergeef je.'

'Jij denkt dat je God bent.'

Magda De Dijver duwde zich af van het bureau. Ze liep vinnig naar de deur.

De Dijver steunde zijn ellebogen op het brede bureaublad en sprong op. De bruuske beweging tekende een langwerpige, scherpe schaduw op de muur.

'Magda!'

'Wat?'

'Kom hier.'

Magda haalde onhandig de schouders op.

'Kom, kind.'

Ze liep weer naar haar vader toe en bleef stokstijf staan voor diens bureau.

'Ik zal ervoor zorgen dat hij strafvermindering krijgt. Maar! Hij moet zich laten behandelen voor zijn "ziekte". Kun je daarmee leven?'

Magda draaide zich weer om.

'Ik hou van mijn kleinkinderen, Magda. Meer dan van mezelf. En ze hebben recht op een goede vader.'

Net als ik, dacht Magda maar ze zweeg.

'En zeg hem maar dat ik hem zal kraken als hij hen of jou ooit wat aandoet. Of nee. Ik zal het hem zelf zeggen.'

Magda De Dijver liep naar de deur.

'Ik wil hem zien, Magda. Vandaag.'

'Als je hem iets aandoet, zie je je kleinkinderen nooit meer. Hoor je, pa.'

'We moeten onze strategie bespreken', klonk het gelaten.

De deur zwaaide dicht. De Dijvers vuist beukte op het bureaublad. Daarna zonk hij diep weg in de lederen club, alsof hij zijn laatste krachten verbruikt had. Alsof hij op sterven na dood was. Maar dat was maar schijn. Hij richtte zich op, nam hij de telefoon van de haak en toetste energiek en zonder nadenken een nummer in.

'Met procureur Goethals', klonk het autoritair.

'Goethals, De Dijver hier.'

'Ah, Piet. Hoe gaat het? Wat kan ik voor je doen?' klonk het kruiperig.

'We moeten onze strategie bespreken. Binnen een uur. Bij mij.'

KLIK.

Goethals bekeek de hoorn en fronste de wenkbrauwen. Hij toetste een nummer in op zijn telefoon.

'Hallo, met Laurel P. Verbeeck.'

'Verbeeck, procureur Goethals hier. Binnen een halfuur verwacht ik je. We hebben wat te bespreken.'

'Waar?'

'Bij mij thuis.'

'Een halfuur, zegt u, maar...'

'Verbeeck?'

'Ja?'

'Maak er twintig minuten van.'

KLIK.

16

Geschuifel op de banken.

Drie droge tikken.

Ingehouden adem.

Nasale, metalige stem.

'Dames en heren, geachte aanwezigen. Het Hof van Assisen te Antwerpen houdt heden, 25 november, zitting. De geachte rechter Jonathan Desimpel zal het Hof voorzitten. Komt nader en gij zult gehoord worden. God zegene België en dit Hof. De Staat versus Dirk Deleu. Zaak geopend.'

Een man in een keurige zwarte toga schreed de arena in. Hij spreidde zijn slanke handen en liet ze door zijn achterovergekamde haren glijden. Het kunstlicht weerspiegelde in de glazen van zijn merkbril. Het was openbaar aanklager Laurel P. Verbeeck. Hij keek naar rechter Desimpel, knikte en draaide zich om, naar de bank waar de juryleden zaten.

'Met welnemen van het Hof zal het Openbaar Ministerie aantonen dat op 27 september van dit jaar, Nadia Mendonck, inspecteur van de lokale politie te Mechelen, brutaal aangerand, geaborteerd en voor dood achtergelaten werd. Wij zullen het bewijs leveren dat deze aanslag met het oogmerk te doden en met voorbedachten rade werd gepleegd door haar ex-collega en ex-minnaar Dirk Deleu, hier aanwezig.'

'Ik protesteer!' kwetterde Jozef Sonck, die verontwaardigd

als een vogeltje was opgesprongen. Rechter Desimpel, een zware vijftiger met een grof gezicht en hangwangen, keek verveeld over zijn brilletje. Hij greep zijn hamer en wenkte Sonck en Verbeeck, die allebei stijf in het gelid naar de balie liepen.

'Heren', fluisterde Desimpel. Zijn volle onderlip beefde. 'Gaan we er een vaudeville van maken? Het *Big Brother*-huis, dat ligt in Vilvoorde. Dit is geen tuin. En zeker geen speeltuin. Dit is het Hof. Mijn Hof.'

'Excuseer, edelachtbare, maar mijn collega citeert in zijn openingspleidooi minstens drie veronderstellingen. Wilde, ongenuanceerde gissingen die nooit hard gemaakt zullen worden.'

'En dan?'

'Dat schaadt het imago van mijn cliënt. Dan is de jury bevooroordeeld voordat het proces begint.'

'Hmm. Verbeeck?'

Laurel P. Verbeeck, in de volksmond beter bekend als 'de inquisiteur', haalde ootmoedig de schouders op. Hij streek door zijn haar.

'Verbeeck?'

'Ja, edelachtbare.'

'Ik hoop dat je die insinuaties ook hard zult maken. Zo niet zal ik me verplicht zien je te wraken.' De rechter maakte een breed uitnodigend gebaar en verhief zijn stem. 'Gentlemen. On your marks, please.'

Sonck draaide op zijn hakken en grijnsde leep toen hij een glimp opving van de blik van zijn collega, die bliksemsnel van verbazing via verontrusting tot woede ging. Het gesprek met Piet De Dijver flitste door Verbeecks hersenen. Gewraakt worden was wel het allerergste wat hem kon overkomen. Zeker bij dit proces. Dan zouden alle beloftes vervallen. En alle gemaakte en bezegelde afspraken. Hij slikte, en hoewel Sonck een halve kop kleiner was, leek hij groter dan zijn tegenstander. Sonck schonk geen aandacht meer aan de openbare aanklager en liep protserig naar de juryleden, die nieuwsgierig toekeken. Hij greep de houten leuning vast.

'Dames. Heren. Wij, de verdediging, zullen aantonen dat de zaak van mijn confrater, de weledele heer openbare aanklager, louter gebaseerd is op veronderstellingen. Als u kijkt en luistert naar het fysieke bewijsmateriaal, als dat er al is, vraag uzelf dan af waarom rechercheur Dirk Deleu, de meest toegewijde rechercheur van de Mechelse recherche, een man met een onbesproken en indrukwekkende staat van dienst, die zijn leven gewijd heeft aan het opsporen van misdadigers en niet het plegen van misdaden, waarom deze man hier zit. Waarom?'

Hij keek de juryleden een voor een aan en liep toen met energieke, korte pasjes naar het strijdperk, waar zijn confrater hem stond op te wachten met een neus scherper dan een pas geslepen stiletto.

Dirk Deleu, die het hele gebeuren gelaten ondergaan had, keek achterom. Barbara knikte hem gemoedelijk toe. Hij keek wezenloos naar zijn ineengevouwen handen en overdacht de gang van zaken. Onvoorstelbaar hoe snel het allemaal gegaan was. Hij herinnerde zich het proces Pandy. Dat had zich jaren voortgesleept. Maar het proces tegen hemzelf werd veel sneller afgehandeld. Onder druk van de pers en de publieke opinie, heette het officieel. Ze spanden allemaal samen. Tegen hem. Dirk Deleu, staatsvijand nummer één. Hij keek wezenloos naar Sonck, alsof hij nu pas besefte waar hij zich bevond.

Het Antwerpse assisenhof.

Dat imposante logge gebouw, in de buik waarvan hij zat. Opgeslokt. Ver weg van de wereld. Voor hoe lang? Hoe had het ooit zover kunnen komen? Hij kon zich niet concentreren en het enige beeld dat hij zag, was de gevel van het gebouw, dat op een fabriek leek. Een fabriek in rechtspleging. De borden met de boodschap 'Verboden te roken'. De versleten tegelvloer, gebarsten en gladgeschaafd door miljoenen schoenzolen. De enge, hoge gangen, die ondanks de bedrukte sfeer gonsden, met af en toe een onderdrukt gegiechel. Alsof de bezoekers zich wilden verzetten tegen dit gebouw, dat ontworpen was om mensen depressief te maken en af te straffen. En dan was er nog deze rechtszaal. Muf en benauwend. Deleu stopte zijn vingers tussen de boord van zijn gesteven, kraakwitte hemd.

Een van de dames in de jury, een nukkige oude dame, haalde een kanten zakdoekje tevoorschijn. Ze snoot luidruchtig haar neus en keek naar het snot. Deleu vroeg zich af waarom ze daar zat. En wat ze van hem dacht. Sonck was gisteren een halve dag in de weer geweest met het samenstellen van de jury. Deze dame had hij dus niet gewraakt. Waarom niet? Had ze misschien nooit kinderen gehad of zo? Was dat een van Soncks criteria? Hoopte hij dat ze een aangeboren afkeer had van kinderen? Nee. Ze leek een strenge oude oma. Eentje met een harde hand maar een peperkoeken hartje. Nee, die zou het niet voor hem opnemen. Die zou geen enkele enkele sympatie voelen voor een vader die zijn gezin in de steek laat en zijn zwangere minnares aborteert en probeert te vermoorden om aan de alimentatie te ontsnappen. Ze zou hem genadeloos aan het kruis nagelen, die oude feeks met haar versteende moraal.

Deleu probeerde zijn emoties in bedwang te houden en keek naar de openbare aanklager. Zijn neus was een hakbijl. Zijn woorden klonken vlak. Ze drongen niet door. Haat hij mij? vroeg Deleu zich af. Nee, hij doet gewoon zijn job. Protagonist in een wreed toneelspel, waar alleen verliezers zijn. Advocaten die karikaturen zijn van zichzelf met hun dwaze, weidse gebaren. Ze gebruiken archaïsche woorden. 'Interromperen' en 'hooggeachte confrère'. En de rechter, een machtswellusteling, die zijn positie misbruikt om zijn ego te strelen en indruk te maken op de juryleden, die hem in het dagelijkse leven niet eens zouden opmerken, laat staan een persoonlijke interesse voor hem aan de dag leggen. Zoals die kokette jonge dame daar, misschien wel een onderwijzeres, een kleuterjuf. Mooie borsten, onder een evenwel flets colbertje. Violet met grote zwarte knopen.

Plots spitste 'madame Snot' de oren. Ze ging wat verzitten en neeg voorwaarts, een non-verbaal teken van interesse. En die man? Daar. Naast haar. De zakenman. Die man met het gedistingeerde pak en de bescheiden das, een protserige zegelring om de pink. Wat kwam hij hier doen? Wat waren zijn intenties? Hij leunde achterover, relaxed, alsof het hele gebeuren hem geen reet kon schelen. Maar ook dat was maar schijn, want zijn ogen gingen snel van links naar rechts, alsof hij Deleus blik voelde maar die afwees. De smekende blik van een gevangene, een verdachte, onrechtvaardig beschuldigd en beroofd van elke menselijke waardigheid. Een mens die het recht had om te spreken, maar alleen als hij daartoe gesommeerd werd.

Loerende juryleden.

Hongerige aasgieren.

Lachende hyena's.

Ze staarden hem aan. Allemaal. Stuk voor stuk. En ze wachtten en ze vroegen zich af of in zijn magere schouders de kracht en de woede verscholen zat om een jonge moeder aan te randen en haar baby te doden.

Hij wilde ontsnappen. Wegvliegen. Nee, dat kon niet. Er waren zelfs geen ramen in dit vervloekte lokaal. En bij elke deur stonden twee stoere agenten. Deleu bestudeerde hen.

De ene was onopvallend. Dat was wellicht zijn kracht. De andere was een typische combatboy. Zijn lichaam puilde uit van de spieren en zijn hele wezen straalde een soort gehavendheid uit, alsof hij voortdurend overal tegenaan botste en dat niet zonder brokken verliep. Gemillimeterd haar op een harde, gegroefde kop, waarvan de neus ooit gebroken geweest was, en zijn nek, een gespierde driehoek. Bloemkooloren, massieve schouders en bicepsen. Handen als kolenschoppen. Daar kwam je niet langs. Nooit meer.

Deleu voelde Barbara's hand. De aanraking stelpte zijn onzekerheid. Hij keek achterom en hoewel ze zelf bang was, schonk ze hem een geruststellende blik – of was ook dat maar een illusie en liepen, net zoals de avond tevoren, bezorgdheid en woede door elkaar? Tot een brouwsel van groeiende onzekerheid. Gisteravond had ze zich nog sterk gemaakt dat hij snel zou worden vrijgesproken. En ze meende het nog ook. Nu lagen de kaarten anders. Haar aanvankelijke optimisme was geleidelijk weggeëbd. De werkelijkheid had haar roze droom ingehaald.

De eerste dag. De start van de rechtszaak had haar overweldigd en haar geconfronteerd met de harde realiteit en de herinnering aan hun kortstondige pseudo-huiselijke geluk laten stollen tot een schreeuw vol onzekerheid. Als in een nietig vissersbootje op een woelige zee, zo voelde ze zich. Een bootje dat hulpeloos ronddobbert en waarvan de ankerketting is gebroken. Midden in het oog van de storm. Ze was bang voor het rechtssysteem, dat hoewel betrekkelijk integer ook fouten maakte. Ze had er nooit eerder bij stilgestaan dat het mensen van vlees en bloed waren die recht pleegden. Maar toen ze haar ogen langs de juryleden liet dwalen, drong die werkelijkheid ten volle tot haar door. Ze trof haar als een slag in het gezicht, alsof haar waakzaamheid geen gelijke tred had gehouden met haar argwaan. Alsof ze er wat aan had kunnen doen. Alsof ze niet genoeg had gedaan. Alsof ze verzuimd had die mensen te smeken om haar Dirk vrij te spreken. Alsof... Maar nu was het te laat. Het was echt zover. Deze mensen zouden beslissen over Dirks lot. En dat van haarzelf en de kinderen.

Ze kneep hard in Deleus schouder toen de woorden 'Als eerste getuige roept het Openbaar Ministerie, de heer onderzoeksrechter Jozef Bosmans, op' weerklonken.

Bosmans zag eruit als een levend lijk. Bleek en uitgemergeld. Een schaduw van zichzelf. De trotse eik was geveld. Hij liep moeizaam. Dirk Deleu wilde opspringen en zijn verontwaardiging uitschreeuwen. Wat hadden ze hem aangedaan, deze man van wie hij hield zoals een zoon van zijn vader houdt. Op welke wet beriepen ze zich, om hem te verbieden op te staan en hem te omhelzen? De smeerlappen.

Hun blikken kruisten elkaar. Bosmans glimlachte. Dat lukte dus nog. En hij leefde nog. Ze hadden hem niet in het gareel gekregen. En evenmin onder de grond. Deleu wendde de blik af. Verward.

Blinkende knopen en witte gevlochten touwen. De agenten, ze droegen hun gala-uniform, alsof ze naar een feest gingen. Naar een politiebal. Een bal waar niemand is wie hij echt is. Een bal masqué. Of nee. Ze namen de honneurs waar op een begrafenis. Een officiële. Zijn begrafenis. Die uniformen. Ze waren hem daarstraks niet eens opgevallen.

Uniformen. Vechten. Ik moet godverdomme terugvechten.

Hij besefte dat hij uit zijn spiraal van onverschilligheid moest breken en probeerde zich te concentreren op de orde van de dag. Desimpel wees naar hem.

'Wil de verdachte nu opstaan?'

Deleu stond traag op. Hij streek zijn pak glad.

'Is dit Dirk Deleu?'

Bosmans knikte ja.

Na het duidelijke gebaar van de rechter ging Deleu weer zitten.

'Mijnheer de openbare aanklager. Uw getuige.'

Verbeeck liep met stramme benen naar Bosmans toe, die vijandigheid voelde in diens vluchtige blik. Hij dacht aan Maud en aan Eva en Truus, zijn dochters. De enige drie mensen die hem in het ziekenhuis hadden mogen bezoeken. Ze waren buiten, zaten te wachten in de Mercedes. Te wachten op hun pa. Ze hadden hem vertroeteld als een baby, zijn drie vrouwen. Niet uit te houden. Enfin, zo had hij het toch laten voorkomen. In werkelijkheid had hij met volle teugen genoten van de aandacht.

Hij keek naar Deleu, die hem hoopvol aankeek. Heel even maar. De vierde in het rijtje? Waarschijnlijk zijn beste vriend. Misschien wel zijn enige vriend. Maud, Eva, Truus en Dirk. Vier mensen om te koesteren. Om van te houden. Bosmans glimlachte en ondanks zijn angst probeerde hij al zijn warmte en menselijkheid in die ene glimlach te leggen, maar Deleu keek alweer naar zijn handen, die tam in zijn schoot rustten. Overrompeld door schuldgevoelens.

'Mijnheer de onderzoeksrechter? Welke relatie had u met de beklaagde?'

Bosmans keek traag op.

'Geen. Hij is gehuwd', klonk het droog. Er ging een hilarische trilling door de zaal. Verbeeck keek naar rechter Desimpel en weer naar Bosmans. Geen van beiden vertrok een spier.

'Hmm. Mijnheer Bosmans, u bent de onderzoeksrechter onder wiens auspiciën het dossier Mendonck ressorteert.'

'Dat was ik.'

Weer loerde Verbeeck naar Desimpel, op zoek naar steun. Desimpel streek vermoeid over zijn ogen maar zweeg, want Bosmans sprak de waarheid en niets dan de waarheid. Ze hadden hem inderdaad van het onderzoek gehaald. Tijdelijk ontheven van zijn ambt, heette dat in ambtenarenjargon. De keuze was eenvoudig geweest. Netjes uit vrije wil terugtreden wegens de onmogelijkheid tot onpartijdigheid, of aanklaagd worden voor medeplichtigheid en in quarantaine geplaatst worden. Hij had gekozen voor de eerste optie. Waarom? Daar was hij zelf nog niet uit. Om Deleu alsnog te kunnen helpen, dat zeker. Uit eigenbelang? Ja. Dat ook.

'Mijnheer Bosmans, hoe zou u uw professionele relatie met de beschuldigde omschrijven?'

'Professioneel.'

'Mijnheer de openbare aanklager, het zou me plezieren mocht u de vraagstelling van uw requisitoir wat scherper stellen', zei de rechter. Ondanks de indringende fluistertoon was er alweer gegrinnik in de zaal. Jonathan Desimpel zuchtte. Hij speelde met zijn hamertje. Het was voldoende om het geroezemoes te doen ophouden.

'Mijnheer Bosmans, u en de beschuldigde kunnen bogen op een werkervaring van vele jaren. U kent elkaar door en door. Hoe zou u de beschuldigde omschrijven?'

'Loyaal, zelfstandig, bekwaam en betrouwbaar.' De vier woorden klonken als klokken. Bosmans had er geen seconde over nagedacht.

'Zelfstandig... loyaal...betrouwbaar... Impliceert dat dan dat u weinig controle uitvoerde op de onderzoeksdaden van de verdachte?' probeerde Verbeeck Bosmans uit zijn tent te lokken.

Sonck vloog uit de startblokken.

'Ik protesteer.'

'Meester Sonck?' vroeg Desimpel verveeld.

'De heer Bosmans is getuige. Geen beschuldigde.'

'Protest verworpen. Ga door, Verbeeck.'

‘Oefende u controle uit, mijnheer Bosmans?’

‘Ik ben een magistraat. Geen politieman. Ik hoef het doen en laten van de ordediensten niet te controleren. Daar zijn andere instanties bevoegd voor. Ik was heel tevreden over het werk dat de Mechelse recherche leverde. Hun manier van werken, daar bemoei ik me niet mee.’

‘Maar u hebt in Mechelen wel een bureau dat speciaal voor u is ingericht, en bovendien werd u van het onderzoek gehaald wegens twijfels omtrent partijdigheid.’

‘U speelt met vuur, mijnheer de openbare aanklager’, klonk het gevaarlijk lijzig. Desimpel perste zijn lippen op elkaar. ‘De heer Bosmans is opgeroepen als getuige. Niet als beschuldigde.’

‘Sta me toe mijn vraag te herformuleren.’ Verbeeck zette een paar passen voorwaarts. ‘Deleu werkte heel zelfstandig. Als we zijn collega’s mogen geloven, was hij zelfs een beetje een eenzaat en...’

‘Mijnheer Verbeeck, kom ter zake alstublieft. Ik zie de relevantie van die insinuaties niet in. U hoeft de taak van de gerechtspsycholoog niet over te nemen. Uw taak is me dunkt al zwaar genoeg’, gromde Desimpel.

Sonck, die de interventie bewust getriggerd had door plots op te staan, grijnsde.

‘Excuseer, edelachtbare, maar ik zal de relevantie van mijn vraag aantonen.’

‘Ga door’, klonk het verveeld. Het gelaat van de rechter straalde een gigantische lethargie uit en een diepgewortelde afkeer. Telkens opnieuw die overjarige haantjes tot de orde roepen, het vrat duidelijk aan een mens. Verbeeck leek wel een schoolvoorbeeld, met zijn nuffige gebaartjes en zijn geagiteerd yuppiestemmetje. Desimpel zuchtte en het was een zucht beladen met betekenis. Verbeeck schraapte de keel en nam haastig de draad weer op.

'Mijnheer Bosmans? Had u de indruk dat de verdachte dit onderzoek naar zich toe trok?' Verbeeck lonkte naar Desimpel. 'Of, sta me toe te herformuleren, dat hij overijverig was?' Het klonk scherp en enigszins verongelijkt, met een onmiskenbarte ondertoon van zelfbeklag.

'Hij is ijverig van nature.'

'Mijnheer de onderzoeksrechter, verschillende sporen in dit dossier werden weggemoffeld.' Verbeeck haalde een vel papier uit zijn boekentas en bestudeerde het gewichtig, alsof het om een zoekplaatje ging waarin je de zeven verschillen moet ontdekken. 'Ik citeer. Lijst met telefoongesprekken van het slachtoffer werd opgevraagd maar zat niet in het dossier. Een briefje geschreven door het slachtoffer werd door verdachte verbrand in het toilet.'

'Ik protesteer', zei Sonck.

'Heren!' Desimpel wenkte beide advocaten, die naar de balie liepen. Er klonk geruis van zijn rode toga toen Desimpel een draaiende heupbeweging maakte en naar zijn privé-kabinet wees. 'Meekomen. Ik ben dit kotsbeu.' De klemtoon lag op 'kots'.

'Maar...' probeerde Sonck, en hij keek naar Bosmans, die het gebeuren geamuseerd aanschouwde en daarmee de raad van de hartspecialist – 'Maak je niet druk' – opvolgde. Hij kende Desimpel, een loyaal mens. Ze hadden ooit in een ver verleden nog samen op de schoolbanken gezeten. De lippen van de Desimpel gingen open en dicht. Er sprak irritatie uit die beweging. Hij was die blitse advocaten de levieten aan het lezen. Bosmans probeerde zich de rechter als jongetje voor de geest te halen. Het lukte hem niet.

'Wat? Wilt u de getuige aan een kruisverhoor onderwerpen, meester Sonck?'

'Nee, maar...'

De rechter draaide zich naar zijn toehoorders.

'De getuige wordt bedankt. Het Hof gaat in reces. De zitting wordt tot nader order geschorst.'

Het geschuifel en gemurmel in de rechtszaal leek niet meer aan Desimpel besteed. Hij liep met grote passen naar de deur.

Het kabinet was koud en vochtig met ruw stucwerk dat door de tand des tijds van de muren geknaagd leek. De enige verlichting bestond uit een pietluttig naakt peertje, dat aan een meterslange ketting met dikke bronzen schakels – een getuige uit een roemrijk verleden – leek neer te dalen uit een afgebrokkelde rozet in het plafond. Desimpel zette zijn handen in zijn zij, waardoor hij op een goed doorvoede vleermuis leek.

'Ik luister.'

Beide advocaten haalden de schouders op. Desimpel keek hen aan. Dit keer met een open en directe oogopslag. Het illustreerde zijn vastberadenheid.

'Oké. Dan zal ik spreken. Vanaf nu wordt alles, maar dan ook alles gestaafd met bewijsmateriaal. En de getuigen worden ondervraagd omtrent hun betrokkenheid tot de verdachte. Amerikaanse toestanden waar getuigen in diskrediet worden gebracht zal ik niet dulden. We zijn hier niet in de Universal Studio's. Dit is niet Hollywood. Dit is België. Land van eenvoud en compromissen. Nog vragen? Heren?'

Beide tenoren keken hem stom aan.

'Jullie snappen het niet. Ik zal me verduidelijken. Er zijn oneindig veel manieren om een bekwaam magistraat in diskrediet te brengen. Dat is eens temeer gebleken. De finesses ken ik niet en ik wil ze ook niet kennen. Tant pis. Maar ik laat het niet nog een keer overdoen. Niet in mijn rechtszaal. Noch door de verdediging, noch door het Openbaar Ministerie. Jos Bosmans is een integer mens en een kraan in zijn vak. Niet zo een van die vlotte camerageile tv-magistraten, die meedraaien met de wind en als een schooljongen moord en brand schreeuwen en een vlieg van racisme beschuldigen als ze op de kop van een Marokkaan gescheten heeft. Maar niet Jos Bosmans. En jullie mogen de schuld in mekaars schoenen schuiven. Da's het spel dat we hier spelen. Maar niet in de zijne. Duidelijk genoeg zo?' De rechter draaide zich om. 'We hervatten morgenvroeg. Negen uur stipt', zei hij met een bestudeerde terloopsheid, die nogal neerbuigend overkwam.

Bosmans stond op en liep naar buiten. Naar zijn gezin. Deleu wilde hem achternagaan maar Sonck hield hem tegen.

'Nu niet. Niet hier.'

Deleu nam Barbara's hand in de zijne. Hij keek achterom, naar de banken waar de juryleden opstonden om de zaal te verlaten. Hij ving de blik van het kwade dametje en zag mededogen in haar ogen. Het gaf hem een warm gevoel. Hij kneep in Barbara's hand.

Net voor ze naar buiten liepen, waar hongerige journalisten elkaar voor de voeten liepen, kwamen twee politieagenten naar hen toe gestapt. Ze overhandigden een document aan Jozef Sonck, die het bekeek. Hij slikte en stak toen boos zijn vinger in de lucht.

'Dat kan niet. We hebben nog een hoop te bespreken.'

'Het duurt hooguit twee uur', zei de agent gemaakt nonchalant, zich ten volle bewust van de macht die uitging van dat stomme stuk papier in Soncks handen.

'Ik wil mijn cliënt bijstaan.'

'Meester Sonck', klonk het hautain. 'U weet best dat dat niet kan. Goedendag.'

De agenten namen Deleu bij de arm en ze liepen naar een

van de zijbeuken van het Justitiepaleis. Pas toen Sonck zich omdraaide, werd hij zich bewust van Barbara's aanwezigheid. Ze keek hem vragend aan. Oppas spelen voor het vrouwtje van de verdachte. Ook dat nog.

Dirk Deleu, opgevorderd door onderzoeksrechter Belleville – een sappige peer met beentjes – die Bosmans' dossier overgenomen had, zat op een houten kruk in een wachthok. Er hing een bedompte, misselijkmakende warmte. Hij zat er al drie kwartier. Nadat hij de trappen was afgedaald en op het bankje had plaatsgenomen, was zijn fantasie met hem aan de haal gegaan.

Wat eerst een vluchtig beeld was van het leven in een duikboot, werd algauw vervormd tot een beklemmende scène uit *Das Boot*, de magistrale film van Wolfgang Petersen. De U-boot was getorpedeerd en gezonken en hij balanceerde op de rand van een immense kloof. Het was stikdonker. Overleven in een beperkte ruimte met een beperkte hoeveelheid lucht en de stank van dampende mensenlijven om je heen. En angst. Mensen die je niet kon zien. Je kon hen alleen ruiken en af en toe hoorde je iemand piepend naar adem snakken. En gekraak. Overal. Alles kraakte.

Deleu had geprobeerd zijn dwalende gedachten in toom te houden en had zijn ogen gesloten en zich de Bruul in Mechelen proberen voor te stellen. Op een zaterdag. De gelukzalige luiheid van een zaterdagmiddag. Gezellig winkelen met Barbara. Vredig, met een onbezwaard geweten. Charlotte in de kinderwagen. Zonder vooraf afgesproken plan gewoon doen waar je zin in hebt. Vrienden en bekenden ontmoeten, een pilsje drinken of een koffie, of een ijsje eten ergens aan de oevers van Dijle. In een van die gezellige boten of in de Cirque. Een toffe babbel. Hijzelf aan de toog, met Alain, leuterend over motoren – en Barbara met Yvette, over de kinderen en seks en zo. Of waar praten vrouwen over?

Hij had geglimlacht, Dirk Deleu. Totdat het beeld vanzelf oploste en Nadia ten tonele verscheen, met slangen in haar neus en mond. Dat beeld wilde hij niet meer zien. Nooit meer. Hij wenste dat hij nooit met haar naar bed was geweest. Dat had hij ook aan Barbara gezegd. Een paar dagen geleden was dat. Ze had hem aangekeken met een vreemde blik in de ogen. En toen had ze gevraagd waarom hij het niet gewoon bij een avontuurtje had gehouden. Daar had hij niet meer op geantwoord. Want hij wist dat het antwoord pijnlijk geweest zou zijn. Het doet pijn als je zegt dat je van een andere vrouw houdt. En dat je geen seks kan hebben zonder liefde.

Hij had ook die gedachten uit zijn hoofd weten te bannen door zijn ogen open te trekken en met een starre blik naar de muur te kijken. Naar de verbleekte affiche met de afbeelding van een goedlachse wijkagent en de woorden 'De politie uw vriend' eronder. Het gelige licht maakte de draak van een affiche nog archaïscher dan ze al was. Toch wenste hij dat hij die wijkagent was.

Toen hij naar zijn hals greep, realiseerde hij zich dat hij zijn das al had uitgetrokken. Daarstraks, toen hij stikte in die duikboot. Nee, Barbara had hem meegenomen. Zo vanzelfsprekend allemaal. Zo beangstigend vanzelfsprekend. Deleu maakte de twee bovenste knopen van zijn hemd los. Met zijn openhangende overhemd en zijn neerslachtige, vermoeide oogopslag zag hij eruit zoals hij zich voelde: als iemand die ontvoerd is en hoopt dat zijn familie het nodige losgeld zal ophoesten.

Bosmans. Die had hij heel even kunnen omhelzen. Het was de eerste keer sinds zijn opname in het ziekenhuis. Sonck had hem verboden contact te zoeken. Maar nu was het proces aan de gang en de onderzoeksrechter had hem opgewacht in een van de ontelbare gangen die het Justitiepaleis rijk is. Maud was er ook. Het weerzien was heel kort geweest maar heel intens. Deleu had willen knijpen maar hij durfde niet. Toen had Bosmans hem tegen zijn borst getrokken en hem in het oor gefluisterd dat het proces tegen Van Diest voor onbepaalde tijd geseponeerd was. Hij mocht dan al God weet om welke reden op non-actief gezet zijn, zijn bronnen waren nog niet opgedroogd. Meer kon hij jammer genoeg niet kwijt, want ze werden ruw uit elkaar gehaald, alsof ze een joods gezin waren waarvan de vader zou worden gedeporteerd. Zo had Deleu het tenminste aangevoeld. Met zijn aangeboren emotionaliteit. Zijn grootste zwakte en tegelijkertijd een eigenschap om oneindig te koesteren.

Hij overdacht de teneur van de woorden van Bosmans. Het proces tegen Van Diest was geseponeerd. En dan? Zijn redenering stokte toen hij zich realiseerde dat hij Bosmans niet eens had gevraagd hoe het met hem ging. Hij was uitsluitend met zichzelf bezig geweest. Dat was al zo gedurende meer dan drie maand. Dirk Deleu, exponent van een verschralende westere samenleving.

Jos. Verdomme toch. Een hartaanval. Wat hebben ze je geflikt?

Dirk Deleu legde zijn hand op zijn borst op de plek waar hij zijn hart vermoedde en zijn volgende gedachte ging vreemd genoeg naar Roger Wittewrongel. Zijn tirannieke schoonvader, met wie hij een haat-liefdeverhouding had. Er kon warempel een flauwe glimlach af toen hij zich realiseerde dat in zijn huwelijk de schoonmoedermythe in feite een schoonvadermythe was. Hij had de man en, erger nog, Barbara's moeder niet eens kunnen bedanken voor hun steun. Financiële en morele. Die mensen hielden van hem. Hij had nog vrienden in deze wereld. Jos, en Barbara en de kinderen en zijn schoonouders en Maud... en Nadia... en zo.

Hij keek naar de deur en naar het claustrofobisch lage plafond. Wat waren ze met hem van plan? Sonck had aangedrongen om erbij te mogen zijn, maar hij was door Belleville vakkundig geweerd. Het had dus niets met de huidige assisenzaak te maken. Dat kon niet. Dat mocht niet. Het zou hun positie onnodig verzwakken en mogelijk het hele proces op de helling zetten. Maar wat voerden ze dan wel in hun schild? Wanneer mag je advocaat niet aanwezig zijn? Bij een verhoor. Een nieuwe beschuldiging. Als Vremde hem maar niet zat op te wachten. Peter Vremde, een mensenhaai, opgedoken uit het niets. Vremde, die zijn machtige kaken dichtgeklapt had, een stuk uit zijn ziel had gescheurd en ermee verdwenen was in de het peilloze zwart van de diepzee.

Nee, dat is voorbij. Kalm blijven, Deleu.

Maar het dossier was wel opnieuw geopend. Nieuw bewijsmateriaal, dat eraan zat te komen? Verpletterende bewijzen, die hem als een bulldozer met de grond gelijk zouden maken. Platwalsen. Van de aarde vegen.

Toen hij het slepende geluid hoorde van een onwillige deur, trok hij in een reflex zijn hoofd tussen zijn schouders.

'Inspecteur Deleu. Wilt u meekomen, alsjeblieft.'

De agent, een potige kerel met heldere ogen, stak zijn kin vooruit. Het maakte een zwakke, onbeduidende indruk, waardoor de man moeilijk in te schatten was. Deleu brak er zijn hoofd niet over. Hij stond op en liet zich gewillig meevoeren.

Via een nauwe maar helverlichte gang kwamen ze in een ruime kamer, waar een rusteloze bedrijvigheid heerste. Mensen liepen af en aan. Er waren twee kaptafels met maquillagegerei. Bij de toegangsdeur stonden twee zwaargewapende agenten en aan de andere kant vier mannen in burgerkledij. Heel casual. Twee droegen een sweater en jeans, en eentje had een openhangend overhemd aan. Hij leek wel wat op hemzelf, vond Deleu en terwijl hij de vierde, die een T-shirt droeg, taxeerde en zich nog steeds niet realiseerde wat er te gebeuren stond, trok een agent de laatste man bij de arm en manoeuvreerde Deleu op de vrijgekomen plaats. Hij was nu de derde in het rijtje.

Ik ben nummer drie. Waarom ben ik nummer drie?

Toen de metalige stem van onderzoeksrechter Belleville door de microfoon schalde, werd alles plots heel duidelijk.

'Heren, we kunnen starten.'

Een line-up. Ik sta hier in een godverdomde line-up. Tussen mijn dubbelgangers.

De deur ging open en een helder licht viel naar binnen. Een agent vooraan en eentje achteraan.

'Heren, profiel graag.'

De man naast hem draaide een kwartslag.

'Andere kant', zei de agent met de weke kin en de heldere ogen geïrriteerd. De man, die zuchtend zijn T-shirt in zijn jeans stopte, draaide lusteloos de andere kant op. Deleu, die zijn onverschillige blik opving, realiseerde zich dat hij kalm moest blijven. Geen angst tonen. Hij herinnerde zich een gesprek met politiefotograaf Van Lil en hoe die hem ooit toevertrouwd had dat je het best een tijdje kon wachten voor je een verdachte fotografeert omdat die, na de initiële geforceerdheid en argwaan, toch altijd terugvalt op zijn natuurlijke pose. Dat maakt het makkelijker voor de politie om hem later, bij een eventuele opsporingsactie, te herkennen. Zelfs als hij vermomd is, zien ze aan zijn lichaamshouding dat hij het is.

Deleu vroeg zich af of hij zijn natuurlijke pose in rust – ietwat doorgezakt, met de linker voet op de plaats van de rechter en omgekeerd – moest aannemen of juist niet. Hij kreeg de tijd niet om er lang over te piekeren.

'Face!'

Deleu draaide synchroon met de andere drie. Hij keek onbevreesd de zaal in, maar kon niets zien door de verblindende spots, die vol in zijn gezicht schenen en bovendien reflecteerden op het glazen tussenschot.

Wie zit me daar in dat duistere hol te observeren? Wie? En waarom?

'Profiel. Andere kant graag.'

Een geschuifel van schoenen gevolgd door een onwezenlijke stilte.

'Heren. Merci. Bedankt!'

Belleville. Hij klinkt zo opgewekt. Die smeerlap is blij. Ze hebben me herkend. Wie? Waarom?

Het licht ging uit.

Het doek viel.

17

Precies drie dagen en evenveel slapeloze nachten later ging het doek weer op en toen de griffier riep: 'Het Openbaar Ministerie roept getuige à charge Hans Van Diest op', sprong ook het licht weer aan.

Deleu, die wat had zitten dutten, schrok plots wakker. Hij keek naar zijn advocaat en het leek of hij naar zijn spiegelbeeld keek. Grote ongelovige ogen. Heel even leek het erop of zijn mond zou gaan openvallen, maar Sonck sprong op. Het was een louter motorische reactie.

'Ik protesteer.'

Rechter Desimpel keek Sonck verveeld aan. Eindelijk weer wat leven in de brouwerij, want het proces had zich tot nog toe voortgesleept als een slak met een kathedraal op haar rug. Een eindeloze rij getuigen en andere ramptoeristen waren de revue gepasseerd zonder dat er nieuwe elementen aan het licht waren gekomen.

'Desimpel luistert naar uw grieven.'

Sonck liep naar de balie, op de hielen gevolgd door zijn tegenstrever, die glunderde.

'Wat ligt er op je lever, meester Sonck?'

'Die man stond niet op de lijst van opgeroepenen.'

Desimpel begon in een lijvige bundel te bladeren. Hij liet zijn vinger over een blad glijden, stopte, klikte traag de ringen open en hield het blad onder Soncks neus.

'En dat?'

Jozef Sonck kreeg waarachtig een kleur. Zijn brein was zich al in ontelbare kronkels aan het wringen terwijl hij de naam las, die zoals het reglement het voorschreef drie dagen geleden in het register was ingeschreven. De stagiaire die hij in dienst had genomen, dat klotejuffertje met haar lange benen en haar leeg hoofd had verzuimd de lijst met opgeroepenen te checken. Of hadden die schoften haar omgekocht?

'Als je het ook niet allemaal zelf doet', mompelde Sonck.

'Pardon?'

'Excuseer, edelachtbare. De getuige staat inderdaad op de lijst. Ik trek mijn protest in. Mijn excuses.'

Sonck richtte zich op in een poging zijn waardigheid te behouden. Desimpel bestierf het bijna. Het kostte hem de grootste moeite de in hem opwellende lachkramp te onderdrukken. Een van de meest gerenommeerde assisenpleiters van België die de lijst met opgeroepenen niet verifieert. Hij kreeg zowaar bijna medelijden met de rechercheur met de lange neus, die zijn raadsman aankeek zoals een hulpeloos olifantje naar zijn dode moeder zou zitten kijken.

'Uw getuige, meester Verbeeck.'

'Excuseer, edelachtbare, maar mag ik even overleg plegen met mijn cliënt?' vroeg Sonck met een benepen stem en duidelijke tegenzin, want hij besefte dat het onvoorziene onderonsje het optreden van Van Diest in de ogen van de jury nog meer kleur zou geven.

'Vijf minuten', klonk het strenge verdict.

Sonck liep zonder dralen naar Deleu, nam hem bij de arm en verdween met hem in een aangrenzend kamertje.

'Wat heeft dit te betekenen?' vroeg Sonck scherp.

'Weet ik veel', klonk het nogal mat. 'Ik heb je toch verteld dat ik in een line-up heb moeten staan.'

'In welke hoedanigheid heb je die man ontmoet?' Soncks stem klonk vermoeid en ongeduldig.

'Ik heb hem mee ondervraagd, nadat hij opgepakt werd en in beschuldiging gesteld.'

'Da's alles?'

Deleu spreidde de armen en knikte ja.

Sonck begon als een gekooid dier door het kamertje te ijsberen.

'Is er iets wat ik moet weten over die ondervraging?'

'Nee. Een standaardondervraging. Niks speciaals.'

'Niks speciaals. Shit. Shit. Shit.' Sonck nam Deleu bij de arm. 'Kom, we gaan. Dit heeft geen zin. Glimlach als je weer naar binnen gaat, want we hebben al meer dan één slechte beurt gemaakt vandaag.'

'Wie? Ik?'

Sonck hoorde de ironie in die twee woorden niet. Zijn hersenen leken rond te kolken in zijn schedel, draaiend als een rat in een rad.

Twee ongewapende politiemannen leidden Hans Van Diest naar binnen. De man nam bedeesd plaats op het spreekgestoelte en aapte met een vlakke stem de griffier na. '...zo helpe mij God.' Toen hij de blik van Deleu op zich gericht voelde, sloeg hij de ogen neer.

Hij ziet er verdomme uit zoals een plechtige communicant. Hoeveel strafvermindering hebben ze hem aangeboden? Ik ben de klos.

'Mijnheer Van Diest? Kent u de beschuldigde, Dirk Deleu?'

Van Diest keek Deleu aan. Het gesprek met zijn schoonvader en diens trawanten lag hem nog vers in het geheugen. De keuze van rechter en openbaar aanklager, de beloofde strafvermindering in ruil voor zijn getuigenis. Het lag allemaal vast, alsof het om een huwelijkscontract ging, compleet met boedelscheiding en al. Zelfs de verantwoordelijkheden die zijn nieuw op te starten leven met zich zou brengen, waren door De Dijver op schrift gesteld.

'Niet persoonlijk, nee. Maar ik heb hem al wel gezien.'

'Ik ga het kort houden. Mijnheer Van Diest, wanneer heeft u de beschuldigde herkend?'

'Drie dagen geleden. Ik heb hem geïdentificeerd bij de politie.'

Verbeeck stak trots een document in de hoogte. Hij liep ermee naar de griffie.

'Het Openbaar Minister wenst het proces-verbaal van de line-up, waar beschuldigde door mijn getuige geïdentificeerd werd, toe te voegen aan de bundel.'

Verbeeck gaf het blad met een elegante zwaai aan de griffier en monsterde glimlachend de juryleden. Ze hingen aan zijn lippen. Hij draaide zich plechtstatig om en liep traag en zorgvuldig de spanning opbouwend naar Van Diest.

'Mijnheer Van Diest? Waarom heeft u de beschuldigde moeten identificeren?'

'Omdat ik hem gezien heb.'

'Wanneer heeft u hem gezien?'

Toen Van Diest na een korte aarzeling 'Op zevenentwintig september' zei, begonnen sommige juryleden heen en weer te schuiven op hun banken. Mensen begonnen te fluisteren. 'Zie je wel dat ik gelijk heb... dat is die verkrachter van in de gazet... Allez, dat meisje in....'

Drie harde tikken beëindigden het geroezemoes.

'Stilte!'

Verbeeck genoot van iedere seconde. Hij liet een stilte vallen.

'En waar heeft u de verdachte, Dirk Deleu, gezien?'

'Bij het huis van Mendonck, die vermoorde politievrouw. De avond van...'

'Protest', schreeuwde Sonck.

'Meester Sonck?' zei Desimpel.

'Nadia Mendonck is niet dood', klonk het zwak.

'Protest verworpen. Meester Verbeeck, gaat u door, alstublieft.'

'Kunt u die gebeurtenis wat nauwkeuriger omschrijven, mijnheer Van Diest?'

Van Diest snoof. Dit keer keek hij de juryleden frank aan.

'Hij kwam uit het huis van Mendonck. Op zeventwintig september omstreeks middernacht.'

'Alleen?'

'Ja. Hij had een plastic tas in de hand en liep snel de hoek om.'

'Een plastic tas, mijnheer Van Diest?'

'Ja. Zo'n grote tas, van Casa, geloof ik. Maar daar ben ik niet zeker van. In ieder geval iets met een groen logo. Het is te lang geleden.'

'Dat is niet waar!' schreeuwde Deleu, wiens stoppen doorsloegen. Hij sprong overeind.

'Was het een tas van Colruyt, dan?' speelde Verbeeck handig op de situatie in.

Sonck duwde Deleu in zijn stoel en zijn woorden 'Die geven verdomme geen plastic tassen' werden bedolven onder een regen van hamerslagen. Desimpels ogen vonkten gevaarlijk. Deleu stond weer op.

'Zwijgen. Allemaal! Dit is geen circus. Mijnheer Deleu, waag het niet meer u zo aan te stellen. Ga zitten.'

Dirk Deleu volgde het bevel op, trillend van woede. Hij vermoedde, nee, hij wist precies hoe de vork in de steel zat. Ze hadden Van Diest via de bemiddeling van zijn schoonvader strafvermindering aangeboden en hem deze act laten instuderen.

'Bedankt, mijnheer Van Diest. Ik heb geen verdere vragen.'

Verbeeck liep naar zijn bankje en glunderde. Van Diest keek hem schuw na.

'Uw getuige, meester Sonck.'

Toen Jozef Sonck opstond en nerveus in zijn klamme handen wreef, wilde Deleu zijn hoofd in zijn handpalmen begraven maar hij deed het niet. Het zou een vertwijfelde indruk geven. Hij probeerde zijn gezicht neutraal te houden, wat onder de gegeven omstandigheden een onmenselijke krachtinspanning vergde.

'Mijnheer Van Diest? Heeft u de heer Deleu slechts één keer in uw leven ontmoet?'

Van Diest twijfelde. Verbeeck zat op zijn bankje te schuifelen, klaar om op te springen, maar de bloeddorstige blik van Desimpel weerhield hem van zijn voornemen.

'Nee.'

'Bij welke gelegenheid heeft u hem nog ontmoet?'

'Ik protesteer', riep Verbeeck woest. 'Dat is irrelevant.'

'Nee. Dat is het niet', riposteerde Sonck.

'Ik luister', blafte Desimpel en de hamer dreunde op het massieve eikenhout, maar de agressieve uitval was niet meer dan een pose, want nu beloofde het eindelijk interessant te worden.

'De relevantie van mijn gedachtegang wordt u zo dadelijk duidelijk, edelachtbare.'

'We hopen het, meester Sonck. We hopen het.'

'Mijnheer Van Diest, is het correct te stellen dat u in beschuldiging gesteld bent en dat de heer Deleu u machtens zijn statuut van rechercheur bij de Mechelse lokale recherche ondervraagd heeft?'

'Nee.'

'Verklaar u nader, alsjeblieft.'

'Nee. Ik ben op vrije voeten.'

'U bent vrij op borgtocht, maar u moet nog voor het Hof verschijnen. Is het zo correct geformuleerd?'

'Irrelevant!' chargeerde Verbeeck nog een keer. Desimpel keek hem vragend aan. 'De verdediging probeert de getuige à charge in diskrediet te brengen door aan een toekomstige rechtszaak te refereren.'

'Hmm. Protest aanvaard. Meester Sonck, laatste kans.'

Sonck wilde nog protesteren maar zag daarvan af toen hij de blik van Desimpel ving.

'Oké. Laat het me zo stellen: u ontmoette de heer Deleu voor de tweede keer toen hij u machtens zijn statuut van rechercheur van de Mechelse lokale recherche ondervraagd heeft.'

'Ja.'

Sonck wikte en woog zijn woorden. Het leek alsof hij ze proefde voor hij ze uitsprak. Hij voelde een straaltje zweet van onder zijn oksel sijpelen. Hij keek naar Deleu en zweeg. Loog die schoft? Had hij gelogen over de hele linie? Ja. Zeker weten. Geen twijfel meer mogelijk. Hij loog. Vanaf de eerste minuut had hij gelogen. En daarmee had die niksnut hemzelf, Jozef Sonck, in een onmogelijke positie gemanoeuvreerd. Sonck wond zichzelf zodanig op dat hij zelfs even overwoog om afstand te doen van deze zaak, maar dat kon uiteraard niet want dan zou hij geschorst worden. Hij twijfelde en overwoog om Van Diests getuigenis te betwisten. Gewoon een woord tegen een woord. Nee. Te gevaarlijk. Hij keek naar Verbeeck.

Die rotzak heeft nog iets achter de hand. Merde. Ik zie het aan zijn smoel. Een promotie. Ze hebben hem een promotie beloofd. Ik heb geen andere keuze. Shit.

Vanuit zijn ooghoek zag hij hoe twee juryleden nerveus gingen verzitten. De spanning was te snijden. Dansen op het slappe koord.

'Mijnheer Van Diest, wat voelde u toen de heer Deleu u ondervroeg?'

'Niks. Waarom?'

'Ik protesteer', zei Verbeeck. 'Dat is niet relevant voor deze zaak.'

'Dat is het wel', antwoordde Sonck.

'De verdediging suggereert dat mijn cliënt meineed pleegt uit wrok.'

Desimpel wreef met zijn brede handen over zijn wangen, wat de overtollige huidplooien nog meer in het oog liet springen. Alsof er dikke lagen stopverf op zijn gelaat aangebracht waren.

'Heeft het Openbaar Ministerie materieel bewijsmateriaal dat de getuige à charge op de plaats van de misdaad was op de avond van de feiten?'

Sonck voelde zijn haren te berge rijzen toen hij Verbeeck met een brede glimlach naar zijn stoel zag lopen en een stuk papier uit zijn tas zag halen. Zijn slechte voorgevoel bleek eens temeer een realiteit. Hij had de vraag 'Wat deed u daar, die avond?' niet durven te stellen en nu had Desimpel het gevraagd. Zat die dikke zwarte kraai ook in het complot?

'Het Openbaar Ministerie wenst bewijsstuk A41b aan het dossier toe te voegen, het bewijs dat mijn cliënt die avond omstreeks middernacht geld uit een betaalautomaat haalde. Die automaat situeert zich op de IJzerenleen. Op wandelafstand twee minuten van de flat van Nadia Mendonck verwijderd.'

De rechter gunde Sonck geen ademruimte om van zijn opdoffer te bekomen.

'Mijnheer Sonck.'

'Geen vragen meer', zei Sonck.

Desimpel tikte met zijn hamer en keek op zijn polshorloge.

'Het Hof hervat om veertien uur stipt.' Hij keek Sonck aan met een volkomen neutrale blik. 'Smakelijk eten, iedereen.'

In hun claustrofobisch kleine privé-vertrek keek Jozef Sonck Deleu, die een hap van zijn broodje smos nam, beschuldigend aan. Deleu zweeg.

'Het verbaast me dat je nog zo smakelijk kunt eten.'

Deleu veegde een klodder mayonaise van zijn lip en stopte de punt van zijn wijsvinger in zijn mond.

'In de gevangenis zal ik het waarschijnlijk met heel wat minder moeten stellen. Binnenkort.' Het klonk laconiek en voerde Soncks ergernis naar ongekende hoogten. Die besefte maar al te goed dat hij als een rat in de val zat en schudde wild met zijn hoofd alsof hij zo zijn gedachten wilde herschikken tot er nieuwe optie zou opduiken. Of een onvoorziene vluchtweg. Maar Deleus nonchalante toon was maar schijn, want ook zijn hersenen draaiden op volle toeren. Op zoek naar een uitweg. Had Van Diest hem naar buiten zien komen bij Nadia Mendonck? Het was mogelijk. Zelfs waarschijnlijk, want het materiële bewijsstuk, het afhalen van een som geld, kon niet gemanipuleerd zijn. Onmogelijk. Een respectabele bankinstelling als Dexia zou hieraan nooit haar medewerking verlenen. Die smeerlap was wellicht echt in de buurt van Nadia's flat geweest met de bedoeling haar aan te randen. Van Diest had geduldig gewacht totdat hijzelf weggegaan was en had toen toegeslagen. En dat gebruikten ze nu tegen hem. Onwaarschijnlijk maar waar. Deleu keek op. Sonck zat hem met een doordringende blik aan te staren.

'Waar wil je naartoe?'

'De waarheid, godverdomme.'

'Je denkt dus dat ik schuldig ben. Jij ook al. Dat betekent dat ze hun werk grondig doen.' Hij nam nog een hap van zijn broodje. 'In elk geval beter dan wij.'

Sonck snoof. Hij had zin om het broodje door die verdomde flik zijn strot te duwen. Helemaal tot achter in zijn keel.

'Jij arrogante schoft.'

Deleu legde kalm zijn broodje op tafel.

'Zie je het dan niet!' schreeuwde Sonck. 'Besef je nu waarom het proces tegen Van Diest geseponeerd is! En waarom ze in ons dossier de beschuldigingen voor de moord op Van Hees en de aanslag op Ingrid Van Neck hebben laten vallen.'

'Ja. Omdat die smeerlap veroordeeld zal worden voor onvrijwillige doodslag. En ik voor moord. Omdat ze hem nodig hadden als getuige. Belleville heeft de zaak honderd tachtig graden omgedraaid. Ze spelen allemaal onder één hoedje. Ik vraag me zelfs af of ze Desimpel niet mee in het complot betrokken hebben. Dit is overduidelijk een spel voor grote jongens, meester Sonck. Groter dan wij.'

Sonck begon te ijsberen. Deleus scherpe analyse verbaasde hem, maar het toontje werkte hem onvoorstelbaar op de zenuwen. Hij probeerde zijn emoties te negeren en het hoofd koel te houden. Plots hield hij halt, pal onder het portret van wijlen koning Boudewijn, toen nog met melkmuil en hoornen bril. De jonge vorst, een knappe en elegante verschijning, lachte hem spottend toe. Sonck draaide zich om en staarde naar de grond.

Daarna richtte hij zijn blik weer op zijn cliënt en keek hem langdurig aan. Zijn ogen vernauwden.

'Je vrouw. Ze moet op de getuigenbank.'

'Nee. Geen sprake van. Barbara heeft hier niets mee te maken.'

'Ze moet je van de haak halen. Het is onze enige kans.'

'Suggereer je nu dat ze meineed moet plegen en me een alibi verschaffen?'

'Ja', klonk het droog.

'Nee. Dat bestaat niet. Daar hebben we het al over gehad.'

Sonck ging zitten en snoof.

'We hebben tot nog toe volgehouden dat je daar niet geweest bent, de avond van de feiten.'

'Dat klopt.'
'Dat is nu niet meer mogelijk.'
'En dan?' vroeg Deleu met samengeknepen ogen. Hij voelde waar Sonck naartoe wilde.
'Dan rest er ons slechts één optie.'
'En dat is?'
'We pleiten schuldig.'
'Ik ben onschuldig.'
'Dat doet er niet toe.'
'Voor mij wel.'
De stilte duurde een eeuwigheid.
'Waar ben je bang voor?' vroeg Deleu. 'Voor je reputatie?'
Sonck keek hem aan met ogen die uitpuilden van haat en frustratie.
'Ja. Dat ook. Je vraagt de hulp van je vrouw of je bekent. Je bekent wat je gedaan hebt. Te nemen of te laten. Of anders...' Sonck keek Deleu aan en leek zorgvuldig met zijn woorden om te springen.
'Of anders wat?'
'Of ik wil dat je me wraakt. Wat heb ik hier tenslotte mee te maken?'
Deleu voelde een golf van walging voor deze lelijke kleine kabouter met het huizenhoge ego.
'Nee', klonk het kordaat. 'Samen uit, samen thuis. Als mijn bootje zinkt, zink je mee.'
Sonck bonkte hard met zijn vuisten op tafel. Zijn ogen rolden in hun kassen.
'Jij vies vuil ongedierte. Je hebt me ervan beschuldigd dat ik een advocaat van de duivel ben. Dat ik ben ik niet! Ik begin nooit een zaak zonder kans op slagen. Nooit. En ik ben eerlijk tegen mijn cliënt. Altijd.'
'Maar de schuldvraag, daar bekommer jij je niet om.'
'Waarom zou ik? Ik baken mijn zaak af. Duidelijke doel-

stellingen. Duidelijke afspraken. Geen verrassingen achteraf. Te nemen of te laten.'

'Het leven is vol verrassingen, meester Sonck.'

Sonck graaide naar zijn aktetas en liep furieus naar de deur. Hij draaide zich om.

'Als je me niet wraakt, laat *ik* jouw bootje zo diep zinken dat het nooit meer aan de oppervlakte komt.'

De deur sloeg met een smak dicht.

Bosmans sloeg de deur van zijn Mercedes dicht. Hij had de debatten gevolgd, de onderzoeksrechter in ruste, want hij wilde geen seconde van het proces missen. Maud omhelsde hem. Ze voelde onmiddellijk de spanning.

'Wat scheelt er?'

'Ze zijn Dirk aan het flikken. Ze hebben Van Diest opgeroepen. Ik moet hem helpen. Ik ben al wat hij nog overheeft.'

Bosmans wachtte niet op een reactie. Hij startte de Mercedes en legde zijn hand op de versnellingspook. Ze beefde en dat had niets met de motor van de auto te maken. Maud legde haar hand op de zijne. Bosmans keek haar aan.

'Ik zal je missen, Jos Bosmans.'

Bosmans slikte. Haar warme blik. De gemeende woorden. Hij voelde hoe een warme golf zich in zijn borstkas nestelde. Ze omhulde zijn zwaarbeproefde hartspier. Maud stelde geen verdere vragen. Ze keek in gedachten verzonken naar de voorbijglijdende verkeersstroom. Een oneindige rij auto's. Ze kwamen en gingen. Een allegorie op het leven zelve. De emoties van de voorbije weken. Het kwam allemaal weer bovendrijven. Ze slikte en bedwong haar opkomende tranen. God, wat hield ze van deze man. Van zijn warme genegenheid. Van zijn onbaatzuchtigheid. Ja, zelfs van zijn nukkige karakter. Soms rook ze aan zijn overhemd voor ze het in de wasmachine stopte. Dat had ze ook gedaan toen hij op de intensive care lag. Het eerste wat ze gedaan had, na dat fatale telefoontje, was naar de kelder rennen en zijn vuile wasgoed uit de machine halen. Daar had Truus haar gevonden, geknield voor de wasmachine, haar gezicht begraven in zijn overhemd op zoek naar zijn lichaamsgeur. Ze had het hem niet verteld.

'Waar zijn mijn dochters?'

'Winkelen. Ze komen met de trein naar huis.'

De Mercedes trok zich traag op gang en mengde zich in het drukke verkeer. Maud greep de arm van haar man.

'Laten we koffie gaan drinken.'

Bosmans was ver weg met zijn gedachten. Hij keek haar aan.

'Ik hou ook van jou, Maud. Altijd al.'

'Een andere keer dan. Wil je dat ik met de trein naar huis ga?'

'Ik moet dringend naar de griffie.'

'Zet me hier maar af. Ik zal ons Truus opbellen. Het is een eeuwigheid geleden dat we nog eens samen zijn gaan winkelen.'

Bosmans parkeerde de Mercedes half op het trottoir. Maud omhelsde hem en zoende hem op de wang. Ze keek hem langdurig aan.

'Ik sta achter je.'

'Ik heb je liever voor of onder me.'

Maud glimlachte fijntjes.

'Of boven je.'

Ze legde haar hand op zijn hart. Bosmans schraapte de keel.

'Dat weet ik. Ik weet dat je achter me staat.'

'Laat ze je je waardigheid niet afnemen. Dat verdien jij niet. En zij nog veel minder. Dat plezier mag je hun niet gunnen, Jos Bosmans.'

Bosmans wist niet onmiddellijk wat te antwoorden.

'Ik ga Belleville of De Dijver niet smeken, als het dat is wat je bedoelt', antwoordde hij, hoewel hij wist dat hij het wel zou doen, mocht het nodig zijn. En hij wist evenzeer dat hij Maud, die hem perfect aanvoelde, niet kon bedotten. Ze keek hem begrijpend aan.

'Bel Barbara nog eens op, wil je?' zei hij ietwat stuntelig.

Dat was nog een van die karaktertrekken waardoor ze zoveel van hem hield. Zijn aangeboren generositeit en mededogen. Met dat grote hart van hem. Ze stapte uit.

'Als je sterft, zal ik mezelf haten.'

Bosmans stond perplex.

'En als ze je de gevangenis indraaien, maak me dan alsjeblieft medeplichtig. In een cel boven of onder de jouwe. Niet achter je.' Maud schonk haar man een stralende glimlach. 'Ik probeer Barbara te bereiken.'

Ze draaide zich om en liep weg. Bosmans keek haar na. Over zijn schouder, zoals een man naar een bevallige voorbijgangster kijkt. Haar figuur was nog altijd mooi. Wat mollig om de heupen. Maar elegant. God, wat was die vrouw elegant. Zijn vrouw. Jos Bosmans voelde een warme tinteling tussen zijn dijen. Hij glimlachte en startte de auto. Vastberaden. Als een man die precies weet hoe het verder moet in het leven. Al was ook dat maar schijn. Hij zou naar Belleville rijden, hem een bezoekje brengen in zijn kabinet. Voor een praatje. Amicaal onder collega's. Vragen of 'De Peer' geen extra toelichting nodig had bij het dossier dat hij overgenomen had. 'Koud in de schoot geworpen', prevelde Bosmans en hij moest erom lachen. Misschien zou die idioot zich wel verspreken. Als hij zijn vragen maar handig genoeg formuleerde. Of misschien kon hij inzage krijgen in het nieuwe dossier. Via zijn griffier. Als Belleville er niet was bijvoorbeeld. En misschien zou hij die informatie dan aan Sonck kunnen doorspelen. Zodat die nieuwe elementen aan het dossier kon toevoegen en zo Deleus hals uit de strop halen. Misschien wel. Misschien niet. Het was in ieder geval het proberen waard. In elk geval beter dan thuis te blijven wachten op dingen die toch nooit zouden gebeuren. Als een zoutzak. En als dat niet lukte, dan maar naar De Dijver bellen. En hem proberen onder druk te zetten. Er zat niks anders op. Maar hoe?

Bosmans zuchtte, want hoewel hij het nooit voor zichzelf zou toegeven, wist hij dat het allemaal zinloos zou zijn. Hij rommelde in het handschoenenvak en had ongelooflijk veel trek in een sigaret. Maar dat kon niet. Waarschijnlijk nooit meer. De dokter was stellig. Hij keek hunkerend door het raam, naar de rommelige etalage van een nightshop en toen naar de stoep, waar een voorbijganger een sigaret weggooide en ze uittrapte. Bosmans keek sip naar de vermorzelde peuk. Plots snoof hij en hij krabde in zijn hals. Zijn ademhaling ging sneller. Een aha-erlebnis. Dat was het. Dat onschuldige gebaar. Alle puzzelstukken vielen opeens op hun plaats. Het was zoals in een droom, waarin je uitgeput en doodmoe na vele dagen zwemmen in een oneindige plas, uiteindelijk de moed laat zakken en merkt dat je in ondiep water zwemt en dat je rechtop kunt staan. Zo eenvoudig. Zo voor de hand liggend. Bosmans keek naar het dashboard en reed weg. Zonder omkijken. Naar het centrum. Maar niet naar Belleville. Het parket. Daar moest hij zijn.

Terwijl Deleu overlegde met twee van Soncks assistenten – de assistente die de lijst met getuigenissen niet had geraadpleegd was er niet meer bij, ze was op staande voet ontslagen – en Barbara met Maud in De Martinique, een stemmige taverne op de Korenmarkt, koffie dronk, liep

Jos Bosmans de trappen van het parket op. Hij liep rechtstreeks naar de griffie, zich afvragend hoe hij de portier, die goeie ouwe Jean-Baptiste, zou kunnen verschalken.

De portiersloge was leeg. Bosmans keek om zich heen. Vrijdag laat in de middag. Het hele gebouw was waarschijnlijk zo goed als leeg. Net zoals hij vermoedde. Hij aarzelde. Prima. Maar opgepast, de portier liep hier ergens rond. Dat kon niet anders.

Op zijn bureau lag een opengeslagen nummer van *Menzo*. Er lag geen krant. Misschien had hij die wel meegenomen. Of was hij zijn ronde aan het lopen?

Bosmans twijfelde niet. Hij zoog zijn longen vol, zoals iemand die het water in gaat duiken, liep met snelle passen om de balie heen. Ondertussen nam hij zijn zakdoek, waarmee hij, zoals een beroepscrimineel, het handvat omwikkelde van het kastje aan de muur, een relikwie uit lang vervlogen tijden. Zijn geluk kon blijkbaar niet op vandaag. Het deurtje was open. Bosmans keek gejaagd achterom. De gang was leeg. Hij hoorde niets en bekeek de sleutels die netjes gerangschikt aan koperen haakjes hingen. Onder elke sleutel stond een cijfer. Het was met de hand in het hout gebeitst en gevernist met rode inkt.

Eén sleutel ontbrak. Nummer zeventien. Bosmans grijnsde. De toiletten. Zelfs om te plassen had je hier een sleutel nodig. Jean-Baptiste zat dus hoogstwaarschijnlijk op het toilet zijn krant te lezen. Hij loerde naar de onderste rij sleutels. Een ouderwets maar effectief systeem. De bovenste sleutels waren van de bovenverdieping. De middelste van de gelijkvloerse en de onderste van de kelderverdieping. Eenvoudige logica. Gezond boerenverstand.

Waar werden de zware criminele dossiers ook weer bewaard? Juist. In de vierentwintig. Die vochtige opslagplaats met het benauwend lage plafond. Helemaal achteraan in de kelder. Niet moeilijk te vinden. Ook de back-up van Bellevilles dossier zat ongetwijfeld in een van de ladekasten. Het was tenslotte een heel nieuw dossier en het zou een schat aan informatie kunnen bevatten, want 'De Peer' speelde ongetwijfeld onder één hoedje met de openbare aanklager, Laurel P. Verbeeck. En wie weet, misschien zaten er wel aanwijzingen in die rechtstreeks naar De Dijver zouden leiden. Misschien waren ze zo zeker van hun zaak dat ze slordig werden. Als hij een aanwijzing kon vinden dat De Dijver ook in het complot zat, dan was het een heel nieuw verhaal. Dan maakte Deleu misschien nog een kans. Bosmans werd helemaal warm vanbinnen.

Ja. Dan ga ik ermee naar De Dijver en ik zet hem voor het blok. Het kan me niet schelen als ze me op rust zetten. Mijn pensioen mogen ze in hun reet steken!

In zijn grenzeloze euforie wilde hij sleutel vierentwintig van het haakje lichten, maar hij twijfelde. Zijn aangeboren argwaan noopte hem tot voorzichtigheid. De portier zou de lege plek opmerken als hij sleutel van het toilet terughing. Bovendien was het de regel dat je steeds met zijn tweeën moest zijn om het archief te mogen raadplegen. En het register moest ondertekend worden. Bosmans vloekte ingetogen. Toen kreeg hij een lumineus idee. Net op tijd, zo bleek, want in de gang weerklonken sloffende stappen. Hij duwde het deurtje dicht en liep om de balie.

Jean-Baptiste, de portier, een trage levensgenieter met een bierbuik en een gezicht dat altijd lachte, kwam om de hoek gesloft. Hij was zijn overhemd in zijn broek aan het wurmen en merkte Bosmans niet eens op.

'Ah... Jean-Baptiste!'

'Ja', klonk het benepen. De man keek op. 'Mijnheer de onderzoeksrechter. Sorry dat u hebt moeten wachten. Kan ik u ergens mee helpen?'

Bosmans had bijna al schertsend gezegd: 'Ik moet ook even', maar bedacht zich gelukkig net op tijd en liet het woord 'ook' weg.

'Ik moet even.'

'Ah... dan ben ik net op tijd terug.'

De portier gaf hem vriendelijk lachend de sleutel. Bosmans had bijna medelijden met de man, die zich nauwgezet van zijn taak kweet maar die hij nu om de tuin moest leiden.

Toen Bosmans amper tien minuten later weer bij de balie arriveerde, was hij nat bezweet. Het bloed pompte door zijn aderen. De portier voelde zijn aanwezigheid en keek op van zijn krant. Hij wilde opstaan maar Bosmans, die hem te vlug af was, liep om de balie en trok het sleutelkastje open.

'Blijf rustig zitten, jongen.'

'Maar...'

Bosmans legde zijn hand op de vlezige schouder van de portier en hing beide sleutels op hun vertrouwde plekje. Hij liep weer naar de andere kant.

'Voilà. Bedankt.'

Jean-Baptiste keek hem aan. Bezorgd. Met die typische trouwe hondenblik. Hij had waarschijnlijk de zweetdruppels gezien.

'Hoe gaat het eigenlijk met u, mijnheer de onderzoeksrechter?'

'Beter. Kalm aan doen, heeft de dokter gezegd.'

Jean-Baptiste knikte gedwee en vol begrip terwijl Bosmans zijn voorhoofd droogwiste.

'Maar ik klaag niet. Voor mij zit de week er weeral op. Jij moet waarschijnlijk nog het hele weekend werken.'

'Ja. Jaja. Dat wel. Ik ben weeral van dienst. Maar 't is mijn job en ik doe ze naar best vermogen. Al vierendertig jaar.'

'Ik weet het. Dag Jean-Baptiste. Prettig weekend.'

'Dag mijnheer de onderzoeksrechter. U ook. Bedankt.'

Jean-Baptiste keek Bosmans na totdat die om de hoek verdween. Hij pulkte een korstje uit zijn ooghoek en dacht: Zo moesten we er hier meer hebben. Eerlijk als goud en authentiek. Een man van de oude garde, Jos Bosmans. Niet zo iemand die zijn vrienden niet meer kent omdat ze geen e-mail hebben.

Toen Bosmans in zijn Mercedes met koortsige ogen naar zijn jachttrofee keek, vloog in meester Soncks bureau de deur open. Deleu keek naar de jongeman, een medewerker van Sonck, die in al zijn haast zijn aktetas had vergeten te sluiten. Hij glunderde.

'Dag mijnheer Deleu. Ik heb goed nieuws.'

'Ah?'

'Waar is meester Sonck?'

'Gaan golfen, denk ik', mompelde Deleu.

De cynische opmerking had de waarheid kunnen zijn, want Sonck was sedert hun laatste aanvaring in geen velden of wegen meer te bespeuren. Misschien was hij zijn raadsman aan het consulteren om uit te zoeken hoe hij zonder kleerscheuren van zijn vervelende opdracht af kon raken.

De goedkope arbeidskracht, een student tweede lic. rechten, was even van de kook maar hij herstelde zich snel en grijnsde. Hij nam de telefoon van de haak en draaide Soncks nummer.

'Meester Sonck.'

De jongeman pulkte aan zijn pluchen baardje terwijl hij ingespannen luisterde.

'Ja. Ja. Ze heeft die ballonspuit zelf gekocht.'

Deleu, die nonchalant had zitten toekijken, verslikte zich in zijn koffie.

'Ja. Oké. Ik wacht hier.'

'Ze? Wie is ze?'

De jongeman legde de hoorn op de haak. Hij bouwde een bestudeerde pauze in. Deleu herkende meteen de symptomen. Hij had het al in zich. Hij zou het maken als advocaat. Zijn blauwe ogen glimlachten toen hij Deleus nervositeit voelde groeien.

'Nadia Mendonck. Het slachtoffer. Ze heeft die ballonspuit zelf gekocht. Ik heb het bewijs hier...' De jongen greep enthousiast naar zijn aktetas maar toen hij voelde dat de klep niet afgesloten was, kreeg hij een kleur. 'Hier...' Hij gooide de lederen tas op het bureau en begon er paniekerig in te rommelen. Toen hij een plastic kaftje opviste, haalde hij opgelucht adem. '...hier, het bewijs dat Nadia Mendonck die ballonspuit zelf gekocht heeft.' Hij glunderde en wachtte op Deleus vragen. Voor hem de ultieme bekroning. Het moment dat die doorgewinterde rechercheur hem zou vragen hoe hij die klus dan wel geklaard had. En hij was er klaar voor. Klaar om Deleu in het lang en het breed te beschrijven hoe hij eerst de gynaecoloog van Mendonck met een list uit zijn tent had gelokt – hij had zelfs gedreigd met een huiszoeking, iets waaraan dokters over het algemeen sowieso een broertje dood hebben, zij het dan voornamelijk om fiscale redenen – en hoe de man uiteindelijk had toegegeven dat Mendonck twijfelde over een abortus. Het was een begin. Maar niet genoeg. Toen was de anonieme tip binnengekomen. Die leidde naar een niet al te koosjere drogisterij in Brussel en hij had de eigenaar van dat vuile winkeltje – weliswaar tegen betaling – weten te overhalen om op de getuigenbank plaats te nemen. En hoe...

Hij keek naar Deleu maar er kwam niets. Die zat voor zich uit te staren. In de ogen van Soncks assistent was dit een fameuze doorbraak, die de voorbedachtheidstheorie voor een deel op de helling zou kunnen zetten. Een spaak in het wiel van Laurel P. Verbeeck.

De jongeman ging zitten en keek verwachtingsvol naar Deleu, die met de blik op oneindig het laatste restje koffie opdronk. Terwijl de geluiden van de straat de stilte binnenkropen, kon hij, in plaats van opluchting te ervaren, maar aan één ding denken: Was je echt zo radeloos? Hij zuchtte. Nadia. Mijn lieve Nadia. Waarom heb je me dat niet verteld? Waarom?

De jongeman keek Deleu aan als een verkoper die na zijn ingestudeerde verkooppraatje geduldig wacht op een reactie van de klant en op de verlossende handtekening hoopt. Ze kwam niet.

'Mag ik u iets te drinken aanbieden, inspecteur?'

'Graag. Als er maar alcohol in zit.'

De jonge man sprong energiek op. Deleu voelde sympathie voor deze jonge kerel. Voor zijn spontaneïteit. Dat ongedwongene, dat je alleen bij twintigers en dertigers vindt. Zijn gedachten dwaalden onbewust af naar Rob, zijn zoon.

'Een whisky, inspecteur?'

Rob, die veel terughoudender was. Tenminste, dat was hij geworden. Veel voorzichtiger en minder vlot in de omgang. Was ook dat zijn schuld? Was zijn jongen in zichzelf gevlucht om de pijn en de schande te ontvluchten die zijn ouders hem hadden aangedaan?

'Maak er maar een dubbele van.'

Deleu sloeg de whisky in één teug naar binnen en stond op. Het kostbare vocht brandde in zijn keel. Hij zette het glas op de tafel en zweeg. Hij keek door het raam naar de grijze wolken die de zon versluierden.

De student, die hoe dan ook zijn verhaal kwijt wilde,

schraapte de keel, maar hij voelde instinctief dat er meer aan de hand was dan de emotionele schok die was teweeggebracht door het plots opdoemen van een mogelijke vluchtweg. En dus zweeg hij, wat hem echter de grootste moeite kostte, want hij had in zijn euforie en om zichzelf te belonen gauw twee Duvels achterovergeslagen. Hij was op zijn hoede want alcohol had steevast dezelfde uitwerking op hem, maakte hem op een eigenzinnige manier dom wanneer hij voorzichtig moest zijn, actief wanneer hij zich beter passief kon opstellen en praatziek wanneer hij beter kon zwijgen.

Op de man voor hem had de alcohol blijkbaar een averechts effect. Hij werd nog zwijgzamer dan tevoren. Plots stond hij op.

'Ik ga een wandeling maken. Ik heb wat frisse lucht nodig.'

Soncks assistent keek op zijn horloge, een geschenk van Tine, zijn ex, die het op staande voet had uitgemaakt, nadat hij in al zijn naïviteit en openhartigheid zijn toevallige seksuele escapade met een gehuwde dertigjarige vrouw geopenbaard had.

'Ja... oké... wat moet ik meester Sonck vertellen?'

'Zeg hem dat ik terugkom.'

'Wanneer?'

'Dat merkt hij wel. Tot straks. En bedankt. Prima job.'

Op straat snoof Deleu de lucht diep in zijn longen. Het bezorgde hem een ijl gevoel in zijn hoofd. Hij sprong in zijn auto en reed rechtstreeks naar de Brusselse Ring, waar hij de afrit Leuven koos.

Toen hij in Gasthuisberg de parking opreed, twijfelde hij. Barbara was uit werken maar af en toe belde ze hem op. Om te informeren hoe hij zich voelde. Om hem een hart onder de riem te steken. Of wilde ze hem alleen maar controleren? Hij zette zijn gsm uit en liep door de hal naar de lift.

Hij duwde voorzichtig de deur van Nadia's kamertje open nadat hij de afdelingsreceptioniste had weten te verschalken door lukraak op een belletje te drukken en zo onopgemerkt voorbij de balie te lopen. Waarom hij dat gedaan had, wist hij eigenlijk niet. Er was hoegenaamd geen bezoekverbod meer. Dat het aan de zichzelf opgelegde paranoia lag, daar kwam hij niet op.

Hij glipte naar binnen en schrok. Nadia was niet alleen. Naast haar bed zat een frêle dametje van een jaar of zestig die haar hand vasthield. Ze keek traag op met een vermoeide oogopslag. Deleu bleef stokstijf staan, niet goed wetende wat te doen. Naar buiten lopen? Zich ervan afmaken met de smoes dat hij de verkeerde kamer binnengelopen was? Het dametje was hem te snel af.

'Kom binnen, mijnheer. Maar sluit de deur alsjeblieft, want ze heeft het koud.'

Het klonk verontschuldigend. Al was daar geen reden toe. Deleu, die de blik afwendde, zag zijn spiegelbeeld nogal stuntelig ja knikken. Hij sloot met gemengde gevoelens de deur. Het dametje keek hem vragend aan.

'Ik ben een collega van juffrouw Mendonck', hoorde Deleu zichzelf zeggen.

'Ah. Da's lief. Ga zitten. Ik ben Nadia's tante. Haar meter eigenlijk. Haar... tweede moeder.'

Ze had inderdaad heldere blauwe ogen, net zoals Nadia.

Deleu, die een kruisverhoor verwachtte, sloeg nerveus zijn benen over elkaar toen hij ging zitten.

Er gebeurde niets.

Het vrouwtje streelde Nadia's hand. Heel teder, alsof ze haar petekind niet wilde wekken. Deleu voelde zich uitermate ongemakkelijk en schuifelde heen en weer op zijn stoel. Hij vroeg zich af wie deze vrouw was. Nadia's meter. Vanuit dat perspectief had hij het nog nooit bekeken. Zo had hij Nadia nog nooit bekeken. Als iemands petekind. Ook zij had een tante. Net als iedereen. Zijn sensuele minnares had een tante en een oom, daar had ze het ooit eens over gehad. Ze had dan wel geen ouders meer, maar dat betekende toch niet dat ze ook geen familie meer had. Met neven en nichten en zo. Mensen die om haar gaven. Mensen bij wie ze waarschijnlijk haar hart uitgestort had nadat ze had besloten een punt te zetten achter hun relatie. Haar tante was ongetwijfeld op de hoogte. Ze begon onrustig met haar voet te bewegen. Zij ook al. Deleu bleef doodstil zitten. Nu zou het komen. Hij hield de adem in.

'Dan stap ik maar eens op. Ik laat jullie alleen.'

Ze nam haar handtas en zoende Nadia op het voorhoofd. Voor het eerst durfde Deleu het aan om naar Nadia te kijken. Ze was mooi. De buis in haar neus, dat verschrikkelijke artefact waarvoor hij zo bang was geweest, was weg. Ze ademde vredig. Alsof ze sliep. Ze leefde.

'Hoe... hoe maakt ze het... uw dochter...petekind?'

Het vrouwtje keek hem doordringend aan.

'Mijn dochter. Zo voelt het aan, ja. Ik weet het niet. Soms vraag ik me af of ze droomt. En wat ze nu nog voelt. En of het mooie dromen zijn. Soms zie je dat haar ogen heel snel heen en weer gaan achter haar gesloten oogleden. Alsof ze bang is.'

'Ja. Wat zeggen de dokters?'

Het vrouwtje haalde de schouders op en liep in zichzelf gekeerd naar de deur.

'Alles en niets. Bedankt. Bedankt dat u haar een bezoekje wil brengen. Dat is heel attent van u. Ze kan er niet tegen om alleen te zijn. Dat is al zo sedert ze een kind was.' Ze glimlachte mysterieus en leek dwars door Deleu heen te kijken. 'Maar ik houd u op. U moet waarschijnlijk gauw weer naar uw werk, straks. Ik weet hoe het is.'

'Nee. Nee, helemaal niet. Blijf nog even.' De woorden waren eruit voor hij er erg in had. Het vrouwtje aarzelde maar liep weer naar haar stoel. Ze ondersteunde haar heup en ging voorzichtig zitten. Ze keek naar Nadia. Het was een zorgelijke blik.

'Je mag haar aanraken als je wilt. Ze voelt dat. Ik ben er zeker van. Elke mens voelt genegenheid. Zelfs als hij slaapt.' Ze keek naar haar hand. Naar de kromgetrokken wijs- en middelvinger. Ze voelde Deleus blik en glimlachte. 'Jaja. Jicht. Een mens wordt er niet jonger op.'

Deleu wachtte welwillend op het logische vervolg. Het verhaal van haar fysieke kruistocht. Een calvarieberg van miserie. Maar zo was het goed. Die lijdensweg zou de aandacht afleiden van de echte pijn. Van de dingen waarvoor hij echt bang was, zoals de fatale vraag: 'Wat is uw naam?' en aanverwante topics. Hij was al volop antwoorden aan het verzinnen, zodat haar volgende vraag hem volkomen verraste.

'Houdt u van wijn, inspecteur Deleu?'

De zondvloed. Een massa gedachten spookten door Deleus hoofd.

Nadia heeft over ons gesproken. Ze weet dat ik de vader ben... was. Ze heeft een foto van ons gezien. Ze zal me verwijten dat ik laf ben. Ze belt naar Barbara...

Hij slaagde er slechts in een bedeesd 'Soms' te produceren.

'Onze Jan, mijn man, hij was een wijnkenner. Hij verzamelde wijnen. Hij was rijk, weet u. Hij kon zich alles veroorloven wat hij wilde. Dure sportwagens en zo. Maar dat heeft hij nooit gedaan. Hij is altijd eenvoudig gebleven. Hij hield ook van Nadia. Zielsveel. Nadia en wijn, dat waren zijn passies.' Ze glimlachte en keek op. 'En weet u waarom hij zijn geld in dure wijnen stak en niet in blitse sportwagens?'

'Nee.'

'Omdat hij een sociaal mens is.'

Deleu keek haar vragend aan.

'Omdat het een passie is die je kunt delen. Een voortreffelijke fles wijn kun je delen met de mensen die je liefhebt. Begrijpt u?'

'Ja. Jaja.'

Deleu glimlachte. Hij voelde hoe zijn ademhaling bedaarde. Hij begon zelfs van het gesprek te genieten.

'Is hij overleden? Uw man?'

'Nee. Nee. Ja, ik weet het, soms praat ik over hem in de verleden tijd.' Ze glimlachte fijntjes. Het maakte Deleu bewust van het feit dat hij de rol die hij haar had toebedeeld nu zelf aan het spelen was. Hij stelde de vragen. 'Hij had ook nog een andere passie.' Dit keer lachte haar hele wezen. Ze straalde. Deleu, die al zijn aangeboren argwaan had laten varen, hing aan haar lippen.

'Rokkenjagen.'

Deleu wist absoluut niet hoe te reageren. Het vrouwtje keek naar haar petekind met een blik zoals alleen moeders en dochters naar elkaar kunnen kijken. Barbara had het ook. Dat zachte, harmonieuze. Die moeilijk te definiëren instinctieve affectie. Barbara! Deleu keek schichtig op zijn horloge.

'We zijn gescheiden. Maar ik heb het hem vergeven.' Weer glimlachte ze. 'Nu wel. Blijkbaar heeft ons geheugen de barmhartige gewoonte om alle slechte herinneringen te wissen en alleen de goede te bewaren.'

'En Nadia?' vroeg Deleu, en zijn oprechte bezorgdheid om haar petekind gaf het vrouwtje duidelijk een warm gevoel.

'Oh ja. Hij ziet haar nog. Hij komt ook regelmatig langs.'

'Als u er niet bent.'

Het vrouwtje stak haar hand uit.

'Martha.'

Deleu drukte haar de hand.

'Dirk.'

'Nee, Dirk, we ontmoeten elkaar nog. Vaak zelfs.'

Deleu keek haar aan. Ietwat verward.

'Waarom zouden de gesprekken tussen mensen moeten ophouden als ze geen minnaars meer zijn?'

Deleu wist niet wat te zeggen. Zo had hij het zich ook vaak voorgesteld. In zijn grenzeloze naïviteit. Barbara's beste vriend en Nadia's minnaar. De perfecte symbiose. Hij slikte. Nadia's tante voelde zijn verwarring.

'Maar het is veel complexer dan dat', hielp Martha hem uit zijn impasse. 'We kunnen niet zonder elkaar. En ik heb nooit opgehouden van hem te houden, want hij is een fantastische oom voor Nadia en een geweldige man voor mij.'

Het was doodstil in de kamer, maar de atmosfeer was heel intens. Haar laatste woorden leken zelfs de zwakke geluiden van de straat opgeslorpt te hebben.

'Maar hij is geen goede echtgenoot. En hij heeft mijn zelfvertrouwen volledig ondermijnd. Ik was beschaamd. Voor mezelf. Omdat ik die heerlijke man niet gelukkig kon maken. Ik had mijn instinct moeten volgen en volledig met hem kappen. De band verbreken. En weer van het leven gaan genieten. Maar dat kon ik niet.'

Deleu wilde opstaan en zijn arm om haar schouder slaan en haar troosten en haar zeggen dat het goed was, maar hij kreeg er de kans niet toe. Het vrouwtje stond op en gaf hem een zoen op de wang. En ze kneep in zijn schouder en ze streelde door zijn haren en daarna liep ze naar buiten.

Deleu keek haar na. Ademloos. Hij wachtte totdat de voetstappen in de gang uitgestorven waren en nam Nadia's hand in de zijne. Tot zijn verbazing was haar hand warm.

Hij ging voorzichtig op de rand van het bed zitten, streelde over haar vingertoppen en zag hoe buiten de duisternis langzaam de dag wurgde.

'Goed', zei Barbara tegen de staande klok. 'Goed dan, het is acht uur en hij is er nog niet. En zijn gsm staat uit. Maar dat wil niet zeggen dat hij bij haar is. Helemaal niet. Ik heb zo vaak gewenst dat je me pijn zou doen. Me kwetsen tot in het diepste van mijn ziel. En dat je me zou zeggen dat je me veracht. Ik verdien het. Maar dat doe jij niet. Nooit. Zo steek jij niet in elkaar. Je komt niet op tijd naar huis maar je kwetst me niet. Je geeft me de kans niet om je te haten. Het zij zo.'

Ze begroef haar gezicht in haar handen en liep naar de spiegel boven het aanrecht. Ze keek aandachtig naar zichzelf en probeerde haar vingertop tegen de neuspunt van haar spiegelbeeld te duwen. Het lukte haar niet. Ze kreeg bijna de slappe lach, alsof alle opgekropte spanningen zich zo een weg naar buiten wilden banen.

'Waar ben je dan, verdomme! Bij Sonck? Bij Bosmans? Of probeer je me iets te zeggen door niet naar huis te komen? Zit jij je in een café te bezuipen en ben je weer opnieuw aan het twijfelen over ons huwelijk? Ben je ongelukkig bij mij? Dirk Deleu! Ik vraag je wat!'

Ze schraapte haar keel en liep naar de sofa. Het opengeslagen damesblad kon haar allerminst boeien. Ze veegde het met een nijdige zwaai van de sofa.

Rustig, Barbara. Rustig blijven. En redelijk. Overmorgen zijn de eindpleidooien. Ze moeten zich voorbereiden.

Ze klapte in haar handen alsof ze op die manier het doemdenken uit haar lichaam kon verjagen en haar gedachten kon herschikken.

Ik moet getuigen. Ik moet hem een alibi verschaffen. Ik weet dat hij onschuldig is. Ze moeten hem met rust laten. Allemaal.

Zonder echt te beseffen wat ze aan het doen was, had ze plots de hoorn van de telefoon in haar hand. Mechanisch draaide ze het nummer van Soncks praktijk. Ze wist met zichzelf geen raad. Diep vanbinnen wist ze waarom ze dat deed. Niet om te vragen of ze kon helpen. Ze deed het om zielenrust te vinden. Om te weten, om te horen dat Dirk bij zijn advocaat was. Ze kreeg een antwoordapparaat. Ze gooide de hoorn op de haak. Niet woedend maar ontgoocheld.

Stel dat ik haar was? Stel dat we de rollen zouden omdraaien.

Haar redenering bleef daar steken, als een karrenwiel in vettige modder. Stel... stel... stel... Een pasklaar antwoord was er nooit. Ze had zelfs een paar keer overwogen om dat mens te gaan bezoeken. Waarom? Om haar te vervloeken of om haar om vergiffenis te vragen? Ze wist het niet. Wat zou zij nu doen? Stel dat zij ik zou zijn. Wat? Zijn zinnen proberen te verzetten. Zijn negatieve gedachten doorbreken. Het kolken van zijn ziel bedaren.

En hoe? Hoe wil jij dat aanpakken, juffrouw Mendonck?

Waarschijnlijk met een stevige portie vettige seks. Daar kun je alle mannen mee om je vinger winden. En hen tot rust brengen.

O, houd je mond, Barbara Wittewrongel-Deleu.

Ze perste haar lippen op elkaar. Bezorgdheid en woede die in elkaar vloeiden. De kiemen voor fatale onredelijkheid. Ze wist dat allemaal wel. Jaloezie en affectie. Nog zo'n explosieve cocktail. Ze besefte het maar al te goed, maar hoe ze zich ook probeerde te verzetten en redelijk te blijven, de aanrollende paniekgolf nam zulke groteske afmetingen aan dat ze wist dat die haar zou verzwelgen.

We zouden zo gelukkig kunnen zijn, Deleu.

Ze richtte zich op en keek naar de kraaknette keuken. Ze liep naar de ijskast, trok die open en wierp een blik op de inhoud.

Een van zijn lievelingsgerechten: stoofkarbonaden met

bruine trappist. Een zoenoffer. Ze had er meer dan twee uur op gezwoegd. Als een echte huissloof. Van halfzes tot halfacht, om precies te zijn. Maar mannen hebben geen behoefte aan huissloven. Ze keek nog een keer. Nauwkeuriger dit keer. De saus was gestold. Samengekoekt, tot vieze vettige klonters. Parels voor de zwijnen. Een fles chardonnay van een voortreffelijk jaar. Tenminste als je die wijnboer mocht geloven. Hij hield van witte wijn, Dirk. Als hij maar niet te zoet was.

Wel, deze is te bitter.

Ze nam de fles uit de ijskast en gooide ze in de vuilnisemmer. Ze deed het licht uit en liep de trap op. Volkomen gedesillusioneerd.

18

Dirk Deleu geeuwde. Het was drukkend warm in de rechtszaal en het overleg met Sonck en zijn assistenten had tot diep in de nacht geduurd.

Sonck had hem op de valreep alsnog van zijn gelijk proberen te overtuigen, maar Deleu had voet bij stuk gehouden. Barbara zou niet getuigen en hij zou onschuldig pleiten. Het kon hem niet schelen hoe het finale verdict zou luiden. Hij zou tenminste zielenrust kennen en met zichzelf kunnen leven. Dat was het allerbelangrijkste. Jezelf 's ochtends in de ogen kunnen kijken. Durven kijken.

Sonck, die zich uiteindelijk bij het standpunt van zijn cliënt had moeten neerleggen, zat erbij als een toeschouwer. Hij luisterde amper naar het eindpleidooi van zijn triomferende confrater. Al was dat maar schijn. Want hoewel hij uiterlijk kalm was, vrat de onzekerheid aan hem. Ze vrat aan hem als een zwerende wond.

Hij keek naar Deleu, die leek te slapen. Maar ook dat was gezichtsbedrog. Want achter dat slaperige zat een berekende crimineel verborgen. Daaraan twijfelde hij niet meer. Kwaadaardiger dan de monsters die hij achter de tralies had gezet. Iemand die te lang in de afgrond had gestaard en die er ten slotte door was opgeslokt. Een wolf in schaapskleren, Deleu. Sonck twijfelde. Hij twijfelde nog steeds. Na dagen, weken, zelfs maanden van intense confrontatie. Een taaie brok en een onhandelbaar mens. Dat zeker. Vooral door dat misplaatste rechtvaardigheidsgevoel van hem.

Sonck snoof en herinnerde zich hun laatste conflict. Gisteravond was dat geweest. Toen hij van plan was de eindpleidooien nog wat uit te stellen en zichzelf wat ademruimte te gunnen door het oproepen van een extra getuige. De meter van Mendonck. Haar tweede moeder. God, een heel dossier had hij van dat mens. Een slons van hier tot ginder, die met alle mannen aangepapt had en aan de opvoeding van haar petekind amper aandacht had besteed. Een goor dossier, uitpuilend van de vuiligheid. Een vetbetaald dossier ook, als je naging hoeveel uren zijn assistenten in de stront hadden geroerd. Allemaal voor niks. Nada. Mijnheer Deleu had geweigerd. Hij weigerde dat mens te laten afslachten op de getuigenbank. De idioot. Hoe zei hij het ook alweer?

'Dit is niet het proces van de familie Mendonck. Dat ik onschuldig ben, impliceert nog niet dat Nadia's meter, dat brave mens, door het slijk gesleurd moet worden.' Dat waren zijn exacte woorden. Djeezes. Zijn wijfje, die rosse, liep toen gewoon straal naar buiten. Zonder woorden. Je zou voor minder. Het is zelfs verbazingwekkend dat ze nog voor hem wil getuigen.

De slepende voetstappen haalden Sonck uit zijn overpeinzingen.

Laurel P. Verbeeck zoog zijn longen vol en spreidde zijn armen. Hij keek de juryleden een voor een aan.

'Als er ook maar één element zou zijn dat wees in de richting van zijn mogelijke onschuld, dan zou ik de eerste zijn om de wapens neer te leggen. En dat meen ik echt. Maar ondanks de materiële bewijzen, die niet liegen, blijft de beschuldigde bij zijn standpunt dat hij niet bij haar was de avond van de laffe aanslag. Zelfs dat geeft hij niet toe. De sigarettenpeuken in Nadia Mendoncks asbak bewijzen nochtans het tegendeel. Hij was wel degelijk bij haar de avond van de aanslag. Laat daar geen twijfel over bestaan. Hij bespiedde haar flat van 's morgens vroeg tot 's avonds laat. Bovendien werd hij formeel herkend door een getuige. Hij was daar. En waarom was hij daar? Om van haar goedhartigheid te profiteren. Om misbruik te maken van haar vertrouwen en haar menselijkheid. Om van twee walletjes te eten. Om haar te misbruiken. Voor goedkope seks, mensen.' Die laatste zin werd de juryleden keihard in het gezicht geslingerd. Het stemvolume daalde. 'Maar die keer lukte het niet. Nadia Mendonck, ze heeft, had, eindelijk de kracht gevonden om hem, haar kwelduivel, finaal af te wijzen.' Verbeeck sloeg deemoedig de handen in elkaar. 'Een dappere vrouw, Nadia Mendonck. Ze heeft er een dure prijs voor betaald.'

De openbare aanklager nam een dramatische, zorgvuldig in de spiegel bestudeerde pose aan. Hij keek naar Deleu.

'We hebben bewijzen dat hij geprobeerd heeft het onderzoek te manipuleren. En daarom, beste mensen, daarom ben ik ervan overtuigd dat jullie de juiste beslissing zullen treffen.'

Hij wees nu naar Deleu. Met een beschuldigende vinger.

'Die man, Dirk Deleu, dat is geen rechtvaardige politieman. Hij is het wel geweest. Ooit. Zoals hij ooit een goede vader en echtgenoot is geweest. Daar twijfelt niemand aan. Maar dat kan geen reden zijn om verzachtende omstandigheden in te roepen voor wat hij aangericht heeft. Hij is schuldig aan de poging tot moord op een jonge moeder en de moord op haar ongeboren kind. Schuldig!' Het woord leek te weerkaatsen op de wanden. In honderdvoud. 'Lieve mensen, ik reken op u. Op ieder van u.'

Verbeeck liep naar zijn zitje, sloot de ogen, zette zijn bril af en kneep in zijn neusbeen, alsof hij al zijn krachten verbruikt had tijdens zijn vurige eindpleidooi. De dramatiek spatte van zijn pose af.

Het was doodstil toen Jozef Sonck opstond. Hij had donkere kringen onder de ogen en maakte een onzekere en uitgebluste indruk, maar terwijl hij naar de jury toe liep kreeg zijn aangeboren talent voor assisenpleiten de overhand. Hij wierp een steelse blik op Deleu, die ineengedoken op zijn bankje zat. Zelfs dat deed hij fout. Hij moest zelfvertrouwen uitstralen. Zo hadden ze het afgesproken. Soncks bloed kookte maar hij bleef zijn emoties de baas.

Ook Barbara Wittewrongel voelde de spanning. Ze hield de adem in. Een redeloze paniek kneep haar keel dicht. Ze wilde opspringen en Soncks taak overnemen en die juryleden vertellen wat een fantastische man zij had. Dirk Deleu – haar man. Maar het kon niet. Het mocht niet. Ze verwenste zichzelf. Waarom had ze hem zo hard aangepakt? Waarom had ze zich alweer zo onredelijk gedragen en had ze hem beschuldigd van overspel? Overspel met een vrouw die notabene in coma lag. Ze keek naar de vermoeide, gebogen lijn van Deleus rug. Naar zijn krachteloze schouderlijn. Ze wilde opspringen en hem omhelzen en hem zeggen dat het allemaal weer goed zou komen. Ze had hem aan zijn lot overgelaten. Ze wilde dat ze het kon goedmaken. Hem om vergiffenis vragen. De machteloosheid, dat was het ergste om dragen.

'Dirk Deleu is onschuldig. Onschuldig over de hele lijn.' Sonck gooide zijn hoofd in zijn nek en schraapte de keel. 'Het Openbaar Ministerie spreekt over de wapens neerleggen. Dat kan het niet. Daartoe is procureur Verbeeck niet gemachtigd. Het Openbaar Ministerie heeft de taak de beschuldigde achter de tralies te krijgen. Tot elke prijs. Schuldig of onschuldig. Laat u dus niet misleiden door de gespeelde bescheidenheid en de valse menslievendheid van de procureur. Hij wil bloed. Daar wordt hij voor betaald.'

De woorden klonken ongemeen hard. Sonck snoof. Zijn stem werd zachter, met een raadselachtige ondertoon.

'Mij valt het overigens op dat het Openbaar Ministerie plots niet meer over de voorbedachtheid spreekt. U ook, neem ik aan. Eigenaardig, toch? Vindt u niet? En waarom, denkt u, zwijgt de eerbiedwaardige heer procureur in alle talen over de voorbedachtheid? Waarom? Doet hij dat uit menslievendheid? Eergevoel? Nee. Heel eenvoudig. Omdat wij, de verdediging, de materiële bewijzen hebben dat Nadia Mendonck dat vreselijke tuig waarmee ze haar baby geaborteerd heeft, zelf heeft aangekocht. Weg voorbedachtheid? Of toch niet? Waar is die voorbedachtheid dan plots gebleven? Ligt ze bij mijn cliënt of bij haarzelf, het onschuldige slachtoffer. Was ze overigens zo onschuldig als het Openbaar Ministerie wil laten uitschijnen? Ze had er tenslotte toch geen probleem mee een gehuwd man te verleiden.' Sonck zweeg en liet de harde woorden doordringen. 'En over welke andere "harde bewijzen" beschikt het Openbaar Ministerie? Beste mensen: geen. Wat wordt er dan van ons verlangd? Moeten wij bewijzen dat Dirk Deleu onschuldig is? Dat kan niet. Dat hoeft en hoort ook niet. Niet in een rechtsstaat waar men onschuldig is totdat het tegendeel bewezen wordt. Gelukkig maar. En zelfs als ik het zou kunnen of willen, mijn cliënt wil het niet. Ja mevrouw, u hoort het goed, Dirk Deleu heeft geweigerd zijn echtgenote te laten getuigen. Waarom? Beste mensen, omdat hij zielsveel van haar houdt en omdat hij haar die extra beproeving wilde besparen. Mijn cliënt heeft fouten gemaakt. Zeer zeker. Pijnlijke fouten. Hij heeft ze duur betaald.' Sonck liep een rondje met zijn handen op zijn rug. 'En ja, misschien heeft hij twee vrouwen ongelukkig gemaakt. En zichzelf daarbij nog het meest gekwetst. Want Dirk Deleu is geen moordenaar. Hij is een gevoelsmens en hij lijdt. Waarom? Omdat hij te veel liefde in zich heeft. Omdat hij van twee vrouwen hield en van zijn kinderen. Omdat hij iedereen gelukkig wilde maken en zichzelf uit het oog verloor. Dirk Deleu is een idealist. Geen realist. Moet hij daarvoor dan veroordeeld worden?'

Het vurige was uit Soncks stem verdwenen. De laatste woorden klonken gelaten. Ingetogen. Het leek alsof hij de tranen in de ogen kreeg toen hij beurtelings naar Deleu en Barbara keek. Er kwam warempel een tremolo in zijn stem.

'Ik laat het definitieve verdict aan u over. Dat hoort zo in een rechtsstaat. Maar veroordeel hem alsjeblieft niet voor iets wat hij niet heeft gedaan. Of liever, veroordeel *hen* niet. Het lot van deze twee mensen en hun kinderen ligt in uw handen. Daar zit een vrouw, die haar echtgenoot na zijn misstap weer in haar hart gesloten heeft en die niets liever wil dan hem omhelzen en samen een nieuwe start nemen. Ze heeft ook twee kinderen, die wachten op hun papa. Maak hen niet tot wezen. Leg geen beslag op hun toekomst. Ontneem hun niet het recht in een hecht gezin op te groeien.'

Bijna rolde het Blok-achtige 'Het gezin is de hoeksteen van onze maatschappij' eruit, maar Sonck liet zich niet meeslepen door zijn overtuigende performance. Hij slikte een brok weg die zo groot leek als een hardgekookt ei, en boog deemoedig het hoofd.

'Dat is alles wat ik te zeggen heb. Dank voor uw aandacht en uw geduld. Ik reken op u. En meer nog, ik vertrouw op u.'

Sonck richtte zijn hoofd langzaam op en liep traag en waardig naar zijn stoel. Hij had zijn laatste restje energie verbruikt en had het enige gedaan wat hij nog kon doen: de emoties van de juryleden bespelen. Terwijl hij ging zitten, kreeg hij Deleus vrouw in het oog. Ze pinkte een traan weg.

Het bezorgde hem ondanks alles een goed gevoel. Zijn pleidooi was blijkbaar effectief geweest. Hij had zijn rol perfect vertolkt. De gekwetste martelaar. De beschadigde gevoelsmens. Hij had gedaan wat van hem werd verlangd. Hij keek naar Deleu, op zoek naar erkenning, maar die reageerde niet. Die keek naar zijn handen, neutraal, zoals hij nu al veertien dagen deed, dat koppige stuk vreten.

Sonck probeerde zijn gedachten in andere banen te leiden en zich te distantiëren van zijn cliënt. Wat ook de uitkomst zou zijn, hij had gedaan wat hij kon. Hij voelde hoe de spanning van zijn schouders gleed. Zijn optreden zat erop. Hij zou de nodige lessen trekken uit deze schijtzaak. En dan op naar de volgende zaak. No regrets. Win some, lose some. Hij ervoer een immense opluchting.

Deleu deelde dat gevoel allerminst. Hij had Nadia's tante opgemerkt in de zaal. Haar in de ogen kijken had hij niet gedurfd, maar hij voelde de pijn. De bittere ontgoocheling. Haar petekind, in coma, en zelfs dan nog door het slijk gesleurd. En het kind dat Nadia droeg... weg. Vreemd genoeg was hij dit keer niet bang. Niet bang dat ze Barbara zou aanspreken of zo. Brandende schaamte, dat was wat hij voelde. En het enige waar hij echt bang voor was, was niet het feit of hij al dan niet in de gevangenis opgesloten zou worden, maar wel hoe het verdict zijn definitieve keuze zou beïnvloeden. Vrijspraak zou zoiets zijn als een definitieve breuk met Nadia. Gevangenschap betekende misschien net het omgekeerde. Hij was er nog altijd niet uit van wie hij nu echt het meest hield. Van Nadia. Of van Barbara. Van vrijheid of van gevangenschap. Soms hield hij van allebei. In een film was het altijd zo gemakkelijk. Zo evident. Daar handelde het hoofdpersonage. En dankzij die handelingen werd die in een bepaalde richting gestuwd. Meestal de goede richting. En worstelend met de beproevingen en de hindernissen die hem door de scenarist voor de voeten werden geworpen, leerde hij zichzelf kennen. Hij leerde zichzelf doorgronden. En hij werd er beter van. Meestal wel. Maar dat was in de film. Dit was de realiteit en Deleu voelde zich niet in staat om te handelen. Hij voelde zich zoals de piloot van een zweefvliegtuig, nietig, hulpeloos op en neer dansend in de wind. Je hebt het niet in de hand. Je bent de grip kwijt. De thermiek bepaalt je snelheid, je actieradius, je stuurvaardigheid... Eigenlijk alles.

Hoe lang was hij nu al aan het zweven? *Ground control to Major Tom.* Al meer dan twee jaar. Misschien was het beter om de stuurknuppel gewoon los te laten en zijn vliegtuig te laten crashen en opgesloten te worden. Geen verantwoordelijkheden meer. Geen verschroeiende keuzes maken. Eten, drinken, ontlasten en slapen. En nadenken. Nee, denken. 'Nadenken is voor nadenkers. Voor mensen die op een ministerie werken', zou Bosmans zeggen. 'Politiemannen moeten denken. Niet nadenken.'

Deleu glimlachte.

Waar ben je nu, Bosmans? Ik ben geen politieman meer en jij bent geen onderzoeksrechter meer. Waar ben je, Jos? We zijn allebei gewone mensen nu en jij bent de enige mens in de wereld die ik echt in vertrouwen durf te nemen. Met Barbara kan ik niet praten want dan kwets ik Nadia. En Nadia... slaapt. Waarom heb ik niet met jou gepraat? Naar je wijze raad geluisterd? Dan had dit misschien niet hoeven te gebeuren.

Deleu keek op, wakker geschud uit zijn overpeinzingen door de plotselinge commotie bij de balie van rechter Desimpel.

Sonck zwaaide met de armen.

Verbeeck haalde gefrustreerd de schouders op.

De griffier stond erbij en keek ernaar. Hij had een kartonnen archiefdoos in zijn hand. Twee medewerkers van het parket keken onbeweeglijk toe. Sonck knipperde nerveus met de ogen. Zijn wangen gloeiden en hij frutselde aan zijn sik. Desimpels wangen daarentegen bolden op en zijn ogen schreeuwden verontwaardiging uit. Het was een verschrikkelijke vloek.

Barbara greep Deleus hand.

Hij keek om.

'Dirk? Wat gebeurt er?'

'Ik weet het niet.'

'Dirk! Word wakker, alsjeblieft.'

'Wil de beschuldigde tot bij mij komen.' De stem van Desimpel smoorde het oplaaiende conflict met Barbara in de kiem.

'Willen de juryleden nog even blijven zitten op hun plaatsen', bromde de tenor van rechter Desimpel.

Sonck wenkte Deleu, die opstond en naar de balie liep. Journalisten achter in de zaal begonnen onrustig te worden. Eentje kreeg een duw in de rug. Hij viel bijna over zijn materiaaltas. Desimpel verdween in zijn kabinet, op de hielen gevolgd door de openbare aanklager, die krijtwit zag. Daarna kwamen Sonck en Deleu. Deleu nam Sonck bij de schouder.

'Wat...?'

'Nu niet.'

Sonck weerde Deleus arm af. Desimpel ging zitten. Hij keek beurtelings naar Sonck en Verbeeck. Zijn blik bleef uiteindelijk op Verbeeck rusten. Die haalde nog maar een keer de schouders op.

'We vinden ze niet. Niet meer.'

Soncks oogjes flitsten heen en weer, zoals bij een rat in het nauw die haar kansen berekent.

'Dus het verpletterende materiële bewijsmateriaal waarover jullie zoveel bombarie gemaakt hebben, bestaat niet. Correct!' sneerde Desimpel.

'Nee, nee. Het bestaat wel', kreunde Verbeeck. 'Alleen. We vinden het niet... meer.'

Desimpel zuchtte. Hij spuwde zijn woorden uit.

'Als je het niet vindt dan bestaat het niet. Juist! Juist, procureur Verbeeck!'

Verbeeck begon als een gek in de kartonnen doos te rommelen. Hij haalde er twee plastic zakjes met druksluiting uit. Eentje bevatte het half opgebrande stuk papier dat Vanderkuylen uit het toilet had opgevist. In het andere stak het pluisje van Deleus trui dat ze op het tapijt hadden gevonden. Verbeeck draaide zich om en greep het dichtstbijzijnde slachtoffer, een bleke parketsubstituut, bij de revers van zijn confectiepak.

'Waar is de lijst? Wie heeft getekend voor de ontvangst van die materiële bewijzen!'

De substituut overhandigde hem een lijst.

'Niemand. We zijn met het bewijsmateriaal rechtstreeks hiernaartoe gekomen.'

'En het materiële bewijsmateriaal tegen Van Diest! Misschien is het daarin terechtgekomen. Per ongeluk...' stamelde Verbeeck.

'Ik protesteer', riep Sonck arrogant. Desimpel staarde hem aan. Eerst verbijsterd, maar vervolgens geamuseerd. 'Dat is irrelevant', strooide Sonck fijntjes nog wat extra zout in de wond. 'Mijnheer Van Diest heeft met deze zaak niets te maken. Hij is getuige à charge.'

Verbeeck sloeg wit uit om zijn neusvleugels. Het leek alsof hij Sonck zou gaan aanvliegen. Desimpel stond traag op. Hij hief zijn handen.

'Genoeg!'

Hij snoof en keek Verbeeck aan met een verachtelijke blik.

'Dit is een schande voor mijn Hof. En voor ons hele gerechtelijke apparaat. Procureur Verbeeck, u maakt uzelf en samen met u de hele magistratuur onsterfelijk belachelijk. En ik. Ik ben ook schuldig. En een goedgelovige idioot. Ik dacht dat ik met professionelen te maken had, maar eens temeer is gebleken dat ook dat een illusie is. Hoe heb ik het ooit kunnen toelaten dat er over materieel bewijsmateriaal gepraat werd dat ik niet zelf gezien heb?'

'Maar u hebt het toch gezien!' Verbeecks stem sloeg over. 'Het is hier... het is aan de juryleden getoond. En dan naar... En nu...'

'Is het weg!' klonk het koud. Desimpel draaide zich traag om, naar Dirk Deleu, die het hele gebeuren gelaten onderging en niet besefte wat er nu eigenlijk aan de hand was. Desimpel maakte een deemoedige buiging.

'Inspecteur Deleu, sta me toe u namens mijzelf en het Hof onze excuses aan te bieden. Voor deze vreselijke vergissing. Ik zal er persoonlijk voor zorgen en erover waken dat u volkomen gerehabiliteerd wordt. Nogmaals mijn excuses.'

Desimpel stond op en liep naar de deur.

'Edelachtbare... Mijnheer Desimpel. Voorzitter...' gilde Verbeeck. Desimpel draaide zich om. 'Waar gaat u naartoe?'

Desimpel keurde Verbeeck geen blik waardig.

'Ik ga een sigaret roken. Met filter en al!'

'Maar...' Verbeeck hief bezwerend zijn handen. 'Edelachtbare, wat gaat u nu doen?'

'Dat zei ik toch al.' Desimpel liep naar de deur. 'En dan. Plassen, kotsen, en me bezinnen over hoe ik mezelf hier op een waardige manier uit kan lullen en dan dit schertsproces beëindigen en me bezuipen. Ook zo waardig mogelijk. Heeft u nog commentaar, Verbeeck? Bedenkingen. Suggesties. Interessante opties.'

'Maar... maar hij is schuldig.' Verbeeck wees met trillende wijsvinger naar Deleu. 'Die smeerlappen hebben...' Desimpel snoof, en dit keer zo uitdrukkelijk dat Laurel P. Verbeeck zweeg.

'Procureur Verbeeck, u slaagt er zelfs niet in een waardig verliezer te zijn. En aangezien het proces nog steeds aan de gang is en ik het ben die hier de lakens uitdeel: u bent gewraakt!' Verbeeck ging zitten. En hoewel hij besefte dat de raadsheer van het Antwerpse Hof van Assisen daartoe niet gemachtigd was, kon hij geen woord uitbrengen. De schande, de smet op zijn blazoen zou woekeren als een stinkende kankervlek. 'En al wat ik nog voor u kan doen, is u de weg wijzen naar de achteruitgang, zodat u de journalisten kunt ontvluchten. Goedendag.'

De rechter trok de deur open. Verbeeck keek hem met glazige ogen na. Hij leek tien jaar ouder. Het materiële bewijsmateriaal viel op de grond. In de deuropening draaide Desimpel zich nog een keer om. 'En mijnheer Verbeeck, als u nog ooit het lef mocht hebben om een voet in een rechtbank te zetten, laat het dan niet in mijn Hof zijn. Dank u. Heren, over vijf minuten doe ík míjn uitspraak. Laat me deze schande niet alleen dragen.'

De deur klapte dicht. Deleu bleef doodstil zitten. Hij kon nog steeds niet geloven wat er gebeurde. Er was bewijsmateriaal verdwenen. Ze vonden de sigarettenpeuken niet meer. Ze waren weg. En hij was vrij... vrij! Gezuiverd van alle blaam.

Het werd doodstil in de zaal toen voorzitter Desimpel drie keer vinnig met zijn hamertje tikte. Het geschuifel op de banken, waar de meningen van de juryleden, al dan niet beïnvloed door de sterkste persoonlijkheden, al gevormd waren voor het tot een echte beraadslaging zou komen, verstomde. Niemand wist wat er precies aan de hand was.

Behalve Barbara Wittewrongel. Deleu had haar omhelsd en de verlossende woorden in haar oor gefluisterd. Ze was uitzinnig van geluk. Vrij. Dirk was vrij. De nachtmerrie was echt voorbij. Ze kon het niet geloven. Ze wilde haar geluk uitschreeuwen. Dat kon niet. Ze ademde zwaar, keek naar de openbare aanklager, die ineengedoken het verdict aanhoorde, alsof hij zelf de beschuldigde was. Ze wilde hem aanvliegen en zijn ogen uit zijn kop krabben. Totale euforie overweldigde haar zinnen.

'Dames, heren, leden van de jury. Beraadslagen is niet meer nodig. Dirk Deleu wandelt hier naar buiten als een vrij man. Onschuldig over de hele lijn. Ik wil hem in mijn hoedanigheid van voorzitter van het Hof van Assisen te Antwerpen en tevens namens Justitie en namens de Belgische Staat mijn welgemeende excuses aanbieden voor dit vreselijke misverstand en hem zeggen dat ik het ten zeerste betreur dat hij hier ooit is moeten verschijnen. Dirk Deleu wordt gezuiverd van elke blaam. En als hij ooit beslist om de Belgische Staat en het Openbaar Ministerie tot de orde te roepen, dan zal ik graag als getuige à charge optreden.' Desimpel wierp een betekenisvolle blik op Verbeeck, die leek te verschrompelen onder de striemende woorden en de sensatiegeile blikken van de journalisten, die zich verdrongen bij de uitgang. 'Dank u voor uw aandacht en uw grenzeloze geduld. Zaak gesloten. Nog een prettige dag iedereen.'

Desimpel stond op en liep naar zijn kabinet. Honderd mensen. Honderden brandende vragen. Ontredderde juryleden die elkaar wezenloos aanstaarden. Journalisten die in slowmotion wakker leken te schieten. Flitsende camera's. Ongeloof op de toeschouwersbanken. Maar niemand die het waagde een vraag te stellen. Dat kon ook niet, want Desimpel was al om de hoek verdwenen.

In het geharrewar keek Sonck Deleu recht in de ogen. Hoe zijn raadsman zich voelde, Deleu had er het raden naar. Hij leek echter allerminst gecharmeerd door de onverwachte meevaller. Deleu, ondertussen omstuwd door journalisten, stak zijn hand uit. Sonck drukte die. De camera's flitsten.

'Bedankt, meester Sonck.'

'Het ga je goed, inspecteur Deleu.'

Sonck draaide zich om en liep naar de uitgang.

'Meester Sonck', riep Barbara hem na. De advocaat hield zijn pas in en draaide zich om.

'Ja?'

Barbara liet Deleus hand los, wurmde zich uit de omsingeling en baande zich een weg tot bij Sonck. Ze gaf hem een hand.

'Bedankt. Ik ben u oneindig dankbaar.'

Sonck keek haar een ogenblik onbewogen aan.

'U kunt beter uw echtgenoot en zijn vrienden bedanken, mevrouw Wittewrongel. Ik wil dit zo gauw mogelijk van me afzetten.'

De woorden klonken ongemeen bitter. Barbara bleef verward achter toen Sonck aanstalten maakte om naar buiten te lopen.

'Meester Sonck?'

Ze klampte de kleine man aan.

'Wat bedoelt u?'

'Ik bedoel dat ik in een andere afdeling speel, mevrouw Wittewrongel. Smerig. Af en toe. Met weinig spelregels. Zeer zeker. Maar de afdeling waarin uw man speelt, slaat alles. Daar kan ik niet tegenop. Daar zijn geen spelregels. Ik zou het dan ook op prijs stellen als hij zelf toelichting geeft aan de journalisten. Ik wens mij hiervan dan ook te distantiëren. Goedendag.'

Sonck liep kordaat naar de uitgang, achtervolgd door een legertje journalisten, die hij als lastige vliegen van zich af sloeg. Deleu had gemerkt dat er wat gaande was, maar wist niet wat er precies besproken was. Barbara's ontredderde blik trof hem als een pijl in het hart. Hij liep naar haar toe en wist niets anders te bedenken dan haar omhelzen.

19

De relatieve rust in de Cirque gaf Dirk Deleu nieuwe energie. Na de onverwachte vrijspraak had hij de pers weten te ontvluchten en hij had zich samen met Barbara en Charlotte op een anonieme hotelkamer verscholen. Ze hadden zich een week gedeisd gehouden, maar na de vrijspraak had hij wel meteen Jos Bosmans opgebeld om hem in het onthutsende nieuws te laten delen. Ze hadden ellenlange gesprekken gevoerd aan de telefoon.

Nu zaten ze eindelijk tegenover elkaar op hun oude vertrouwde plekje. In de rotanstoelen voor de wc. Er was geen journalist te bespeuren. Bosmans dronk behoedzaam van zijn Hoegaarden. Hij keek Deleu aan.

'Dus Belleville heeft je voorgesteld om het onderzoek weer in handen te nemen. Dan moet Desimpel wel erg ver gegaan zijn in zijn ergernis. Wat heb je gezegd?'

'Dat ze de pot op kunnen.'

Bosmans grijnsde. Beide mannen klonken en dronken van hun biertje. Deleu keek zijn baas langdurig aan.

'Wat ga jij nu doen, Jos?'

'Rusten. We zien wel. Ik lig er niet van wakker. Niet meer.'

'De schuldige zal nooit boeten voor zijn daden', zei Deleu mat.

'Nee. Ik vrees van niet. Ze kunnen maar één keer iemand voor een bepaalde misdaad naar assisen doorverwijzen.

Daar zullen we mee moeten leren leven. Maar Van Diest zal zijn terechte straf niet ontlopen. Voor zijn andere misdaden zal hij boeten. Tenzij ze wakker... Hoe gaat het met Nadia?'

'Goed, denk ik.'

Deleu keek zijn vriend langdurig aan. De ban was gebroken. De woorden lagen op zijn lippen. Hij vouwde nerveus een bierviltje in vier gelijke delen. Het karton scheurde.

'Heb je haar nog bezocht?'

'Ja. Eén keer.'

'Je weet het nog altijd niet', zei Bosmans.

'Nee.'

Bosmans stopte bedachtzaam drie zoute pinda's in zijn mond en begon er traag op te kauwen.

'En je wilt erover praten?'

'Ja.'

'Volg je hart.' Bosmans wreef over zijn borst. Deleu keek zijn baas onbeholpen aan.

'Ik heb een prachtvrouw, Dirk. En jij hebt er twee.'

Deleu probeerde te glimlachen maar het lukte niet. Bosmans sloeg zijn arm om de schouder van Deleu.

'Sorry. Dat was een misplaatste opmerking.'

'Laat maar.'

Bosmans trok zijn vriend naar zich toe.

'Ik zie je graag, Dirk Deleu. Meer kan ik niet voor je doen.'

Deleu kreeg een prop in de keel.

'Ik weet het.'

Bosmans stak zijn hand in de binnenzak van zijn loden. Hij keek steels van de bar naar het venster. Ze waren alleen. Alain was in de keuken verdwenen.

'Sigaret?'

Deleu knikte.

Bosmans legde het plastic zakje met de rode druksluiting

tussen hen in. Deleu keek ernaar en slikte. De blik vol twijfel maakte plaats voor een lege blik. Toen pas kwam de herkenning. Het gezicht van Deleu klaarde op. Zoals bij een toneelspeler die zich na een black-out plots zijn tekst weer herinnert.

Bosmans trok het zakje open. Hij nam de twee sigarettenpeuken eruit, stopte ze in zijn mond en stak ze aan. Hij gaf een van de smeulende peuken aan de verbouwereerde Deleu.

'Je moet je sigaretten oproken. Zoiets kost geld tegenwoordig.'

'Jos...' meer kon Deleu niet uitbrengen. Bosmans nam een trek van de sigaret en duwde die uit.

'Voilà. Mijn allerlaatste. Op.'

'Jos... Wanneer... heb je...?'

'Geen seconde. Geen seconde heb ik getwijfeld aan jouw onschuld, Dirk.' Bosmans richtte zich op. 'De rekening is voor jou?'

'Ja', was het enige wat Deleu nog kon uitbrengen. Hij keek Bosmans na, die vriendelijk knikte naar Alain en moeilijk naar de uitgang liep.

'Jos?'

'Ja?'

'Niet meer roken. Wil je.'

Bosmans grijnsde en liep naar buiten. Met gemengde gevoelens.

Deleu rookte de peuk op tot aan de filter. Hij borg het plastic zakje weg en liep naar de tapkast om af te rekenen. Jens, de ober van dienst, begon de rekening in te tikken op het kasregister.

'Van mij', bromde Alain, die verdiept in zijn krant uit de keuken gelopen kwam.

'Merci, Alain.'

'Ik heb je nog niet gefeliciteerd met het goede nieuws', zei de waard. 'Proficiat.'

Deleu gaf hem een knuffel en geheel tegen zijn gebruikelijke onderkoelde manier van doen in, zoende Alain hem op de wang.

Deleu liep het café uit, wandelde rustig naar de oever van de Dijle en gooide het plastic zakje in het water. Hij keek het na totdat het uit het gezicht verdween. Hij gloeide. Vanbinnen. Vrienden. Hij had nog vrienden in deze wereld. En een lieve vrouw. En twee schatten van kinderen.

Voorpaginanieuws in alle kranten. Een hele week lang. Hij had het ver geschopt in deze wereld. Een BV, een bekende Vlaming.

Deleu knipte het artikel, een vierkant blok tekst, zorgvuldig uit. De datum zou hij er later op schrijven. Hij keek naar het stapeltje krantenknipsels, stond op en schonk zich een grote kop koffie in. Hij genoot van de lauwe koffie.

'Wat doe ik ermee? In een map steken? Nee.'

Hij wilde Barbara roepen en haar zoals gebruikelijk om raad vragen. Barbara was de organisatie-expert in hun huis. Barbara was verantwoordelijk voor de praktische dingen. Zo was het altijd al geweest. Maar ze was er niet. Natuurlijk was ze er niet. Ze was uit werken. En Charlotte was bij oma Mechelen.

Deleu keek op de klok. Halftwaalf nog maar. Nog minstens een uur voordat ze thuis zou komen. Misschien kon hij haar verrassen en iets koken. Iets wat ze lekker vond. Maar wat? Of gewoon een diepvriespizza. Maar dan dik belegd met een extra portie groenten en kaas. En de pikante olijfolie? Daar moest nog ergens een restje van zijn.

Hij wilde ernaar op zoek gaan, maar kon de moed niet opbrengen. Misschien konden ze straks gezellig samen een salade gaan eten. Ergens in Mechelen. In de Cirque of zo. Of wat chiquer voor de gelegenheid, op de Grote Markt. In Den Beer.

Hij sloeg de krant open, begon door de sportpagina's te bladeren en keek nog een keer naar de knipsels op tafel.

'Een fotoalbum. Dat is de oplossing. Mijn heldendaden horen in een fotoalbum.'

Op de gemeenschappelijke zolder stond nog een hoop onuitgepakt huisraad, herinnerde hij zich. In kartonnen dozen, pas overgeheveld van de zolder van zijn schoonouders, waar ze tijdens de breuk in quarantaine hadden gestaan. Daar zaten vast die oude ongebruikte fotoalbums in. Dat lot dat ze ooit gekocht hadden op de rommelmarkt maar nooit hadden gebruikt. Deleu glimlachte. Een fenomenaal instrument, het menselijk geheugen, en dan zeker het zijne. Oude herinneringen opspitten ging moeiteloos, maar zich herinneren waar hij het botervlootje, dat pal voor zijn neus stond, had gelaten, dat was een ander verhaal. Barbara ergerde er zich aan.

Barbara. Ze zag er gelukkig uit en haar nieuwe job beviel haar.

Deleu liep naar het bureau, trok een lade open en nam een blad zelfklevende etiketten. Als hij dan toch op zoek ging naar de albums kon hij in één moeite al die dozen van labels voorzien. Zo maakte hij zich ook eens verdienstelijk in het huishouden. Goedgemutst begon hij aan de beklimming van de trap. Op de overloop liep hij naar rechts, naar de gemeenschappelijke zolder.

'Verdomme', vloekte hij. 'De sleutel. Waar is dat kreng?'

Hij liep naar beneden, nam zijn gsm en belde naar Barbara, maar hij kreeg haar niet aan de lijn. Hij sprak een boodschap in op het antwoordapparaat.

'Moffie, de sleutel van de gemeenschappelijke zolder.

Weet jij waar die is? Ik wil die oude albums opsnorren voor mijn krantenknipsels. Bel je me effe? Dikke kus.'

Deleu ging aan de tafel zitten en hij sloot de ogen en hoewel hij zich ertegen verzette, wist hij wat er nu zou gebeuren.

De beelden.

Ze kwamen in slowmotion. Eerst was er Van Diest. Die smeerlap had Nadia van de trap gegooid. Geen twijfel mogelijk. Dan verscheen Nadia's meter. Ze zat op de rand van Nadia's bed. Ze hief haar rechterhand, alsof ze moest getuigen. De hand beefde. Deleu wreef in zijn ogen.

Misschien kan ik haar eens opbellen. Nee. Wat moet ik tegen haar zeggen?

Hij huiverde.

Toen passeerde Jos Bosmans de revue. Die had de sigarettenpeuken laten verdwijnen. Gewoon gestolen. Zo eenvoudig. Maar zo effectief. Hij probeerde zich de gezichten van de juryleden voor de geest te halen, maar de gelaatstrekken waren al verflauwd. Weggevreten door de tijd.

'Die alle wonden heelt', mompelde Deleu.

Hij stond op en rommelde nog een keer in de keukenla. Terwijl hij zich afvroeg hoe het eindverdict van de jury zou hebben geluid en een pen vond, zag hij de kurkentrekker. Een lekkere slok witte wijn. Chardonnay. Op de gezondheid van de juryleden. Toen hij de kurkentrekker nam, zag hij de sleutelbos. Helemaal achterin weggemoffeld tussen de typische keukenspullen die iedereen bezat maar niemand ooit gebruikte. Drie platte sleutels en een ouderwetse, als van een schatkist.

'Da's van de zolder!'

Deleu grijnsde, nam de sleutelbos, pakte de knipsels van de tafel en vergat de wijn.

De zolder was rommelig en stoffig, met brede kieren

tussen de dakpannen waardoor koude lucht stroomde. De dozen en andere rommel waren bedekt met een dun laagje wit stof. Gescheurde spinnenwebben, die zachtjes trilden in de continue luchtstroom.

Deleu dacht aan Barbara. Ze was als de dood voor de harige bewoners. Misschien moest hij die zolder maar eens grondig uitmesten. Hij keek om zich heen en zuchtte. Toch maar een andere keer.

Op de eerste doos die hij van de stapel nam, stond 'Fam. Podevin' geschreven. Deleu glimlachte. Mevrouw Podevin, die poetsmaniak, die zou de zolder wel opruimen. Daar leefde ze voor. Heel even bekroop hem de lust om in de doos te kijken. Misschien zat er wel SM-materiaal in of zo. Je weet maar nooit met die deftige oudjes.

Deleu grinnikte toen hij in gedachten de bejaarde mevrouw Podevin zag staan. In een uitdagende pose. Haar grijze krulhaar opgestoken, haar lichaam omhuld door een nauwsluitend rubberen pak en in haar hand een venijnig lederen zweepje. Mijnheer Podevin kroop op handen en knieën heen en weer. Hij had zijn gebruikelijke oubollige pak en das aan, uitgezonderd de broek met de eeuwige persvouw. Vandaag droeg hij een grote witte boxershort met rode bolletjes. Nee, roze.

Zijn ze thuis, de onderburen? Nee. Dat kun je horen. Het lijken wel spoken, die aan een stuk door huisraad verslepen. Ik moet maar eens een praatje maken met hen. Misschien zijn ze bang. Bang voor mij.

Deleu liep naar de overkant van de zolder. Daar stond Robs oude fietsje met de sticker 'Gelukkige verjaardag' op het frame. Hij liet zijn vingertoppen liefkozend over het zadel glijden. De collectie antieke horloges was er ook nog. En zijn duikbril en snorkel, de oude visbak. Het aluminium was wit beslagen, maar hij was er nog. Alles was er nog. Alles. Barbara had alles bewaard. Hun hele verleden. In kartonnen dozen.

De herinneringen, ze overspoelden hem. In grote, gulzige golven. Hij liet zich gewillig meeslepen.

Toen hij de ogen weer opende, liep hij naar de andere stapel toe en hij vouwde de flappen van de bovenste doos open. Ze zat propvol textiel. Opgevouwen lappen stof, die ze samen hadden gekocht op de markt. God, dat was van voor Robs geboorte. Barbara was destijds gek op stoffen. Ze had avondschool gevolgd, ergens in Mechelen. Een cursus snit en naad. Dat was toen ze in verwachting was van Rob. Zeker weten. 'In verwachting.' Dirk Deleu liet zijn handen door de kleurige stapel textiel dwalen. Met gemengde gevoelens. Ze was er nooit toe gekomen ze tot kledingstukken te verwerken. Vroeger had hij zich er menigmaal blauw aan geërgerd. Nu was hij blij. Blij met zijn zolder vol mooie herinneringen.

'Er is nog zoveel dat we samen moeten doen.'

Hij vouwde de doos eerbiedig dicht en trok de volgende dichterbij. Oud keukengerei. Van hun eerste woning. Van de fermette. Plastic eetplanken. Blauw en wit geruit. Slechts twee. Ook dat was dus van voor Robs tijd, want tegenwoordig kocht Barbara altijd setjes van vier.

'De albums.'

Hij trok doos na doos open. Heel voorzichtig, want eentje was al gescheurd omdat het karton heel bros was geworden.

'En hier? Wat is dat? Jezus, muziekcassettes uit lang vervlogen tijden. Zonder label.'

'Typisch Deleu. Djeezes, wat zou daar op staan? Mud en dinges... Swing your daddy... van... van... Jim Gilstrap... Yess!'

Hij stopte een cassette in zijn broekzak.

Potten en pannen, keukenlinnen...

Deleu ondersteunde zijn rug. Zeven gecontroleerd, nog

zevenentwintig of wat te gaan. Hij zuchtte, noteerde de inhoud van doos zeven in zijn schriftje en stopte het blaadje in de doos. Hij trok de achtste doos open.

Bingo. De fotoalbums lagen bovenop. Vier stuks. De eerste had een cover met twee paardenkoppen, de tweede een uitvergrote vlinder, een zwaluwstaart. Op de derde stonden springende dolfijnen en de vierde was een panoramisch zicht van een bos, gefotografeerd in de avondschemering. De kleuren waren verbleekt. Hij koos voor de vlinder, een zwaluwstaart, symbool van vrijheid. Glimlachend klopte hij het stof van de kaft en hij plakte een etiket op de doos en schreef er een acht op. Hij nam zijn notitieboekje en schreef: '1. Drie fotoalbums. 2. Plastic tafellaken.' Hij lichtte het plastic tafellaken een eindje op en het bloed bevroor in zijn aderen. Hij snakte naar adem. Het zweet brak hem uit. Zijn hart begon te bonzen. Zijn mond werd droog. Op zijn borst drukte een gewicht. Het belette hem te ademen. Hij wankelde een pas achteruit. En nog een. Stofdeeltjes zwermden om zijn hoofd. Ze vielen hem aan. De flappen vervormden. Ze gingen open en dicht in een wanstaltig grijnzen. Ze lachten hem uit. Hij greep naar zijn hoofd en zonk op zijn knieën.

Barbara hijgde. Ze zag de open keukenla. Plots daalde een merkwaardige sereniteit over haar neer. Haar hart pompte trager. Gelijkmatiger. Ze keek opzij, naar de openstaande deur, en liep naar de gang, waar ze aan de beklimming van de trap begon.

Toen ze de rug van haar man zag, werd wat ze al wist maar weigerde te geloven, plots harde realiteit. Hij zat op zijn knieën en keek naar de ballonspuit alsof het zijn ongeboren kind was. Hij zag of hoorde niets meer.

'Ik heb het niet gewild.'

Deleu schokte met de schouders. Hij keek om. Een mengeling van paniek en afgrijzen in de blik. En een oneindige droefheid. De tranen wilden niet naar buiten komen, want dan zouden ze ophouden te bestaan.

'Hoe...' Meer kon Deleu niet uitbrengen. Hij vond de kracht niet om op te staan. Hij kon het niet. Barbara bleef stokstijf staan met een vreemde gloed in haar ogen.

'Barbara? Waarom...' stamelde Deleu.

Zijn vrouw keek hem aan en hoewel haar blik leeg was, rolden er tranen over haar wangen. Zomaar, uit het niets. Ze knipperde zelfs niet met de ogen. Ze maakte geen enkele grimas. Alsof er ergens in haar hoofd een kraantje werd opengedraaid. Ze draaide zich om, liep de trappen af en ging aan de keukentafel zitten met haar handen in haar haren.

Deleu doemde op uit de hal als een reusachtige schaduw. Als een engel der wrake. Hij bleef rechtop staan. Met de ballonspuit in zijn bevende handen. Wanhoop in zijn ogen. Maar ook vastberadenheid. Het maakte haar bang. Doodsbang. Ze verzamelde al haar moed en keek haar man recht in de ogen.

'Het was een ongeluk. Je moet me geloven.'

Deleu zweeg. Barbara besefte dat, zelfs als hij de woorden zou vinden, hij zou zwijgen. Hij keek haar aan maar leek ergens anders te zijn. Hij keek dwars door haar heen. Het deed pijn. Haar borst gloeide. Ze legde haar hand op haar hart en staarde voor zich uit. En toen kwamen de woorden.

'Ik was ontgoocheld. Over alles. Je dreef van me weg. Ik kon er niets aan doen. Ik ben schuldig. Ik heb je verwaarloosd. Ik ben geen vrouw. Ik ben een moeder.'

Barbara kreunde en greep met haar handen de tafel vast, een stuk drijfhout waaraan ze zich wanhopig probeerde vast te klampen.

'Ik wilde er iets aan doen. Om het even wat. Alles. Maar het is te laat. Wat ik nooit onder ogen wilde zien. Wat ik niet kon geloven, niet wilde geloven. Het gebeurde. Je werd verliefd op een andere vrouw. Een knappe vrouw. Een jonge vrouw, die je alles gaf waarin ik gefaald heb. Je gaat weg.'

Ze legde haar handen in haar schoot. Haar hoofd wiegde zacht heen en weer. Ze staarde naar haar handen. Helemaal in zichzelf gekeerd. Alleen met haar verdriet.

'Ik overleef. Voor de kinderen. En diep vanbinnen hoop ik dat je ooit terugkomt. Want we houden van elkaar. Ik bid. Elke nacht.'

Ze keek op en bonkte haar vuist op tafel.

'Elke godverdomde nacht. Maar God heeft andere dingen om handen.'

Ze keek weer naar haar handen, die begonnen te beven. Haar stem daalde, alsof ze droomde.

'Ik geef het op. Ik moet wel. Ik heb verloren. Ik ben je kwijt.'

Er volgde een lange, indringende pauze. Dirk Deleu zei geen woord. Barbara keek omhoog, naar het plafond. Blauw, lichtblauw. Met witte wolkjes. Een zonnige zomerdag.

'En dan... dan kom je terug. Terug bij mij. Bij ons. Bij je gezin. Maar... maar...'

Barbara's stem brak. De tranen liepen over haar wangen. Haar ogen smeekten om een teken, om begrip, om erkenning, maar Deleu bleef ijskoud. Alsof hij inwendig bevroor. Een gevoel dat hij nooit eerder ervaren had. Geen medelijden, geen mededogen, geen gevoel, geen pijn, geen angst... niets.

Zijn lichaam kwam in beweging. Het liep met stroeve passen naar de tafel, waar zijn handen de ballonspuit, dat gruwelijke tuig, in het midden van de tafel legden. Zijn ogen bleven ernaar kijken. Barbara voelde zijn innerlijke kilte. Ze huiverde ervan, maar besefte dat ze de kruik zou moeten ledigen tot op de bodem.

'Ze is zwanger. Je bent niet terug. Je bent alleen fysiek aanwezig. En je lijdt. Je lijdt om haar. Om haar die alles vernietigde. En ze heeft je in haar macht. Ik wil je lijden doorbreken. Maar ik kan het niet. Ik weet niet hoe.' Barbara keek op. Deleu keek alleen maar. 'Ik ben tot aan de oever van de Vaart gereden. Maar ik kan het niet. Ook dat kan ik niet. Het mag niet. Ik heb twee kinderen. Ik zag geen uitweg meer.'

Barbara schudde traag haar hoofd heen en weer. Ze glimlachte.

'Of toch. Zij is schuldig. Niet ik. Zij moet me helpen. Dat is ze ons verschuldigd. Ik bel haar op. Ze zegt nee, maar ik ga toch. Ze laat me binnen. We praten. Ze is wanhopig. Zij ook. Ze laat me de spuit zien. Die heeft ze gekocht om... om de vrucht af te drijven. Maar ze kan het niet, zegt ze. Ze wordt ook moeder. Ik begrijp het wel.' Barbara sloot de ogen. 'Ik begrijp haar volkomen. Ik vraag hoe ze zich voelt. Haar buik – ik mag eraan voelen. Het... beweegt.' Plots werd haar adem gejaagd. Ze keek star voor zich uit, alsof Deleu er niet meer was. De woorden leken over elkaar te struikelen. 'De spuit. Ze ligt op de sofa. En dan zie ik het. Plots is alles duidelijk. Een deel van mijn man zit in die buik. Nu zal hij nooit meer kunnen loskomen. Nooit meer. Ik vraag haar wat hij ervan denkt. Ze zegt dat ze hem niet meer ziet. Maar ze liegt. Want ze schrijven elkaar stiekem briefjes. En hij heeft soms die schuldige, gepijnigde blik in zijn ogen. En er liggen sigarettenpeuken in de asbak. Belga. Zij rookt Dunhill. Dat doe je niet! Niet als je zwanger bent! Ik word zo kwaad. Zo kwaad. Razend. Die baby moet weg. Ze moet een nieuw leven beginnen. Haar leven. Ze wil niet. We...

vechten. Ik... Ze... valt. Ze valt. Ze beweegt niet meer.' Barbara balde de vuisten. 'Ik neem de spuit en duw de punt in haar. De... die... vrucht moet weg.'

Barbara Wittewrongel sloot in afgrijzen de ogen toen ze de weerzinwekkende beelden opnieuw beleefde. Ze kreunde. Haar handen vielen krachteloos op het tafelblad.

'Ik duw en spuit... en trek... Het is groter dan een vuist. Ik loop naar de wc. Ik moet kotsen. Ik spoel het door. Alles... alles... door. En dan zit ik in de sofa. Ik kijk naar mijn handen. Er kleeft bloed aan. Radeloos. Dirk? Dirk! Ik was radeloos. Bloed aan mijn handen. Wat is er gebeurd? Wat heb ik gedaan?'

Barbara Wittewrongel duwde haar handpalmen op haar slapen. Wanhopig.

'Hoe moet het nu verder? Ze zullen me in de gevangenis gooien. Ik moet denken. Rustig blijven. Drinken. Ik heb dorst. Ik trek de koelkast open. En daar... daar ligt de oplossing. Zo voor het grijpen. In haar ijskast. Een reageerbuis. Een label. Van Diest. Een politievrouw weet wat er gaande is.' Een holle glimlach. 'De serieverkrachter. Jij hebt erover verteld. Ik word plots heel kalm. Ik neem de reageerbuis. Met een handdoek. Ik spuit zijn sperma in... haar. Ik heb alle sporen opgeruimd. Allemaal. Het is haar woord tegen het mijne. Als ze nog ooit wakker wordt. Want ze lijkt in shock. Er loopt kwijl uit haar mond.'

'En dan heb je haar van de trap gegooid', klonk het monotoon.

'Nee... nee... Dirk. Dirk? Dat heb ik niet gedaan. Ik zou nooit een mens vermoorden. Dat heb ik niet gedaan. Ze moet gevallen zijn toen ze bij bewustzijn gekomen is. En... en...'

Barbara snoot haar neus. Ze keek haar man aan. Nog leek hij niet voldaan. Hij verroerde geen vin. Hij staarde naar de spuit. Hij dacht aan haar. Aan Nadia Mendonck. Zijn lippen weken.

'En dan...'

'Dan ben ik naar huis gegaan. Doodsbang voor wat er zou komen. Maar het leven gaat zijn gang. Het gaat gewoon door. Ze is in coma. Van Diest, de serieverkrachter, wordt opgepakt. Het gaat goed. Mijn vingerafdrukken staan op de deurklink. Maar niemand denkt aan mij. Waarom zouden ze ook. Ik heb een alibi. Maar dan gebeurt het ongelooflijke. Jij wordt verdacht. En ik... Ik had het in handen en heb alleen aan mezelf gedacht. Ik heb verzuimd de sigarettenpeuken weg te doen. Het is mijn schuld. Ik wilde alles opbiechten. Ik wilde getuigen. Ik wilde alles voor je doen. Alles. Want ik zie je lijden. Erger dan ervoor. En je bent onschuldig. Onschuldig. Ik wil je onschuld uitschreeuwen. Ik zit daar maar. Op die harde bank. Ik kan niks doen. Of toch? Zorg ervoor dat de advocaat een spoor vindt naar de ballonspuit, Barbara. De spuit, die ze zelf gekocht heeft. Het kasticket zat er nog bij. Ik weet waar ze dat ding gekocht heeft. Dat heb ik haar gevraagd. Ik speel weer mee. Ik kan iets doen. Ik bel vanuit een telefooncel. Ik geef een anonieme tip. Sonck pikt het spoor op. De voorbedachtheid kan al worden afgewend. Maar het is niet genoeg. Niets is goed genoeg. Niets. Ik wilde getuigen dat je bij mij was de avond van de feiten. Maar dat wilde je niet. Je... wilde... me... sparen...'

Er volgde een hysterische huilbui. Droge harde snikken. Deleu bewoog niet. Het leek alsof zijn zenuwen verdoofd waren. Hij voelde niets.

'En dan... dan... als alles verloren lijkt, komt plots de redding. Je wordt vrijgesproken en gezuiverd van alle blaam. Ons gezin is herenigd.'

'Ons gezin herenigd...' Het waren waarschijnlijk de wrangste woorden die Deleu in zijn hele leven uitgesproken had. Hij draaide zich om en liep naar de deur.

'Dirk. Dirk?'

Deleu keek niet om. Hij nam zijn overjas van de kapstok en trok hem aan.

'Dirk. Waar ga je naartoe? Ga je naar de politie?'

'Ik ben de politie.'

Barbara keek hem smekend aan.

'Dank je', zei Deleu en hij trok kordaat de voordeur open.

'Waarvoor?'

'Voor je oprechtheid.'

'Dirk?'

'Nee.'

Barbara zweeg.

'Ik kan de moeder van mijn kinderen niet naar de gevangenis sturen.'

'Wat...'

'Vergiffenis vragen. Voor ons... allebei.'

De deur klapte dicht. Deleu liep naar zijn wagen. Toen het gordijn opzijschoof, was de Golf al om de hoek verdwenen. Barbara Wittewrongel zonk op haar knieën en staarde naar de vensterbank. Met lege ogen. De stilte was oorverdovend.

Toen hij de parking van Gasthuisberg opdraaide, was Deleu merkwaardig kalm. Hij voelde geen angst. Hij deed de gebruikelijke dingen. Zonder aarzelen. Hij sloot de deur van de Golf en liep naar de receptie, waar de receptioniste, een tiener met blond piekhaar, hem toelachte. Deleu knikte vriendelijk en liep naar de lift. Hij liet een bejaard echtpaar voorgaan en vroeg hun op welke verdieping ze moesten zijn. Een immense opluchting nestelde zich langzaam in zijn lichaam. Hij liep langs de balie, de kamer in. Dat de bladzijde Barbara niet was omgeslagen, dat besefte hij wel, onbewust, want zijn hoofd was leeg.

Maar hij wist wat hij wilde.

Nu wel.

Hij zoende Nadia's wang.

'Ik zie je graag.'

Van Deflo zijn bij dezelfde uitgever verschenen:

Naakte zielen
– Nominatie Hercule Poirot 1999
Bevroren hart
Lokaas
Kortsluiting
Sluipend gif
– Nominatie Hercule Poirot 2003
Onschuldig
Copycat
Hoeren

Reeks 'Cel 5':
Weerloos
Ademloos
– Nominatie Hercule Poirot 2006
Spoorloos
Genadeloos

Angst
Pitbull
– Winnaar Hercule Poirot 2008
Lust
– Nominatie Gouden Strop 2009
Schimmen
Jaloezie
Prooi
Phobia
Losers
Enigma
Giftige vlinders